一颗 ............................ 花，
排斥 ......

♪ 世上有太多人为了寻求而远行，
　漫无目标，惶惶而终。

♪晾衣架丈量的，
　是阳光逃走的距离。

有一棵树为你把阳光打碎，
阳光就真的凉了一点。

♪ 老房子的下水道里，都住着亡故人的灵魂。

♪ 爱情，时常是凝滞的时光。
突然地呆立，伴随一阵浓重的呼吸

星空为每个人存在，光芒经由时光阻延，
你珍惜它时，它就属于你。♪

这是个仲夏的傍晚，阳光有着奇妙的颜色

♪ 我演奏不知名的曲子，这是最美好的时

NOVELiDOL

文野初虚拟偶像写作团
works of Hajime Humino

# 杉树种在肺里 我把它做成了小提琴

文野初 作品

李想 著

世纪文景
Century Liwenhing

世纪出版集团 上海人民出版社

**图书在版编目(CIP)数据**

杉树种在肺里,我把它做成了小提琴/李想著.
—上海:上海人民出版社,2016
ISBN 978-7-208-13846-9

Ⅰ.①杉… Ⅱ.①李… Ⅲ.①长篇小说-中国-当代
Ⅳ.①I247.5

中国版本图书馆 CIP 数据核字(2016)第 124866 号

NOVELiDOL™文野初™/© Discover 21, Inc.

出 品 人　邵　敏
策 划 人　林　岚
责任编辑　陈　蔡　常剑心
装帧设计　明　珠
封面绘制　芝麻糊
插　　图　芝麻糊　祈　翼

杉树种在肺里,我把它做成了小提琴
李想 著

出　　　版　世纪出版集团 上海人民出版社
　　　　　　(200001　上海福建中路 193 号　www.shsjwr.com)
出　　　品　世纪出版股份有限公司上海世纪文睿文化传播分公司
发　　　行　世纪出版股份有限公司发行中心
印　　　刷　启东市人民印刷有限公司
开　　　本　890×1240 1/32
印　　　张　8.25
插　　　页　4
字　　　数　211 000
版　　　次　2016 年 8 月第 1 版
印　　　次　2016 年 8 月第 1 次印刷
I S B N　978-7-208-13846-9/I·1543
定　　　价　35.00 元

目录 ————————————

# 1

## 两个小提琴家的较量

与大部分男孩不同，我小时候只挨过一次打。

因为那次我动了我爸的小提琴。那天是星期五，是例行的放学踢球的日子。结果那天刚出校门我就磕破了膝盖，只好坐在场边看他们踢，一边忍受着汗水渗进伤口的蛰疼，一边把身旁的蟋蟀草薅得乱七八糟。所有积蓄的精力都用在了回家后，我在客厅颠球，打碎了一只杯子，腿又磕在椅子上，刚在小诊所包扎好的小伤口就又疼得我龇牙咧嘴。之后动画片总算拴住了我约莫二十分钟。我爸爸在阳台练琴结束，把小提琴放在沙发上，上厕所去了。客厅里只剩下我、大盗贼霍森布鲁斯（不过他在屏幕里面）和那把小提琴。

我爸爸是个小提琴演奏家。他每天都要在阳台上练琴，前后几栋楼的住户和楼下一些野猫野狗就是他的听众。我从记事起就见他面对一块有点脏黄的玻璃陶醉着，眼睛不用睁开，因为有别的途径传达心意。小提琴虽然很轻，但全部的平衡都要靠脖子和腮帮的夹合完成，几个小时下来也变成了沉重的负担，弓子的力度变化，揉弦的肌肉活动，这些都让我爸爸在练习过后大汗淋漓。他会小心用一块软布擦去脖子里的汗，擦干净小提琴上的汗，异常仔细。那把小提琴很昂贵，18世纪的斯特拉迪瓦里，比我们家的房子都值钱。当然也不全是因为价格，小提琴是他的生命，所以他仔细异常。

但星期五那天他十岁的儿子动了他的琴。

小提琴上有四个"轴"，那上面绑着弦，从小我就想拧一拧。人们制作出可以转动的轴，就是用来给拧的不是吗。

小提琴的琴头很优雅，良好的雕工营造出一种植物蔓茎自然的卷曲感，让我想起一部动画里蟋蟀拉的树叶，葡萄藤的盘旋，美术课上老师给出的示范画里的流云。卷曲的部分往下是一个槽，四个"轴"准确地榫在它们的洞眼里，弦就绑在上面。这就是我好奇的部分。

那个时候我上学跨坐在我爸或我妈的自行车后架上，一个体面的的确良的背挡住了我的视线，沉默的路程几乎横穿整个城市。路边一个白色塑料泡沫箱迅速地离你远去，上面扎满五颜六色的冰糕纸，我后来知道那里面的填充物也同样是塑料泡沫，卖冰糕的人远没有想象中奢侈。同样迅速远去的还有自行车穿过一滩积水后像蘸水笔带出短暂的轮印，一家西药店门口打碎了的花盆以及我的做贼心虚，几只运动鞋在身后追赶打闹踏出的声响。

这时视线所及只有一样东西持久不变，四条电线持续着柔顺下垂又自然抬高的规律，似要延伸向无尽的未知的远方。我那被立体几何老师夸赞的大脑里马上出现一个缆车一样的空间，在四条电线组成的方棱柱形饮料吸管里与我保持着同样的速度向前滑动，有时碰到电线杆的小节线，稍作整顿后继续前进。

小提琴的四根弦让我产生同样的幻想。我知道其实它们几乎位于同一个平面，但那平面如同夜晚仰望星空时的幻想天球，我坚持认为它们实则距离遥远，就像参宿四与参宿七的距离要用光年计算。如果扭动这弦头的"轴"，整个空间就会产生某种深刻的变化，仅从外表无法一查端倪，只有无比熟知这四根弦的空间的人，它的主人，早已与它灵魂一体的人，一下就能察觉，比如我那如厕归来的爸爸。

于是我就经历了此生唯——一次家庭暴力。

我爸打我打得很凶，以至于我怀疑他若不是整天沉溺在小提琴上，我会有更多地方惹到他，经历一个正常的男孩该经历的一切。那天我腿上带着伤，又一次在地上蹭破之后就留下了疤，最痛苦的不是疤本身，而是它并非来自挥洒汗水的球场，根本谈不上小男子汉的骄傲，我要穿着短裤与那些真正负伤的勇士站在一起，就得害怕话题跑到伤疤上来。

我决定从此不碰那沙发上的木头疙瘩。

除了人拥有记忆，家也会拥有记忆，被某个成员承载，用某些方式传递着，直到某个后代忘了把它传递下去或者这家中最后一个人死去。我家的记忆里有个很有趣的片段：一家人还在住带院子的小平房的时候，家里同时养了猫和小鸡，猫就经常咬死小鸡，不是为了吃，而是出于猎手本能。我奶奶就把咬死的小鸡放在猫面前，打它屁股打它脑袋。后来可怜的猫竟然形成了对小鸡的恐惧，不敢轻易到院子里去，看到小鸡在面前跑过就闭上眼，于是小鸡纷纷蹦上它的脑袋，它成了它们蜷成一团的玩伴。

打那以后我没正眼瞧过那把名贵的琴，它渐渐老去的橘色漆面，早晚有一天会像窗台上的水果般皱巴，它乌溜溜的盒子里面装了个黑洞，夜晚有可怜的老鼠从上面爬过它就张开嘴把它吸进去，一点儿也不嫌肮脏。它们在每天下午夕阳的照耀下有了更丰富的颜色。有时它们会停留在我的余光里，我就会想，如果有什么东西在一个男人心中比他儿子还重要，这东西一定是魔鬼造的。

我的小提琴家爸爸，许多人喜欢他，可我不喜欢。

我唯——一次看他正式演出是十六岁要升入高中那年。我与母亲坐上了一辆通往省城的绿色小巴车，挤满了人，晃晃悠悠，最后一排的窗口打开也不能消除一丁点烦闷感。我们手里各拿了一个盒装牛奶，另有一个塑料环把的布手提袋放在我们之间，里面有五只橘子。这一切都是为了消除我犹如惯性的晕车感。

每次坐车去省城对我来说都是灾难，也是司机、我前后邻座，所有人的灾难。晃动的旅程、糟糕的汽油味、所有人的拥挤烦躁情绪都在悉心孕育呕吐感，我就像车上的定时炸弹，任何祈祷都是没用的，两个小时的路程一定会让我爆炸。

早在我更小的时候，我觉得我的父母还爱我的时候，每年"六一"都要有一次这样的经历，他们觉得人民公园或者蔡记馄饨能安抚我快要把肠子吐出来的痛苦。期间我们尝试过各种办法，包括注视窗外，唱歌，剥开橘子皮罩在鼻子上，没有任何一种能对我起作用。等我犹如浴火重生脚跟重重踏在省城的柏油路面上时，已经说不清是对父亲的成见还是晕车加剧了那次观看演出的糟糕体验。

接待我们的是剧团的某个领导，他是个大提琴般的男人，身材高大略有一点肚腩，说话时伴随有洪钟鸣响的笑声。比如"他正在忙着准备，恐怕厕所都来不及上，要尿在裤子里哈哈哈"，然后他发觉这话很不礼貌，就自觉闭嘴，在灯光暗下之后很快成了一座黑魆魆的小山，脸上的羞红再也看不见。

于是音乐会开始了。

我注意到当时的我手里正捏着手提袋里五只橘子中的一只，凹凸不平的触感给了拇指掐它的动力，一点汁液流出来，我借着应急指示灯的光仔细看看手指，指甲缝里果然出现了经验里的黄色。但我一点儿也不想吃掉它。是不是表面不光滑的东西都能长时间保留某个环境里的味道呢？我的地球超人就曾在迫不及待拆包之后永久地留下了车上的汽油味，他的肌肉实在太发达。我对橘子的怨念、对地球超人的怨念很快就变成了对汽车的诅咒，在我想着这世界上最丑陋的东西时我爸和乐队里的许多人登场了。

有一种感觉很奇妙，我不清楚当画家看到自己的作品挂在展厅里被人围观或者作家偶遇捧着自己书的读者时会有怎样的想法，我亲历了台上穿燕尾服的主角练习这曲子的日日夜夜，竟然有了点创作者的感慨。

由于对音乐的排斥，那时我还不可能知道长笛单簧管，边鼓和锣也还在两年之后的音乐图册上才能见到，而对于我爸手中名贵的斯特拉迪瓦里，几乎所有人都能一眼看出它与众不同，乐队里茫茫一片的量产机都只能为它保驾护航，我脑中没有音乐只有动画片。我更不清楚是不是一个好的艺术家在舞台上才能真正展现自己，旋律可以很快在记忆里找到它们的旧河床，但新的河水与之前完全不同，无法名状。这对于抠巴着一只橘子的我是一个未知世界，我知它魅力无穷，但我一点也不想接近它，不想变成我爸那样的人。要被迫抗拒有吸引力的东西，一定比痛快地拒绝更糟糕。

人们坐在折椅上，于是衣服后摆就垂下来，几乎拖到地上。一个戴眼镜的阿姨是最轻松自在的人，演奏的是想要表现宫廷主题的绘画或者神话故事插图里经常出现的乐器（后来我知道那是竖琴），事实上大部分时间我都在观察她的手而不是我爸爸，可她和所有人一样在关注我爸爸，他是主角。又有一个留了短小胡茬的男人引起我的注意，他的武器是竖着拿的火箭筒，我的耳朵伸进鱼群想要把他的那只鱼抓出来，那声音像他的表情一样严肃。无数弓子让我联想了奴隶手中整齐的桨——这也是某些动画的重要题材。一声巨大的锣响之后所有人噤若寒蝉，我爸爸的琴在低语，指挥手中的教鞭正在为某个重要的公式颤抖，这是第一个让我感觉"有点震撼"的地方。

音乐会持续了三个小时有余，这让我对自己耐心的极限重新好奇起来，而我妈妈则捕获了她认为非常重要的两个细节，并如实告诉了我爸爸。也只有在最私密的家庭餐桌上，小提琴家才会坦白自己"确确实实拉错了个音"，但是"没关系，人们会把它当做个性发挥"，这是"名家特有的侥幸，迁就的大道"。

"是第一首曲子中间吗？"我妈妈问。

夹青椒的筷子停下了，一只蛾子不知什么时候飞进来，在白而亮的灯光里留下扑腾的影子。"你也懂音乐了？"我爸爸说。

我妈妈笑了，这给了小提琴家一种错觉，觉得他的妻子经过二十年的熏陶有所成长。

"我们家第二个懂音乐的人可不是我。"她说，"你儿子那时轻轻哼了一声，轻到只有我听得到，这可是我在他四岁之前每个晚上练就的本领。"

"我没有。"

"你有。"

"我只是有一口痰。"

"你爸爸大概当时也咯了一口痰，所以拉错了。你们真像。"

她又转头对我爸爸说："还有，第一首结束时他哭了。"

于是我难过得失去了吃那块鸡蛋的胃口，我爸的巴掌就拍了下来。

"夹起来的不准放回去！"他说。可他早忘了自己那块青椒。


某天早晨一只肥麻雀穿过明媚的阳光，结束疲惫的飞行之后把全身重量交给了香椿树，当它安心梳理羽毛时目光不经意间瞄到一扇钢窗，透过带有一道裂纹却擦得很干净的玻璃，看到这家沙发的蓝布罩上躺着一只崭新的黑色小提琴箱，我正站在门口面无表情地看着它。

"为什么不试着拉一下呢？"第二个星期时我妈妈问。

"我讨厌小提琴。"

"其实你既不讨厌小提琴，也不讨厌你爸爸。你爸爸也不讨厌你。"她说。

承认的话也无所谓，我不讨厌小提琴。但我确确实实讨厌我爸爸。作为艺术家他可能很出色，但作为一个人他是不完备的，他陷入某种魔力里，忘记了更多基本的任务，他觉得这是境界，许多人都觉得这是境界。如果他们身边有这样一个亲友情况就不同了。我的妈妈嫁给一个这样的人，这是一件匪夷所思的事。不过大概所有的爱都匪夷所思。我后来知道让我流泪的那首曲子，描述的就是匪夷所思的事，让我想到一个女孩。

我偷偷开始拉小提琴。

我开始画出我爸拉琴时的每一个细节，拿弓子时伸长的小指，腮帮夹在哪个位置不会咯到锁骨，手肘翻出的角度。于是阳台上出现了一个小一号的提琴演奏者，他将是邻居们痛苦的开始。那是个漫长的暑假，白天非常热，夜晚风很大，没有下过一场雨。

艺术品制作时和观赏时完全是两个概念，十几年来我在这阳台上练就了刁钻的耳朵，它让我痛恨这初学者的手。不过我很快发现了一些门道。指头在这毫无提示的弦线上滑动，拖泥带水地拉出许多音，大多数音令我烦躁不安，它们像难以驾驭的狼和野猪，沿着一切有缝的地方横冲直撞，在楼下野狗部落中引起一片斥责。只有一部分音让我满意，我试着把它们挑拣出来，感觉就像去年秋天在乡下拣拾遗落的麦穗，它们很快被整齐地抓在左手，下端齐平上端则各有长短，拿一小把在煤火上烤好搓掉外壳，新鲜烫牙。

每当我回忆起一个音，我就把它试出来，在我的星图上标出它属于翼宿二十二里的哪一个，这样的工作很有趣，我很快就拥有了完整的朱雀翅膀。虽然我还是不会拉那支曲子。

敬告我的读者，你越想隐瞒的事情，你妈妈越会知道，包括你喜欢过的每一个女孩，包括你自慰的频率。我妈妈开始不断怂恿我爸在晚饭后拉上一段《梁祝》，就像她自己在学琴一样。我就趁此机会瞪大眼睛看，所有的声音都是调和的状态，所有的星星都是有序地排列，我开始用这样的方式学习第一支曲子。

后来有一天我爸拉完后突然对我说，记住，重要的不是灵巧和速度，那些可以练出来，重要的是力度，力度是用心感受的！敬告我的读者，你以为你爸爸不知道的事，其实他也知道。


　　我不需要一个连音色都解释不清的物理老师来给我示范如何把发声的音叉放进水里，以揭示震动的奥秘。这位物理老师从没在夏天琴房的折凳上把太阳熬下山，自然也不会有过那样的经历：汗水挂在琴弦上，滑落之前拉响，瞬间震颤之后水珠会迸裂开花。我有许许多多的汗水供这样取乐，琴托像个浅池，腮帮上所有的汗水都在此集中，顺着螺丝轴向下流。吊扇只能把汗臭和温度再次搅拌到一起，形成一种类似面粉是面粉、鸡蛋是鸡蛋的稀糊，顺便一提，我的首次鸡蛋饼尝试还算成功，除了卖相不好。

　　这是我进入高中后，被送入一位老师门下学习小提琴基础课程的日子。我和许多同学一起，真真正正从空弦开始拉，从小星星小蜜蜂开始，尝试着走进另一个世界。如果要让我那位物理老师来解释这间教室里的东西，他除了"震动"之外再也找不到别的词。在我眼里是另外的景象，弓子被用来打斗，破坏性地敲一只木鱼，下雨天松香特有的沉积感，成为了墙上一块被想象成低着脑袋的老和尚的墙皮，所有的骚乱会随着窗外扫视而过的一双眼睛重归平静，尽管提琴老师从没真正打骂任何一个人，我们还是怕他的眼睛。他是个不苟言笑的瘦子，认真拘谨，对于坐姿的讲究很顽固，经常打断一段旋律只是为了让演奏者把屁股往前挪，要求"大腿悬空"。他对我的评价和许多人一样是"惊为天人"。

　　高二下学期我已经取代了有着十年琴龄的高年级姑娘，成为乐队的首席，支撑着学校内的节日演出。但那并不愉快。因为永远会有一双冰冷的目光从你左后方投过来，用十年里断掉的马尾捻成绳子绞死你。如果你不经意间用天分战胜了汗水，你不会感到快乐。这是鸡尾酒那段灰色的部分。

　　所有的音乐社都有这样的故事，毕业后有的人再也没有拿起过琴弓，有的只把音乐当做爱好，有的为了一些强烈的东西成为艺术奴仆出没在街头酒吧甚至乡下红白喜事响器班。当这部分同学某天突然得知，曾经在自己身后闷不吭声拉琴的同学进了巴黎音乐学院，尔后还拿了罗马大奖（我在梦里拿过），是什么感觉。很快就有了一个相似的机会，在个人音乐会上我和一个同学偶遇，我想不起他，他却声称记得我，当时的我以为这就是所有大人物的特点。

可能由于我是小提琴家的儿子，也可能由于我确实演奏水平很高，总之我也成了职业演奏者，开过了演奏会。荣誉像马蜂般追逐一个不到二十岁的少年，这是件很可怕的事。对我而言，这虽然稀里糊涂但很受用，就像三十岁后你给一帮如花似玉的小姑娘讲故事，在适当的地方顿一顿，她们就冲你"哇哦"，其实心里在说"这故事弱爆了"。但她们有教养，又懂得某种供需，仅此而已。

也许某些家庭习惯给客人看相册，因为那确实是了解一个家非常直接的手段，尽管很少有照片能恰当如实地反映生活。我们家并不经常拍照，但会有个大相框挂在客厅墙上，里面展示的是我们觉得漂亮，或者具有代表性的照片，是从相册中精心甄选出来的。

两张合影会雷打不动摆在中间，下面那张是黑白的，时间给它染上了第三种颜色，黄。上面的人物是我爸爸，他的哥哥，他的姐姐们，我未曾谋面的爷爷和已经去世的奶奶。上面有一张简单明了的彩色照片，属于这个家里现在的三口。旁边的照片不久前被替换了，我爸爸风光无限的时代缩影屈尊移驾到右下角，剩下的地方全部被换上了我。我在阳台上。我在舞台上。我领奖。我以各种角度拉琴。我以各个年龄拉琴。

渐渐我爸爸开始坐不住了。他不想让我参加更多演出，在家里时也显得更加烦躁，如今他更多的精力用在了对我指指点点上。他像是已经退居二线，偶尔当我的特邀嘉宾，那时我才对他报以适当的礼节，以免曝露更多父子私人感情的东西。偶尔我开始觉得，自从那个踢不成球的星期五之后这么多年，我们之间一直这么别扭着，我是不是应该做出一些让步和安抚，给牙齿掉光的老虎一个安然的好去处。

一次综艺节目里，我坐在软到令人不适的沙发上，另一处巨大的凹陷来自我爸，一位善良的、显得比我还要年轻的主持人试图充当我们之间的调和剂，我在他的诱导下开始回忆我爸爸的演奏，以及对多年之后台上台下的人对调的感受。我依然记得第一次灯光照射，一种眩晕的亮，热且不自然，我并没有第一时间去寻找我的父母。经验丰富的指挥家在用眼神宽慰我，当我脑海一片空白时，第一个音很快就出现了。

就像十分钟前我爸爸坦言的那样，我也没有什么精力去思考观众席上的人，我致力于描绘星图。分布，散落规律，连线，经纬网，有一种巨大的东西将我包围其中，感到舒适安心，音乐不知不觉间就与银河有了壮阔的相似性。我发现自己不是个会怯场的人，当然一个演奏家无需与谁互动，专注自己的内心才是对观众最大的回报，这可能是我首次登台得以成功的，很重要的原因。多年前我就注意到乐队与独奏者会经常问答，他们充实你的背景，掠阵的副将们会让人心安，不需要担心后果，随心所欲地向前就是了。这一点上，我的父母其实也一样。

就在我打算继续按照准备好的稿子背下去时，我爸爸及时打断了我。

"没有人会为你掠阵。"他说。

这是一种不顾一切的阻挠，我看到他眼睛里表现出刚硬顽固，不留情面，三台摄像机镜头对准他也不可改变，我听到那位善良的年轻的主持人大脑飞速旋转的摩擦声，可怜的他没有搜寻出任何与机智有关的东西。

"你想说什么？"我问他。

"没有人会为你掠阵，你始终要承担一切后果，演奏永远——你给我记住——永永远远都是一个人的战斗。你要只手与世界搏斗，乐队不会帮你，他们坐在那儿因为那是他们的职业，父母不会帮你，他们照顾你起居是出于惯性停不下来。"

"你只是想给我泼冷水而已，因为你被我抢了风头。"

我说完这句话，所有人都不再说话。

总有这样或那样的时候，全部人都不说话，那就是准确刺中了穴位，人们却还在想，到底是刺中没有？人们未必同意这个观点，但却要为它停下来思考，不是立马跳起来反对。编导进来圆场，我就知道摄录停止了，但他们会后悔的，因为接下来在场的所有人都将见证一件事，父亲向儿子发出了战书。据我所知右边第二台摄像机后穿红 T 恤的小伙阴差阳错没有把机器关掉，于是有这样一段角度不好但弥足珍贵的影像留了下来，我爸爸情绪激动，我故作镇定，我瞪着他，要把小时候挨的打，我膝盖上留的疤，统统瞪回去。他就扬起手要打我——有生以来第二次打我——被编导象征性地拦一下，就没有真的打下来，转身走出了演播厅。


我开始紧张了。

这个舞台我不知道站了多少次，它就像我自家的阳台，演奏和掌声顺理成章，板材的质感早已融入了自信的节奏，可今天我把初次登台时没能完成的紧张统统拾了回来，重新变成娇羞的少女。我会从左边登场，我爸爸则从对面。我们走到台中，面对面眼瞪眼地较量，就像死敌那样。

像是故意安排的一样，但我知道其实并没有，我穿了西服，他却是中山装。我用一把现代制琴师的得意之作，他用的是几百年前大师的典范。我把短发梳得根根直立，他却需要想办法自然地遮掩一点上中天的地中海。毋宁说，这场决斗带有浓重的象征意义，他的稳健厚重实则是我渴望的东西，我心里隐隐约约地知道，过分的荣耀已经让我浮躁，我还死不承认并把它解释成活力和热情。

我想到昨晚我们久违地一起吃了晚饭，他开了瓶酒自斟自饮，我也刷了个杯子，装了半杯沉默放在桌边。他就用酒把另外半杯空间补满。酒一点儿也不好喝，可偏偏有人热衷于它，我们晚上喝闷酒就是为了占着嘴不用说话。那时候我们不是父子，他是我四十五岁的敌人，我是他十九岁的仇家，我的年龄是我们被迫一起生活的日子的计数器，恩怨马上可以结算一下。

等到幕布拉起来时台下一定坐满了观众，他们不一定像往常一样只来奉献掌声，有些可能是看父子斗的热闹。我压力很大，更糟糕的是我在乐队里发现了熟悉的人。在高中乐队被我取代的首席小提琴手，如今坐在乐队的钢琴后面，把整个身体藏在黑色的山峰后，一双熟悉的冰冷的眼睛从顶盖下面的缝隙里蛇探出来。我不知道钢琴那庞然大物之后，她今天的穿戴如何，不知道时间背后她拥有怎样坎坷的经历，从小提琴转行钢琴。不知不觉间造就敌人，是少数精英的困扰，事到如今我还保持着这份骄傲。今天我就像客场作战的足球队，有失败的狡猾借口，我开始心虚了。一直到我爸爸登场，我们站在台中央互相盯着看时，周围的一切都不再重要。

我不知道自己何来的勇气答应这场挑战，我爸一开始拉琴我就心虚了。虽然我经常听他在阳台上练习，经常不肯承认地模仿他，但还从没有把我们的琴声放在一起比较过。我想到自己第一次在阳台上拉琴的样子，所有的一切都是照着模板来的，这场比试来得太急，我完了。我觉得错怪了高一时的物理老师，因为音色这种东西，现在的我站在台上，在五步之外听那声音，也依然不能解释到底是什么造就了它。好的声音是自然天成的，没有一丁点人工痕迹，它就是这个世界本身存在的东西，风吹草动电闪雷鸣，没有人知道它如何诞生。我对那个有点发福的物理老师太苛刻，这种临场担忧是个巨大的隐患，这是物理老师的报复。今天我完了。

等他停下，我还是硬着头皮开始演奏。此刻我想的不是战胜对方，而是只求达到我力所能及的完美，可我越进行下去越是苦恼。这声音并不差，一切能够形容乐音之美的词放过来都当之无愧，但这与我爸的演奏根本就不是一个档次。

我不知不觉流了很多汗，它们沿着琴面的倾斜滑落，越是到不能分心的地方我越是注意到，琴码下面很薄的一层松香被切出河道，F孔则像无底深渊吞噬了河流。客场的劣势很快也会到来。这首曲子有一段钢琴间奏，当我的第一部分停下来，钢琴就把下坠的气球顶起来，再重新交给整顿后的我。可这里出了问题。

间奏的最后一个音，那女孩故意弹低了。本来按照作曲者的意图，我会在这里用一个稍高点的音承接，和间奏形成五度，可那间奏低了半音，我硬要接上的话，就必须置古老的对位赋格以不顾。我知道在工厂里，焊工不仅要求把材料焊好，还要保证焊口的整齐漂亮，这是工匠与艺人的差别，是境界的差别，焊口没有出现美丽的花纹，小徒弟就要被师傅敲脑袋。我有点慌神。如果要保证接口的完美，后面的曲子全部都要跟着降半音，我不能保证在今天的状态下不出差错。

我得做出决定了，在所有人都察觉了异样，把目光转来的一瞬间，我闭上眼睛拉出了心里想的那个音。我知道他们都会皱眉，这个音不需要有人对你讲，无论你懂不懂音乐，你都会觉得这个地方很别扭。我失去了天津九星完美的回路，我只有一个缺了口的贯索，那是绞刑的绳套，是我失败的象征。物理老师是个温和的人，复仇也用了温和的方法；那女孩却像犀利的刀，二话不说就切出伤口来。

复仇者笑了吗？我不想睁开眼看。


"我可能不会再拉小提琴了。"我直言告诉父亲。他没说话，也没看我。

"无论你拉不拉琴，你都是你爸的好儿子。"我妈妈说。

"我不是。"

"你就是。千万不要以为父子间有了矛盾有了隔阂，争吵过敌对过，就成了敌人。你们是亲人，闹够了就和好吧。"

"妈你别说了，你不会懂的。"

"我怎么不懂？正因为我懂，我才没有阻止你们决斗，这就是父子之间处理情感的方式，经历过这些，我家的两个男子汉就都成长了。"

我突然就说不出话了。那一刻我真是觉得，这辈子就算读再多的书，走再多的路，也不要觉得母亲无知，女性的智慧是儿子永远不能企及的，她们能做的事男性大概永远无法做到。所以她会觉得我们一大一小两个男人，永远都是需要成长的小树苗，偶尔长出点歪枝，互相纠缠在一起，统统不是什么大事，她只要事后用剪刀咔咔一剪。

但我说不拉琴是真的。我花了很长时间想这个问题，终于还是逃不过去征求他的意见。

"父亲。"我说。

他连报纸都没放下，闷着头问："干嘛？"

"我问你些问题。"

"我是说，你干嘛用这奇怪的称呼。"

"好让你知道我很认真地要问些问题。"

"说。"他终于把报纸放下了。那个年代的人们经历了精神食粮的匮乏，能戴上眼镜肯定是知识分子，他不是。现在年龄帮他实现了目标，没有那只可折叠的金丝边花镜的帮助，就别想读报纸，他不道德地从不为这种不符实的误解辩护。他从眼镜片后面看我的时候，像另一个人，一个从没有学过小提琴、安安生生过小日子、温和谦逊的父亲。

"有屁快放！"我的出神让他不耐烦了，于是他用四个字打破我的幻想。

"您觉得我的技术如何？"

"没什么好说的。"他说。

我的爸爸嘴很硬，从没有人在他那儿得到过夸赞，他别扭了一辈子，用现在的话来说就是毫无疑问的"傲娇"。在傲娇的世界里，"没什么好说的"就等于"超一流、没的说"。

"我对乐曲的理解、对感情的把握如何？"

"就那么回事。"

"那你承认我是个'天才'吗？"我仍死盯着他。

"凭良心说，你是。"

我也知道我是，就算我爸这样的人，也没办法拐弯抹角，把这个事实抹得更圆滑一点。但我并不是来要夸奖的。于是我接着问他："那我们的差距究竟在哪儿呢？给你两个提示：经验、武器。"

他想了想，说："经验。"

"不对。战国时韩国将士持强弓劲弩，棠溪宝剑，能在四面受敌的中原腹地屹立不倒，就算强大如秦国也不能在全盛的韩面前讨到半点便宜。你能战胜我全凭你那把琴。与其说我输，毋宁说是我那把新琴输了，你说那位制琴师傅功夫不到家也好，经验不足也罢，那是他的理由，与我无关。"

"胡球扯！给你那把琴你也赢不了你老子！"

"我就问一句，你敢用把新琴跟我比吗？"

"输了就认，找一套大道理打嘴仗，读了几天歪书了不起你了？"他开始拍桌子了。

"你不敢。你这辈子就只顾拉你的宝贝琴，你连歪书都没看过。你那眼镜可不是用功的标志。可别说你没听出来那弹钢琴的小姑娘故意坑我。"我说完转身就走，他摔烟灰缸的样子一点都不好看。父子关系不知道还需要多长时间、以什么契机才会修复，我有点对不起力挽狂澜的母亲。

每个夜晚，都有一些问题深深困扰我。我虽然不再拉琴，但我的手，我的心，我的大脑一刻都不曾停下来。宇宙的起源，生命的意义，终极真理，人类的认知极限，一切都与我无关，我只想重新站起来打败我爸爸。当你躺在床上，悬空的手做出各种熟悉的姿势，可本该出现的音乐没有出现。自我惩罚带来的不止有溃败感，如果非说积极意义的话，那么它使我能真正安静下来，开始简陋笨拙地思考一些音乐的内在。

有个下午我爸又开始在阳台拉琴，是一首我没听过的新曲子，自然而悠扬，楼下最漂亮却最聒噪的小京巴都自觉闭了嘴。我就那么躺在床上静静地听着，分辨着节拍和旋律，突然发现自己能像大厨了解动物骨骼和纤维走向一样，摸到了那旋律的根骨，一切的变化，上行或是下降，停顿还是连续，基本全在预料之中。当然这可能是因为这首曲子中规中矩，不以峻奇为特点。直到最后一个音也准确落到了我早已为它预留好的空白上，我心情激动，开始回想听过练过的每一支乐曲。

我年少时急功近利，并没有耐心进音乐学院深造，没有一把胡子的老教授讲出我心中一些隐隐约约的器理，迄今为止我全凭自己的感觉。糊里糊涂，却又清晰可见，就像夏夜四点的夜空，所有的星辰都似成幻觉，如果看多了，自己都会变得边缘模糊。

哪怕是对理论一无所知的音乐爱好者也能感受到音乐与文本的相似。分辨出音乐中的语句是很轻松的事，作曲者简直就像在写小说，单句的长短，阅读的节奏，一目了然，在吹奏乐的谱子上甚至会有换气记号。我一度认为声乐才是最本初的音乐，类似朗诵的感觉，同样是带有情感抑扬顿挫的发声，这种惯性延伸到了所有音乐，小节线断开每一个组词，乐句与语句的同步，不完全重复的排比句型，几个乐句组成了长句，乐章提示出不同的段落章节。

当你听到一首歌，很快就知道它的最后一个音大概要回到哪里，一般这个音会与最开始的音形成某种照应关系。这是调式决定的，它一开始就有这么一根竹签，把所有裹了糖稀的无核山楂穿起来了。

我立刻想到博尔赫斯所讲的，关于短篇小说的圆环论，在绕了丰富多彩的一圈之后最终还是要衣锦还乡。这是几千年后人们才发现东西方哲学家朴素共识的惊奇，然而一位小诗人跳出来明确指出，"音乐更像诗"。

无论正确与否，有感悟就证明仍存热情，这就是足以打败我爸爸的希望。我依旧不认为自己错了，我爸爸那天说演奏时不能以乐队为靠山，他也有他的人生哲理，但那是赫拉克勒斯 ① 般的个人英雄。中国不宣扬个人英雄，中国的英雄都是智勇双全的将领，凭人格魅力统帅三军，这样的情怀我爸爸不懂。所以我能战胜他。我需要一柄利剑，格雷姆 ②、杜兰达尔 ③、嘉尤氏 ④、埃克斯卡利伯 ⑤，先辈匣中三尺水。

世上有太多人为了寻求而远行，漫无目标，也不乏惶惶而终者。

---

① 赫拉克勒斯（Heracles）：希腊神话中最著名的英雄之一，主神宙斯与阿尔克墨涅之子，完成了 12 项"不可能完成"的伟绩，解救了被缚的普罗米修斯，死后成为星座。
② 格雷姆（Gram）：北欧传说中的圣剑。
③ 杜兰达尔（Durandal）：《罗兰之歌》主人公，英雄圣骑士罗兰所配的圣剑。
④ 嘉尤氏（Joyeuse）：查理大帝的佩剑。
⑤ 埃克斯卡利伯（Excalibur）：即亚瑟王之剑。

## 2

在水下穿行的列车

盒子里几乎没有重量，一路上每个经手的人都怀疑这个邮件是不是只装了安大略最新鲜的空气，于是它们轻轻晃，轻微的滚动声令人遐想。我之所以说每颗星星都值得期待和珍惜，因为它们要花几百亿年时间把自己的光芒寄来，等你收到，它或者已经化成一捧土或一个美谈。你将永远无法得知这个过程里它们经历了什么。

　　我打开盖子，一颗狭长的棕色球果呆在角落里。它像个不愿说话的少女，冷漠是比身外鳞甲更坚固的保护，手指施以力度时就能感觉到它的反抗。不是以逃课、谈恋爱、染发的方式，是精神上的固执。我知道我可以立刻用手指捏碎她的铠甲，一些细小的种子就失去保护掉进我手里，它们在太平洋彼岸收获了一年的阳光就要开始灼烧我的手心。

　　九月我偶然看到一则《真理报》的消息：

俄罗斯伊热夫斯克市有一位28岁的男青年Artyom Sidorkin因为肺部疼痛、咯血赴医就诊。医生判定他肺部长了肿瘤，但是在动手术切除之后，才发现所谓的"肿瘤"，原来是一棵5厘米高的云杉树苗。于是医生猜测，可能是这位青年先前不小心把一粒云杉种子吸到了肺中，结果种子在他的肺部发芽了。

长久以来的寻找，让我养成了对云杉、雪松、虎皮枫的过度敏感，直觉起了作用，我想我可能找到自救的方法了。我要在自己肺里亲自种一棵云杉，用血液浇灌，用生命维护，我要制作世界上第一把从身体里长出来的小提琴。于是很快地，背着包裹的邮递员只身穿过狼和黑熊的雪原，守林人小木屋门前的红邮箱愉快地接纳了我的请求，而此时距离森林中最挺拔那棵杉的果实成熟尚需半个月时间。

有共识的交流应该能带来愉快，但我永远都不想与那个俄国小伙交流疼痛感。我躺在床上，感受着胸腔中的异样，疼痛提醒我这已经不是古老而费解的拟娩，而是一场真正的孕育，一场尽管听遍了老水手描述，不经历过却永远无法感受的风暴，看啊那金字塔浪。我真的把云杉种子从鼻孔中塞进去了——失败了七八次，最后借助了镊子。剧烈的咳嗽，我生怕它会被咳出来，好在强烈的生理反应很快消失了，我猜那大概意味着种子已经到达了终点，它也没别的地方可去。然后我喝了许多水，大口呼吸着，出很多汗，摸着胸口的某个地方。

我不知道这棵杉会从哪个地方钻出来，平滑的胸口毫无征兆，它突然就和六岁时小卖部里的抽奖箱有了相似性。纸糊住了五十六或者六十四（一定是乘法表里的某个数字）个格子，所有人都不知道最棒的东西藏在哪里，最幸运的一次我在右下角抠出来一只断了把的塑料摩托车，最差的是一只红气球，男孩们从来都不需要这矫情玩意儿。不能心急，它会出来见我。

我立刻明白了那些早早为将出生的孩子准备好衣服鞋袜的母亲的心情。不，毋宁说我理解了一棵生长在北纬六十度森林中的树。树的生命是静态的，没有蠕动的喜悦，但出奇疼痛，我就知道它在那儿。

当时随树果一起寄来的还有一封信，从笔迹上我判断，署名 M.K. 的是位头发花白但精神矍铄的老先生，他无论走到哪里都会带上一把吉他，他养了一条永远长不大的小黑狗，他的两个儿子分别是多伦多写字楼里的白领和故乡小镇的报亭老板。

M.K. 的信言简意赅，"最理想最天然的材料，一片森林里可能只有数棵。"如果我把球果里所有的种子都种下去，最后可能挑不出任何一棵完美的杉树，所以我只种一棵，让它成为我生命的一部分，这就是我的小聪明。

我想这件事我爸爸不该知道，但杉树早晚会长出来，早晚没有任何一件衣服能盖住它。可能到了每个男孩生命中该有的，所谓离开家的时候了。

每个清晨我都早早地疼醒，太阳还没出来，我爸的呼噜声穿过两扇门直达我的卧室，书架上的一只犀牛玩具仍旧沉浸在它假想的环境里，对空气中隐形的敌人摆出防御姿势，它和已经遗失了的其他动物是我爸爸买给我的唯一一套玩具。于是某个清晨我突发奇想把它从书架上拿下来，塞进昨晚早就准备停当的背包里，在斑鸠的叫声中穿袜子，仔细查看书桌抽屉。在确认了实在没有更多该带的东西之后，我走进呼噜声大了一倍的走廊。开门声很可能已经惊动了熟睡的两个人，但等他们清醒过来，等待他们的将只有书桌上的一张纸，寥寥数字连封信都算不上，其目的是避免他们去打扰警察。


未卜的恐惧形成了一个奇妙的情景——黑暗狭窄的火车卧铺顶层，艰难地爬进床位，想象着尺蠖的蠕动、罐头中瞪着眼睛的鲮鱼、爱伦·坡的挤压过来的房间墙壁。最可怕的是这种恐惧将要伴随整个旅程。我只好长久地盯着窗上一个污点看，小麦为一个冬天整装待发了，守护自家田地的时而是简易小屋，时而是坟墓，一个恍惚之间地面沉陷下去，火车上了桥。

我最困顿的一次睡眠经历是凌晨打着掌机游戏，陪着四个主角穿越洞窟，那似是无限漫长的山洞，每隔五分钟我就睡过去一次，每次重新醒来都发现他们还没走出去，于是睡眠的间隔越来越长，直到最后一段完美地与闹钟相连，而可怜的四人组走了整整一夜。

铁路桥上有节奏出现的标识物终于也让我的眼皮越来越沉，我知道地面仍在看不见的地方向下延伸着，无数的下加线说明这个音不是为人类准备的，我此刻已经在一个无限深、无限远的裂谷上空，我和我的一切都颤颤巍巍漂浮着，胸口的疼痛感很快随着一切物体在视野里消失了。


"我姓熊。有什么问题可以找我。"他说。

熊先生长得真的魁梧似熊，我第一次见他是早晨七点，他的脑袋突然出现在我床头，然后用厚实的手掌拍醒我。

他对我说的第一句话是："检票。"他又仔细看看我，他认出我来了。"我是你的忠实听众。"他说。

"需要热水吗？"

"您不起来吗，太阳已经晒屁股了。"

"对了，我想起一事儿……"

然后他终于暂时离开了。很快他回来了，拎着把小提琴像拎着一只小兔子，要演奏给我"听一下"。我浑身疼得要命，肺里的小疙瘩像揪床单一样狠狠揪着我的血管和肌肉。我虚弱地看着他，一种积攒起来会致命的兴奋出现在那张大脸上，我庆幸自己并不是流行歌手，用不着经常享用粉丝的热烈。

列车跑了一个明显的弯，阳光刚好从车窗进来，他趁着初升的太阳拉了一首巴赫无伴奏嘉禾舞曲，等他结束时隔壁车厢襁褓中的女婴正执著地为他伴奏，他不得不对一位愤怒的妈妈连声道歉。他早就知道会这样吧，可我只要躺在这儿，他宁愿为自己惹来投诉，这就是粉丝。

"有什么要说的吗？"末了他问。可我说什么呀，我苦笑着摇摇头。他很热情，所以能演奏好曲子，情感的投入制造了美好的作品，作品又产生反哺的慰藉，这是种良性循环。不像我的痛苦带来杉树种子，种子那青春期少女般的反抗给我制造新的完全不同的痛苦。

而他显得失望，我觉得应该解释一下。

"我病了，现在连说话都很费劲。"

他脸上所有的情绪立刻都变成了歉意。

"我不知道……您是从上车前就病倒的吗？您要去求医吗？车上也有能应急的医生，我这就去帮您喊……"

"不用了，谢谢你的演奏。其实很不错。"我试着爬起来，这狭窄得恐怖的床位让动作更加艰难不堪，一双手伸过来帮了我。车窗打开了，小山脚下的风裹进来一阵咳嗽，我肺里的种子是属于自然的东西，遇见风吹就躁动不安，在手心里染出一朵红花。

"……肺结核？"熊先生问，并连忙掏出手绢来给我。在我回答之前，车厢里的人们都换了另一副表情。

"不是。"我回答。这也是所有人都希望得到的答案。我没有接过手绢，表示去洗一下就好，等我从盥洗室回来时熊先生已经不见了。


得知我是小提琴演奏家后，所有人都对我这病娇萌生出关爱，并在吃午饭前开启了有关"音乐"的话题。每个人对音乐的理解不同。

对烟瘾很大的中年男人来说音乐就是邓丽君的磁带、珍贵的短波收音机和霹雳舞。他声称能记起当时所有播过的电影里，所有出现过的音乐，但他刚唱到"啊无言的战友你那……"就变成了哼哼声。可惜他未能在这个车厢里找到共鸣，差点重燃的青春就再度熄灭下去，塞在皮鞋底一脚踩灭；

老先生爱了一辈子戏，年轻时差点跟戏班跑了，被老爹揪回来一阵痛打，可他后来还是娶了个小剧团唱花脸的太太。两年前死亡带走了太太的嗓子，可一切都挡不住他每天的梦里项羽昭君穆桂英诸葛亮轮番登场。他当下嘶吼几句，像已将胸膛掏空，赢得一片更像是尊重的喝彩，老泪纵横；

小男孩坐在他爸爸身边，忍不住要从书包里拿出口琴，吹了摇篮曲。他如今要坐这趟列车前往外地医院看望妈妈，为她吹一首曲子就是他认真听每一节音乐课最重要的理由。而音乐对我来说就是战斗，与疼痛较量，与音色纠缠，与世界搏斗。

音乐和食物一样，将永远跟人们的情感和记忆联系在一起。当火车被涵洞的黑暗吞没，车窗里就复制出一模一样的另五个人，那五个人在墙壁上滑行，突然间一言不发，等着话题从谁那里重新开个头。这次他们不会再回忆了，会谈谈现在。


熊先生再次魁梧地出现在车厢已是晚上了，他看了看手表，然后坐到我们中间来，与其他人打着招呼。不一会他小声问我：

"您是第一次坐这趟车吗？"

"我不明白。"

"那看来就是了。"

"我是指为什么这么问？"

他又看手表。这个频率让人怀疑他不是在解一道时间的难题，而是为了亮出手腕子里亮闪闪的装饰。

"我建议您上趟厕所，并且尽量……呃，排干净。"他显得有点尴尬。

我知道一些人有特殊癖好，隐约的怀疑把我往角落里推，他马上知道自己说错话了。

"不不，我的意思是……你知道火车上的厕所是随时把排泄物扔下去的，所以过些时候厕所就不能用了。"

我仍然心存疑虑，直到对面的小男孩跳起来要上厕所。"快去吧，一会儿排不上了。"他爸爸说。

"虽然并不是什么美好的事，这趟车的特点就是这样。"熊先生看了看车厢走廊，然后摆手示意我也看。上厕所的队伍已经排了很长，所有人都在看时间，时间就在手腕上和车厢门上方小火煎熬着他们。我眼珠子转了三圈也没想明白究竟为什么。

"我带你去员工厕所吧，得快。"他小声说。


车厢夜灯关闭前一刻钟我才慢悠悠爬回我那战俘营小格间，真的像劳动一天的俘虏一样躺下，列车广播里舒缓的曲子晚安播报被粗鲁的清嗓子声打断了。

"再有两分钟列车将进入水下路段，届时所有车厢的厕所将停止使用，为您带来不便请谅解。重新开放的时间大约会在明天上午。请各位务必一再检查车窗是否关闭，是否按下密闭锁。"

我从床沿探出脑袋往下看，下面四张床上每个人都在向窗外张望，可窗外是他们各自的影子。广播仍在开着，能听到某个地方的气流声，于是我就耐心等着接下来的话。可那只剩两个字了：

"晚安。"男低声说。

这句话伴随着一股冲击感同时到来，不知从哪发出一种力量，从列车头往身后传递，一种电梯在某层减速停下的凝顿感，可窗外什么也看不到。这就意味着列车已经一头钻进水里了吧，可为什么这趟车会有"水下路段"呢？火车的奇妙就是，永远都不告诉你走到哪儿了，直到你突然惊奇地看到窗外一条同样惊奇的鱼。那之前，我有幸在灯光灭掉时看到了最后一眼天空，水的边境线立刻以一个倾斜的角度爬过窗外，引来下铺男孩一声兴奋的叫声。

　　这样的夜晚立刻不再那么难熬了。

　　我为城市中的观星者感到遗憾，发酸的颈夹肌、第二天的感冒和聊以慰藉的三五颗流星，就是十岁那年狮子座流星雨的全部。所以漫长的一夜没有想象中多彩斑斓的鱼群，只有窗外微弱的示廓灯探到了几个奇怪的东西，后来我发现那是枕头套的带子。今天的梦是由一头深海巨兽组成的，它身上还带有不知名的英雄留下的匕首，已经和背长在了一起，它明白我那突然又开始的来自肺的异物感，我就爬到了它背上。


　　旅行的第二天如约而至，疼痛如约而至，咳出的血如约而至，除了阳光。我悄悄看到最下铺男孩的爸爸用手机写到：


　　　　一个有趣的细节：极昼又称白夜，极夜则不能称作黑昼，黑昼指的仅仅是阴云密布。


　　所有的灯都被打开了，我谢绝了和所有人一起去吃饭的邀请，恰好餐车送来苹果，在饥饿的早晨恰当又及时，我的手指在小盆子上方凭空挑选，最后抓住一只又爬回床上去。

　　慢慢地这狭窄的铺位不再那么难受了，疼痛也逐渐熟悉，它们变得像夏天的蝉声，一不留神就不会注意到它的存在。我的这棵树在它的故乡从来就没听过蝉鸣。它也不会知道它好奇的东西会给它带来怎样的伤害，吸取汁液，聒噪，在树干上留下丑陋的铠甲。但它的好奇带来超乎想象的力量，没有任何人可以规劝，悸动不安给我带来巨大的痛苦，就像是渴望爱情那样。

苹果我只吃到一半，窗外的水色就慢慢变浅了，我知道大概不久之后这发光的巨大铁蛇就会从水面一跃而出，在朝阳的取景框里留下一片欢快的金色水花。无论是水下、极夜还是阴天，这种沉闷都让我痛苦，我的齿痕在小苹果上很快变成灰褐色，我如此渴望新鲜空气。

我的早晨很快就迎来了新的面貌。情不自禁的呼喊声从前面车厢一路传来。我们的行进路线与鱼群冲突了，可船长并没有下令改变航向，窗外的水沸腾了，白花翻滚着，无数的大漩涡套着小漩涡，轻轻撞击着玻璃。这时打开窗，它们就会一股脑涌进来，从人们脚底下钻过去，游过每张床铺，钻进袖口和领子，钻出裤腿，钻出另一侧的窗子，天汉就把一只天鹅、一只老鹰，一只蝎子贯穿。那个熟悉的感觉回来了。

我还是十岁的我，不仅会拧小提琴，还抓猫尾巴，把它关进烤箱、洗衣机桶，没有任何人能阻止，只要大人的盯梢一松懈，猫的厄运就来了。究竟是什么改变了我，在十年后让我成了大概整趟车里最沉默寡言的旅客。另一个我潜伏了很久，但只要潜伏着，就随时可能重临。我无比想要看到银色的鱼群从这里钻进来，从对面钻出去，此生第一个语文老师经常用的形容——左耳朵进，右耳朵出。我很快爬下顶铺，研究起窗子的密闭锁来。

需要拆除四个搭扣，松开气压扳手，然后像平常一样抖动着提那块玻璃。我马上后悔了，比没关总闸就换水龙头的我爸更惨，我根本没法和巨大的水压抗衡，刚打开一条缝的车窗拼命抖动着，更要命的是鱼群消失了，没有一片银鳞漏进来。

车厢里的警报声让我头晕目眩，我被打翻在地，不知所措地看着海水把一切淹没，同样被打翻的小茶杯，放在地上的随身包，一件外套，很快将是下铺的枕头。车厢门被粗暴地打开，喘着粗气的身影跑出了结实的咚咚声，列车员熊先生一把拽住我的领子把我扛在了肩上，折返时我从他肩头看到皮鞋踏开的水花。恰好有人从餐厅回来了。

"退回去，走，走！"他喊道。

我们冲过一扇门，我看到了无数惊愕的眼睛。身后咔哒一声，整节车厢就这样在我们身后锁死了。


这件事也太浑蛋了点。不需要你说啊，我明白，我都明白。要是剁掉双手不疼的话，我早就剁了。这话在车长室讲出来是不是显得太不严肃？总之就算万般不愿，熊先生还是悄悄押着我去见列车长了。

紧凑但舒适的小房间里坐着络腮胡子，我们隔着一张摆满各种小物件的桌子站在他对面。

"没有人和他一起吗？"络腮胡子问。

"他自己一个人。虽然看上去太年轻，他已经十九岁了。"

听到这样的回答，他就眯眼看我，我却在扫视他桌子上的火车模型，透过更小的车窗，能看见更小的桌子和床铺，桌子上甚至还插着花，红的黄的，它们大概更经不起海水倒灌。

"年轻人，不啰唆了，我就问一个问题，是你开的窗吗？"

"不是。"站在我身旁的熊先生似乎早就准备好了这个回答，就等着适时把它扔出去。我看看他，觉得不可思议。我总要说点什么，但熊先生用胳膊肘拐了我，我差点跌倒。

络腮胡子把一切都看在眼里。他制服肩头的颜色，他的眼睛，当然还有他的胡子，都让人觉得这是个老江湖，这列车上发生的事，有什么是他不知道的？这样的小谎，到了这儿就是螳螂胳膊、麻雀眼泪。

"不是他开的，是故障，我忘了检查。"

列车长叹了口气。

"你非得这么说吗？"他问。

"前天早上我在车厢拉小提琴，耽误了工作，还遭到了举报，大家都知道。"

我急了，可是熊先生瞪我，他这是说"你闭嘴"，我就开始害怕。怕人们知道是我惹的祸，又怕熊先生要被责罚了。在古代船员犯错不是要被扔下海喂鲨鱼吗，虽然这是辆火车，可它不知哪根筋不对下到海里来，就跟船差不多吧。跟潜水艇差不多。

"那行。出去吧。"列车长说。他的钢笔心烦地敲起桌面来。


我们本来所在的车厢，密闭之后很快就开始往外排水，乘务员打扫了水迹又换了新床褥，当然又重新检查了一遍所有窗子。我忐忑不安地回到车厢，人们在检查自己的行李，好在没什么重要的东西被损坏，水其实只漫到了大约小腿肚深。但当跟他们目光对视时，我还是脸红心跳，眼睛直往外看。

我再没见到熊先生，不知道他遭到了怎样的处罚，当列车广播对刚才的事故道歉时，离我们从海底一跃而出还有半个小时。

我看到了山。

列车跃出了海，开始在群山中疾驰而去，打击乐的节奏，呼啸而过的里程桩，列车的心跳。终于稍微平静下来，我发现胸口的疼痛没有再发作了。

列车上的盥洗室并不密闭，我一直等到大部分人都午睡了，所有人的注意力都被打鼾那个人吸引时，才悄悄走进去。不知道从什么时候起，我上唇的胡子开始悄悄旺盛起来，它们之前一直是普通的汗毛，但在哪一夜得到了生命信号，这种秘密我无从得知。

镜子真是个神奇的东西，你越在它面前站得久，就越觉得，把镜子想象成一个世界实在是平淡无奇，许多人都会这样想，因为它本来也就是。我脱下上衣，镜中那个我还很年轻，多年之后他会和我一起老掉，他也难逃时间的啃噬，他与我并无二致，但我发现了他身上奇妙的地方。

一颗绿色的芽，狭长的叶子略微卷曲，伸展的形状像凤凰尾，在他的右肋破土而出。我低下头，我的左肋就出现了和他对应的一模一样的一株小苗。我的杉发芽了。


火车停下时一个村子正被车上那垂直开合的车窗框对分成上下两半。上半是天空和远处的屋顶，下半是村子的田野。

再看到熊先生时，我已经收拾好行李，来到了车门口，他换了身素色的衣服，手里拿着扫帚。

"我就在这儿下。"我说。

"一路顺风。"他笑笑。

"其实是刚决定的，这儿挺好的。"我开始摇晃空着的那只手，仿佛那是一只安神铃，它是我犹豫、紧张和谨慎的时间代表。

"英雄所见略同。我年轻时第一次登上这趟车，也一眼就喜欢上了这地方，但没法留在这儿，得跟车走。"

"……我们……算英雄吗？"

"你想成为英雄吗？"他反问。

"有什么好处？我还没考虑过。"

"被众人追捧，鲜花和荣耀——这些你都经历过了，不同的是英雄有坚强的心，因为他们会经历常人无法想象的痛苦。"他拍拍自己的肚腩，"比练出结实的腹肌还难。许多人都拥有好身材，他们经历了很多痛苦，但很少人成为英雄。"

"我不知道应该说什么。"

"那就不说吧，也许下次再见时，你就满腹经纶了。"

"你会一直在这趟车上吗？"我突然想到，也许到时候回去，还能见到他。

"如果不死，就在这儿呆着呗。"

"好。"

然后我就从车上下来，他从将要打扫的隔间窗口探望，就那么从上面看着我。

"如果我有儿子，我也让他拉小提琴。"他突然说。

"千万别，"我说，停了一停，"除非他喜欢啊。"

"我看了你们爷俩那场音乐会。说实话，我没觉得你输。"

"谢啦。"我苦笑一下。

"我还想听你拉琴，真的想。"

"可能要等很久。"

"没关系。"

他还想再多说什么，但皱皱眉，消失在车门口。

我两天前上车时天都黑了，直到现在我才能看清楚这辆列车的样子。它红得结实，有一串串令人澎湃的铆钉，两个车厢握手一样的可靠关系，我知道车厢顶上的舒适隆起继承了 Wagon[①] 马车棚的模样，更多刚硬的细节很快就会隐没在铁轨的弧线里，成为不可辨识的山色的一部分。

---

① Wagon：本意是"四轮马车"，也指货车或火车车厢。后演变为一种轿车车型代称。

3

国王住在高塔上

她嫁到这里之前姓陈。她在船上与他相遇时，他正夸张地与一张粘在鞋底的不干胶搏斗——左脚踩住，右脚就能得到解脱，可左脚又被缠上了，反过来再重复一遍。她觉得这个男人很滑稽，他不像其他同样穿着亮闪闪黑皮鞋的人那么做作，自然的情绪会显现在他脸上，当他差点撞在她怀里时，一抬头脸上羞红一片。

　　她是皮料商家的大小姐，见过无数体面公子，吃过无数山珍佳肴，但所有大户人家的骄傲和所有名楼高厨的心血都不能让她满意。

　　陈家的当家，她的爸爸，读过几年书，自打二十年前那个小胡子郎中满脸堆笑跟他耳语那天起，三个老师被请到家中，他们将把自己的平生所学毫无保留地教授给陈家大小姐。

　　第一个老师教读书写字，这和平常的老师没什么区别，但还教她骑自行车和杀狗；第二个老师是教琵琶的，当然也负责唱歌的部分，烟酒事项被禁止了；第三个老师看似最轻松，专司麻将，但事实上这倒是最麻烦的部分。女红陈夫人负责，自家的大厨水准也不输大饭店，而拨算盘明捐暗斗，陈老板却没打算让闺女碰，他得给自己将来的儿子保留一点独享的东西。

于是陈大小姐就嫁不出去啦。

当时还没有火车，往来这条航道，人们是坐船的。宽敞明亮，她坐在船里柔软的沙发上时，却还是发现自己不喜欢蒸汽船。它要是患上肺痨可怎么办？望着巨大烟囱时，她就开始回想老家的舅舅一根接一根抽烟，他一咳嗽整个屋子就跟着咳嗽，后来就咯血了，再后来就没了。船上的锅炉声也令她烦躁不安，走来走去的水手统统都板着脸，有可能的话，这将是最后一次乘船旅行。

糟糕的环境会把一切破坏掉，食物、海风、心情以及在一个慵懒的午后能想到的更多无辜的东西。她穿过走廊，正准备回两层以上的住室，在楼梯上遇见了跳着脚的滑稽男人，左脚踩右脚，右脚踩左脚。他把她逗乐了，这很难得，她就走过去探出自己的脚帮他踩下那块神奇的小纸。说来奇怪，她第一次离陌生男人这么近，他的肩膀就在她眼前，她甚至闻到了他身上的味道，并深信他们彼此都在像动物般交换着味道，先脸红的却是他。

"它又粘到你脚上了。"他说。

她笑了笑没说话，继续拾级而上，任凭那块不干胶跟在鞋底，她知道背后的目光一定也像不干胶。这是大小姐矜持的特权。她瞬间就想起了昨天晚上在甲板见到的一颗流星，那是一些细小的碎屑被巨大的星球捕获的欢喜，它的稀缺之处是，那光芒任何人见了都会感受到美，无一例外。

男人的家就在这天要停靠的岸上，时间尚早，她就跟他下船四处走走，第一次就拜访了他独居的小屋。第二天下午船又要重新起航，他送她到岸边，本来按照他的设想，两人的缘分就终止在一声汽笛里了。一想到此后再也不会有这样的时刻，她就乱了阵脚。他在船下注视着，她走上舷梯，却迟迟不肯爬上去，最后终于跳了下来回到岸上，变成了他结婚证书上的另一个名字，后来在人们口中获得了另一个名字：马太太。

那是战乱的年代，人们上船总是为了逃难，她的父母试图说服整条大船掉回头去找他们丢在半路上的孩子。可船头仍旧笔直地指向一个只有船长才知道的地方，在其他所有人看来，四面的海毫无区别，风景的伴佐是一位富商太太时常在甲板上因思念女儿落泪，她的小儿子则不安地拉着她的袖子，掏出所有手绢递给母亲。

她丈夫的遗传性心脏病在他们结婚十年之后迅速地毁掉了她的生活，以至于当她弟弟终于带着经年寻找的疲惫出现在她面前时，只看到一对相濡以沫的母女，朝阳的房子里每日相夫教子的幸福早已不见痕迹。弟弟告诉她父亲去世了，不分昼夜与同样的遗老们打麻将，就是母亲躲避现实的方式。一些后悔就涌在眼眶里了。至少她觉得自己不应该一时冲动抛弃三位亲人，十年里即使思念他们也无处可寻。她带着女儿去见妈妈，经历了时光摧残的两个女人如此相似，五官的痕迹、举手投足的优雅、内心的骄傲。刚六岁的小姑娘被她舅舅抱起来，镜头里就出现了这世界上第三个与她们如出一辙的女人。

跟那张合照一起被带回来的是藏在大洋彼岸另一个家里的旧照，黄得温润，她最美丽的时光就封存在一个侧影里，像君子兰花盆里倒扣的鸡蛋壳或心宿二一样美好又古老。


十年里她成了这里最会养花的女人。她教每一户人家摆弄植物，不好意思收钱，人们就送她鸡蛋和豆酱。早晨她给豆干煎了一个形状完美的鸡蛋，自己一个人到院子里看她绿色的孩子们，很快豆干的声音从门廊传来，她喊道："妈妈我还想再吃一个。"

她正忙着给葡萄浇水，就朝声音来的方向喊回去。

"只能吃一个，把汤喝干净。"

"今天星期五，"豆干又喊起来，"星期五是可以吃两个煎蛋的日子！"

"那以后星期五也只能吃一个。"她回答。她发现了准备悄悄爬走的虫子，伸手把它捏下来扔在地上。门廊里没了回应，她本来准备了更多词来对付女儿的语言抗议呢。她收起白铁水壶，想去看看是什么造就了不正常的安静，瓷器碎裂的声音就恰好出现了。

豆干怎么就那么喜欢吃鸡蛋呢？就跟她在二十年前旧家里养的君子兰一样，把鸡蛋壳扣在它盆里，它就能把碧绿的叶子长结实，开的花又大又漂亮。而豆干的爸爸喜欢吃豆干，她也就有了这个小名。

豆干自己跑去厨房找装鸡蛋的篮子，她费尽心机把凳子搬进厨房，站在上面依然不够让她看到篮子里的情况，一只小手在费劲打捞想象中的鸡蛋时，胳膊肘打翻了一摞印着绿花的碗。她从小凳子上摔下来，一片碎下来的瓷片正在那里等着割她小手的鱼际。

在响亮的哭声中翻箱倒柜。

自打丈夫去世后她就没找到可以用创可贴的机会，那几片创可贴就在抽屉里呆了好几年，贴在豆干手上时已经不怎么粘得住了。好在伤口不深，豆干哭累时血就止住了，她已经忘掉了鸡蛋的事，还试着帮忙清扫瓷片。

"放着别动。"她对豆干说。

难能可贵的是，从小她就被教会如何蔑视物质。她从不缺少也从不在意金钱，如果她留在父亲身边，当然会一生专注在比金钱更可贵的事物上，可从十年前那艘船上跳下来，没有任何金钱家当的念头在她脑子里闪过，爱的热烈已经把一切烘透，只要带上生命就行。所以过去十年他们不得不过得艰辛一些，名贵的装饰被换成阳光雨露一样自然的东西，海风让人忘了脂粉。

从母亲和弟弟的家里回来时她带上了新的花种，把它们种下，她决定这次花开之后再也不送人了，她要带到集市上卖，这样那只为了安葬丈夫而当掉的镯子就可以重回它的抽屉，继续在白绢里与它的另一半长相厮守。可今年还有一季没过完，她该怎么告诉豆干，鸡蛋已经吃完了呢？

门铃响了，她穿过走廊，猫眼里出现了一棵树。豆干发现早餐的筷子此刻竟然还在手里，走廊里三盆不同的菊花盛开着，一个季节天生的主人，强大到不需要任何人的封赐，它们应该随时准备好和主人们一起迎接新的生活。

"车站的告示牌说，您这儿有个房间要出租。"

"是……"

"能让我看看吗？"

"我是要出租，但没打算租给一棵树。"

"我不是树，我是人。不信您开门仔细看，底下有腿。"

车站告示牌上隽秀字体的主人终于出现了，她像街上所有人一样好奇，反复仔细地看着对方的腿，好确认那确实属于人类。我伸手拨开树枝，把脸露出来。

"我也没料到一天晚上它就长这么高了。"我想我在她眼里肯定是奇怪的男孩，"能先让我把箱子拉进去吗，外面太热了。"


发现一双好奇的眼睛比发现阁楼可以通往房顶更让人高兴。我把箱子放在客厅里，跟着女主人走上楼梯，偶然一回头，小小的监视者就退回楼梯侧面的死角里，但一只手留在栏杆上，一个创可贴把我瞬间带回了十年前一个亲切的夏天。阁楼房间里充满各种各样的痕迹。比如一根没入墙中的钉子的昴星团，蜡笔就着它画出另一只眼睛和整个人脑袋。一个圆形顶的小房子，用上了紫和黄两种颜色，旁边的木头上有一块三角形的疤，蜡笔把它想象成朝左边飞速行驶、车顶漫画般地被拉伸的小车。所有的地方都有被擦除的痕迹，但笔痕比想象中更加顽固。

"是豆干画的，嫌不好的话可以贴墙纸。"

"豆干？"

"豆干，过来。"女房东立刻对着楼梯喊，那里就听话地冒出个脑袋来。

那是个小一号的房东，这样的母女根本无需验证，那眼睛和鼻子就是无法毁灭的标签。

"画得挺好，虽然我不懂，"我指着其中一张画，"这是一只狗吗？"

"是狐狸。"

"狐狸的脸不是尖的吗？"

"不知道，我也没见过。"她说。

"那这个圆的呢？"

"是鸡蛋。"

我就不再问了，我早就过了可以放心把狐狸画成狗、把鸡蛋涂黑的年龄。末了我说："画得真好，千万别贴什么墙纸。"

但听我说话的人怎么突然就哭了，我得说这个女人哭起来比平时年轻，有人嫉妒她的美就让她伤心，却适得其反地成了美的药引，苦得透彻。

虽然我还不满二十岁，但已经意识到一件事。每个男人总得备上个香囊，费尽心机把安慰女人的话搜罗进来，反复演练以备不时之需，防止在关键时刻说出一些没水准的话，让人觉得你的大脑压根连条沟都没平得像白渣渣的豆腐块——

"您别伤心啊，我租下了，我租我租……"

可不管怎样，这天晚上我已经能坐在房顶重新看那些我久违的朋友们了。《夏小正》里说，这个季节刚好又能在很低的地方看见角宿南门，但那是几千年前的经验，今天，至少今晚不怎么适用。

第一次眺望这个村子，一面是海，那是我来的地方，还在靠海的车站睡了一晚；另一面是小山丘，昨天晚上睡不着时，月亮就刚好从那儿升起来。村子比我想象的要大得多，甚至不亚于一个城市。一些三四层的小楼依然没有树高，最显眼的是远远一座塔突兀地立着，所有的房子都仪式般给它让出地方。

　　我觉得我喜欢这地方，很重要的理由就是，一回头，那双好奇的眼睛就又退回到阁楼里。我探下脑袋，她继续躲避树和人组成的怪物的目光追击。

　　"豆干。"我叫她。

　　这次她头也不回，化作楼梯上的一串塑料凉鞋拍打声。很快就听到了母女俩隐约的睡前私语，这一夜我不会被任何东西打扰，一只拇指长的犀牛被放在空空的书架上，开始它新一轮的警惕。


　　早晨我摇晃着脑袋下楼时，太太给我做好了清水荷包蛋，小勺子上的甜味瞬间就让我恢复了知觉。餐桌旁的母女俩都看着我，于是故事就从我开始拉小提琴说起。这次豆干不再吵着要多吃一个鸡蛋了，花草的例行浇水时间也一再往后推迟，为了让故事迷人，我尽力添加更多可信的细节，后来不得已有更多不可信的细节，杉针悄悄落进碗里又被悄悄捞起，两个人似乎都没发现。

　　作为交换的是她的故事，和更多的自酿葡萄酒，豆干吵着也要喝，被允许尝了一小口，并不是想象中饮料的味道，就从椅子上跳下，往客厅跑去了。

　　这算是我们建立信赖的一步吧。太太带上了她的故事，昨天傍晚哭泣的女人就像是个虚假的玻璃背后的空影。她继续说："如果不是养活不起豆干，我不愿出租房子。有些话昨晚就该说，但我自己太失态，我心里有一种强烈的认同感，不仅因为你我同是这村子外来的旅客，更多原因是你有勇敢的觉悟。"

"我隐约有点后悔，勇敢是害人的东西。"

"是啊，丈夫去世时我也这么想。但很快我就认识到，这才是我啊。"出身永远都不是用以自我介绍的几个字那么简单，几十年前那些教师们精心培养的、父亲竭力营造的，就是她起身时衣服的响动，迈步优雅的质感，不需要高贵逼人，只在不经意间形成一种独特又动人的力量。在她转身递给我的相框里我第一次看到这个家的男主人。相貌平平，但很体面，这种笑容就解释了为什么大小姐第一眼见他就愿意亲近，也解释了豆干的小酒窝。

"树叶需要修剪，"她突然说，"跟我来。"

临近的陌生感令我感到无比奇妙，那就像从腰间两侧，胯上一点的位置被人捏住向上捻，正如我是将要成型的橡皮泥小人。我坐在后院一把小折凳上，许多花草注视着我，我的小杉树在一把园艺剪下落下徐软的胎发，胸口的疼痛告诉我一些新的枝叶正蠢蠢欲动。


真正意义上的第一件工作是给人做广告。我们费了很大力气把那件印着"经济林开采"的广告衫套在身上，我就成了他可以自行走动的广告牌，而且"这树真够挺拔"。老板和三十五把电锯已经做好了今年秋天随时迎客的准备，我是其中很重要的一步，一遍一遍在街上绕圈。

在所有好奇的目光中唯有一双格外精明，他从人群中伸出手抓住我胳膊，把我拉进小店里，问我愿不愿意为额外的报酬在脖子里或者树枝上、随便什么地方多加一个小木牌。

"另外，虽然不知道树能不能吃包子，但你要愿意的话，每天早上都可以来吃个饱。"

"我不是树，是人！"我从树枝后面露出脸，好吓他一跳。他倒吸一口气，把指头抠进面团里，面团就从指缝逃出去。

"先尝两个，再带回去两个！"镇定之后他说。

我知道身上已经蹭了面粉，还沾了一种嫌疑。我自己真的只是觉得，挺好吃的包子没有一人光顾，那就浪费了食物和汗水。况且那小广告牌真的轻若无物。

晾衣架丈量的是阳光逃走的距离。

第二天我真的要开始为自己也是个模仿者而感到羞愧了。我已经整整离家七天了，但我觉得像已有七年，我在阳台上模仿着一个讨厌的人，他的动作让我厌恶，但他发出的声响又令人迷醉，越是这种时候我越觉得世界带有恶意。商家大部分时候不需要创造活动，他们只致力于交易，有些时候取巧的方式就像模仿本身一样简单粗暴。另外的原因，善良安插在我身上永远都是负面意义先行。

经过一条商业街的时间不需要很长，刚刚放学结伴而来的少女希望它再绵延上数百倍，甚至整个世界都由商店组成，卖各种新奇的小玩意，装饰她们所有的文具、抽屉和小梳妆台。那样的世界对我来说一定是地狱。

现在我身上不仅穿着最初的经济林广告，挂着包子店的宣传语，还多了西服店的广告牌，一家油漆店企图用"最清洁无害"的红色在我脸上写出地址来，树梢被挂上一只会随着走动均匀落下糖果的小桶，每个孩子在剥开糖纸时都发现了擦鞋店的优惠券。还有一顶倒扣的棒球帽占据了最后一片无人区，帽子正面印着理发店的招牌——一只眯着眼毫无创意的剪子。

一开始我可不是怪物，只是带着棵树。现在我真的是个怪物了。我和我身上所有的零件，连带那怪异的影子招摇过市，走到太阳落山，我和街区一并变得昏黄不堪。最顽强的一个孩子就跟到太阳落山，他把桶里最后一颗糖塞进屁股后的口袋，一跑起来就发现，这回轮到自己遍地播撒糖果了。

我突然就想起上中学时候的事。

一个转校来的小帅哥被安排在最后排，沉默寡言整天发呆，此刻我的想象一定是青蓝色的。不主动结交，不影响任何人，本以为至少可以相安无事。在某些好奇的眼睛里他就连喝水都等到别人接完，最后水桶倾斜过来，用漫长的时间等细流和水垢，足以让所有心怀芥蒂、爱好争斗的小公鸡们读出那种示弱。

但无济于事。他的容貌是天生的，女生的好奇心比男生更重，恰恰是这样特殊的身份，一点礼节性的言语往来都能激怒整个世界。他有天终于被包围在一个莫名的愤怒之圈里，为首的男孩身板似堵墙，稍显瘦弱的就在眼镜片后用目光声援，还有一些异类没有收到邀请，我是偶然间发现的。

我爬上对面墙头，和几个低年级的一起从上往下看到那个小帅哥时，一只拳头刚好揍到鼻子上，他笨拙地坚持了一下，因为越早倒下，那群人就会越早扑上去，在那之前得把脑袋好好埋在胳膊和背的怀抱里。

这样的事每天都在发生，只有极少数会被干预，被告发或被巡逻的体育老师发现，偶尔也会很危险。械斗，电影的精神层面不被提及，只有外在形式被笨拙地模仿，还自以为酷得不行。但这就是男孩用来与世界交流的形式——在某种被滥用的情绪中感受和思考，缓慢挣扎着成长。无论是打人的还是挨打的。

所以当我挂着一身乱七八糟的广告在一条新发现的街上被叫住时，满心怀疑这里面有多少"真正的不满"。商业中的人类敏感得不亚于丛林野兽，因为地盘事关生存大计。

挥舞着铁勺，一位头发花白口齿不清的老大爷首先开始了对我的声讨，他的勺子始终没离开过装糖的小桶，我就晃着脑袋好不让他敲到。染布坊的大叔胳膊有常人两倍粗，还刺了只老虎，很威风地站在前排，更多声音就穿过这强壮的墙垛把我打成筛子。

"我真的不是来卖糖的。"我花很长时间弄明白了杂货铺的大妈为何激动，她的声音最大，要挑出来很容易。剃头师傅生气得有理，但他很快就成了对面战线上减员的第一人，因为他架在路边的大锅烧开了，锅盖扑扑直跳。

"对不起，我这就走。"

"把这些玩意全留下！"染布坊的大叔最后说。在一片声援中，我赤手空拳回到最初的商业街。他们想了想，索性连那件林地广告也给我剥了下来，我的小杉树掉了一片枝桠，我心疼得龇牙咧嘴。

"这可不是装饰，这是长出来的，就跟胳膊一样，可不能拿掉！"我躲着他们的包围逃回来了。


晚些时候我回到家，房东太太回来得比我更晚，她问："你没受伤吧？"看来她已经对街上的动静有所耳闻。

我向她展示了完好无损的四肢，和被粗暴对待的杉。她帮我仔细查看了那些断枝，有些地方用布条扎起来。我们什么时候有了新的共同点——难以理解地对植物产生情感，即便无法得到养育其他宠物一样的回应。我期待的是完美的声音，她又为了什么我不知道。

"正是由于顽固和强硬，那些老人们才能和店铺一起活到现在。"太太在吃晚饭时说。

"难道村里的人不为他们困扰？"

"也许会吧，但所有上点年纪的人都喜欢他们。他们的一切生活都围绕着那些传统铺子进行，生怕有什么突如其来的东西破坏这种宁静。他们年纪越大就越害怕。"

"这样的老人在村子里有多少呢？"

"大概会有一小半吧。但是似乎越来越多人被他们感染，有了难以置信的情结，他们要过一种旧式的生活，扇布石和磨刀声让他们心安。"

"我还不能理解。"

"你就想一下自己习惯认同的东西到了晚年突然要面临消失的危机。"

一颗炒豆子掉进粥里，灯光映出淡油花，排斥与入侵要形成厮杀。


我觉得既然他们不欢迎，我就不到那儿去，这事就完了。但我的雇主们大多很气愤，他们在小广场上聚集开会，几个人坐在跷跷板上，另外的人就在对面席地而坐。

商议的过程非常简单，随着愤怒的人不时起立，跷跷板的平衡就被打破，另一边本来高高跷起的人就使劲摔下去。年轻的老板们意见一致，街道属于村子，他们的雇员有权利使用。如何争取使用权的问题，他们分成两派。腼腆的包子店的老板觉得，跟老头们实在没理可讲，只要永远记得那条街属于自己。染着一头亮丽色彩、烟不离口的理发店老板却坚持要用"战争"夺回土地。"理在我们这边，你们怕什么？"最后他总结说。

第二次会议换了更大的地方，这次附近所有的小老板，他们的朋友、女朋友、同学全来了，篮球架都被手脚麻利的人们占领了。他们搬来冰箱，发着饮料，决定好好讨论一下。两个半场很明显着了不同颜色，无害的白主动聚拢在西边，剩下鲜艳张放的颜色全在东边。

一场口干舌燥的争论与辩解一直持续到太阳落山，最后东边的人险些要动手，但西边出乎意料地主动道歉并立刻散去了。更重要的原因似乎是他们中有几个体弱多病的贫血晕倒了。球场上剩下的是一些激进分子，穿着夸张的颜色，晒一整个下午的太阳也没有让他们的活力消散，几只篮球马上就以各种轻佻的姿势扔进筐里，把篮球架打得梆梆响。

这是一场闹剧。我甚至都不该来。这帮年轻人年龄和体格都比我大一号，跳跃着碰撞着，呈现一种我不能立刻理解的美。我比他们幸运的是，我能有一片随身树荫，稀稀拉拉的枝叶虽然不能把无孔不入的阳光完全遮挡，但身处影斑下会有莫名其妙的愉快。我曾经注意到我妈妈每次开热水管都只开一点，她坚持认为这样水会变凉一点。所以有一棵树为你把阳光打碎，可能阳光就真的凉了一点。

我比他们不幸的是我身上长了棵树。我突然要命地疼起来。最初种子在胸腔里的疼痛永远集中在一点，它所有的力量都集中在某个位置，才能冲破肌肉和皮肤，勇敢地见到世上的阳光。一旦它长大，我猜，这阳光雨露任它挥霍，如鱼得水，它虽然看起来静止不动，但内心就和获水的鱼一样雀跃。我知道，它是我的孩子，知子莫如父。它在这阳光下生长所带来的新的疼痛，是不同以往的全身裹覆式的折磨，就好像曾经在每个夜晚灼烧我胸膛的小火苗突然把我全部点着了。

我能感觉出杉树根部的生长，它在无边的黑暗中逐步探索，缓慢但执著，并不比人类的眼睛贪婪探索着茫茫宇宙更迅速，于是树根抓捏汲取的力量就反反复复根深蒂固，肋骨上形成膨胀。

在这个下午，这种蔓延令我痛彻心扉，微风在树梢的每一次轻抚都好像化成揭疤的动作，把我连根拔起，整个躯干撕开又重组，我的心脏会曝露在阳光下，动脉和静脉与早已黏连的韧皮或结缔被强行分离。这就是孩子的反叛。我痛苦得简直要失去知觉，阳光在枝叶间依然不失炫目，不知待了多久，这种痛觉渐渐消退，我想站起来，却感觉不到自己的脚在何方。立刻有人扶住了我。

"你好。"一只大巴掌伸过来，我不得不扒开树枝看他的脸，逆光形成了一片黑影。

"这是我表哥，上个月才过来。"理发店的老板从后面走过来，向我介绍那个人。一个耷拉着眼皮，穿着宽大的紫色 T 恤的年轻人，脖子里挂着个很不相称的玉石菩萨。我很快握住了那只手，并在它的帮助下站起来。突然的失血让我的脑袋懵了一下，我想如果我是这村里的年轻人，大概要被分到白组吧。

"不舒服吗？"握着我手的人问。

"还好。"

"我们留下的人，有个共同点。比起利益受侵害，懦弱更令我们愤怒。你也一样吧？"他突然这样问我。我想了想，继续装出病快快的样子，笑了一下。

"那天你真的挨打了？"理发店老板问。但我还来不及回答，他表哥就一眼瞪在他脸上。他无奈地说："得，我闭嘴。"表哥开头，问题换成了：

"那天他们对你动手了吗，那帮老头子。"

身高差距让我自然地与菩萨双眼对视，然后如实回答。

"没有真的'打'，他们很粗暴地把我身上的广告扒下来了。"

"你受伤了吗，抓痕也算。"

"有抓出来的印，另外小树枝断了许多。"

"很好。"他重复着，"很好，很好。"

关于他的计划，表弟一问立刻就挨了骂，灰头土脸地打篮球去了。走之前那个人又特意嘱咐我说："你很重要，保护好自己，也保护好伤痕。"我假装没听到，给他鞠了个躬表示感谢。


我再见到他时门外已经聚集了许多人。

"我不想让你去。"太太端着浇花的水壶，看到门外的阳光里站满了比太阳更鲜艳热烈的一群人，轻轻掩上门对我说。

"我也不想让自己去。"我说。

但门被推开了，一颗玉菩萨从探进来的脖子上垂下，那个耷拉着眼皮的表哥一点儿也不介意女主人微蹙的眉头，他甚至嬉皮笑脸地在视野里窥探一圈，最后说："会很快把他还给你的，阿姨。毫发无损还给你。"

一个庞大的队伍成行，浩浩荡荡穿过整个村子。路过商业街，许多脑袋从窗子里冒出，和更多尾随的小孩一样也弄不清这支队伍是要去做什么。那些脑袋瓜里装的什么，我很清楚，因为我们这些成虫就是从他们孵化来的。

就像"结婚"等同于"亲嘴"一样，"队伍"必须和"打仗"联系起来，这些词语在他们那儿仍带有色彩，有一些色调相同，温和柔软，可以搭配在一起共同装扮一个人、一只猫。

我觉得耷拉眼皮的"表哥"小时候一定是孩子头，孩子头一定永远是孩子头，从一开始就决定了。趿拉着大号拖鞋的小孩从后面跑过来，他的拖鞋大到足以把脏兮兮的脚趾头顶出鞋面，仔细看才发现，原来是那鞋头从袢带处折断了。他也是孩子头，毫无疑问，这是两代首领之间的对话。

"你们是去打仗吗？"他问"表哥"。

"就是打仗。""表哥"回答。

"那带上我们。跟谁打？"

"坏人。"

"谁是坏人？"

"不许问！"

"打仗为什么要带棵树？"小"孩子头"指着我问，其实他们的好奇心更多来自我。

"表哥"想了想，说："有些人打仗是用枪的，有些人用旗、用号、用脑子。也有的用树。那不是棵树，是个举着树的大哥哥。"

一群小孩就被口哨声叫来，把我围住，孩子头问我他们可不可以摸摸那棵树。回答是不行。

今天最郁闷的是理发店的小老板，他坚持说不应该带上小孩。"我不觉得小孩很烦，但是我们不能影响他们。"这就为他赢来了屁股上的一脚，虽然不重，但那鞋印很滑稽，他甚至不敢拍掉。

"你懂个屁！"他表哥让他一边呆着去。

"我已经开始怀疑自己了。"他跑到我这儿悄悄说。我把手里的矿泉水递给他，虽然已经被焐热了，他还是接过去咕咚咚灌了几大口。

路过包子店时我见到了白组的领头人，他正在吃一块冰糕，我们走过去时冰糕就跟他一起一声不吭化了一手。他和许多人交换了意味深长的眼神，目光到我这儿眨了两下，转身回店里去了。他像个 Adagio①。我在心里大声念出来，A，D，A，G，I，O，我胸腔的痒来自渴望被触摸的手指，星辰的轨迹，玫瑰，黑洞，F 孔，毒瘾要发作。


人们传说国王神通广大，一夜间就在村里建了堵墙，墙从东到西，村子就变成南北两半，正好把新旧两条商业街划开。北边稍小，所有愿意在街边剃头、新年自己撕布缝衣、把剪刀菜刀蒸锅用上一辈子的人都被赶到那边去了。南边大，那儿的人可以坐在开了空调的大厅里设计潮流发型，在洋服店对国际品牌评头论足，一次性生活用具修无可修，坏了就换，新陈代谢。

这件事在我们看来当然有另外的解释。今天以前我对国王的概念一无所知，平天冠的画像、故事里的夜莺、扑克中的小胡子，看起来遥远又茫然，村子中树立的高塔立刻给我添加了新的印象。

---

① Adagio：慢板。

我们走到大广场时就被拦下了，只有"表哥"带着我继续前进，我们走近那巨大的黑色高塔。在入口处我又被拦下，"表哥"一个人被允许进塔，我就在原地等他。向上望不到头，国王过的是云端的日子。向内望不到头，一片漆黑，国王过的是神秘的日子。穿着黄色制服的卫队队员一声不吭把自己的小马扎让给我坐，我就坐下，向他道谢他也不回应，我知道这是规矩。不多一会儿"表哥"的脸从黑漆漆的门洞里浮现出来，仿佛在里面染了一层墨。"我们走。"他说。

第二天墙就立起来了。

所有人都享受自己喜欢的，不入眼的东西都隔在一墙之外。

传闻中的北村是一种叮叮咣咣的情怀，起初他们为这道墙高兴，脸上有颗瘊子的老头从仓库收拾出磨刀石，捡起长条板凳，一口哑了十三年的痰吐出去，他喊起了今天早上第一嗓子。北村的人们开门看，敲剪子头的小锤就挂在他腰间那条用了好几年的裤带上喜悦地晃悠。

所有在坚持的行当都松了口气，所有丢掉的行当都被捡了起来。铁匠四十五岁的儿子被要求生火炉子，生手生脚呛了一脸灰。他从屋里跑出来，差点没撞倒一辆羊角把自行车，那是吹糖稀的拉了一麻袋白糖回来，晚一会儿就能开锅煮了。楼上窗户被关上，两个人关在玻璃上。回到屋里老王的媳妇一百万个不高兴。因为他们家老王每天早出晚归，拎着三弦跟别家老太太眉来眼去，茶铺重新开了，她的醋坛子也打开了。她不爱他，他们是被人介绍认识的，稀里糊涂过了一辈子，却没想到自己有一天能为他伤心，以至于做了一辈子的馒头第一次忘了在最后留扎头。

依他们看来，这墙就是他们的长城，他们早就想自己修起来，把自己圈进去，每天都在酒醉茶醉中达到自我之境。对面的年轻人永远都不会知道有一天在抽屉里捡回一对鸳鸯板的快乐，两片黄澄澄冰凉凉的饺子，声音永远伴随着馋人的梨膏。

北村似乎比南村的冬天来得快，教了一辈子书的葛老头认为这是冷空气从北往南吹的结果。眼看一天比一天冷，街上却一天比一天热闹，仿佛这欢乐的日子一直要延续到最后，最后那个最后。

其实许多老人心眼里永远是悲观的。染布坊的老刘今天把店门关了，可从大清早他就没闲着，和几个老伙计一起赶往村东头，那里有今天第一场追悼会。告别、随礼，之后马不停蹄，在中午之前到村西头，炎热和悲伤让他们在追悼宴上没有丝毫食欲，六只黑瓷碗把酒分了，但没有要第二瓶。

日落之前，第三场正在村北等着他们，老刘借来了三轮车，几个人连推带蹬一路向北。"老刘，歇会儿。"同伴喊。但是停不下来。一种前所未料的恐慌开始慢慢占据他们的心：街道太空旷了，能燃烧的一切都快要烧光了。其实北村未必全是老人，在世界的各个地方，总有年轻人愿意接受传统，然而传统太容易被苍老吞噬，村子的划分实则以心的年龄。


在接下来我要展示的南村画面中第一幅是这样的。

香烟硬纸盒上的塑膜被抽了下来，在想要重新套回去的过程中那双手遇到了前所未有的困难。它轻捏着成型的塑膜——那就像是烟盒透明的记忆躯壳——把烟盒屁股从塑膜开口处塞回去，两个角很顺利，另两个角绊住了。它调整角度，终于第三个角也硬撑了进去，但最后一个角已经被拉扯得力不从心，无论如何也不能再多张大点蛇口，再多吞下一点。这样尝试了许多次，塑膜终于在右手里团成团丢进纸篓。他就站了起来。

我所租住的人家保存有许许多多电影碟片，在一个充沛的雨季我被困在那间阁楼小屋时就经常找来看，有时候房东太太也来陪我看，她的表情往往与画面的情绪不相照应，因为令她沉醉的已经是另一场电影了。

我从小就沉闷，受益于此，我有了更多独自思考的时间。我逐渐意识到画面与文字不可调和的细节。那双手揉捏过塑膜、之后离开桌面，随着它的主人在房间踱步，我只提到了一个不确定的男人，他在我的脑中逐渐成形，但我不打算从一开始就把他的身份透露出来，是的这不是一个新的人物。但在影片里画面遇到了难题，一种传递信息的失控：

画面出现男人身影时，不得不提前告知很多细节，人们熟悉的声音和紫色短袖T恤、稍壮硕的身材、耳垂厚实，一根两股盘绕的红绳出现在脖子里，它的对面毫无疑问坠着那个漂亮的玉菩萨。据许多人所知的一部推理漫画里为了调和这种矛盾，所有的案犯都被描绘成紧身黑衣鼻尖高挺的形象，成为善意的笑谈。

他很快转过身来，我就坐在他对面，看到那双耷拉的眼皮。并不是所有人都能成为演员，但许多人天生给人特定的印象——长得像小姨的姑娘在照片里露齿而笑，沙发上坐着张奸猾的脸。而他则恰如为"表哥"而生。没有人知道他的名字了，他是南村的表哥，所有人的表哥。屋里所有的烟都从窗户跑出去了，但我还是忍不住咳嗽。我的画面像他的心情一样不顺畅，很快他眯起眼睛问我："你怎么看？"

"可能会出问题。"

"我不关心会怎样，我们其实失败了！"他小眼睛睁开，使劲看着我身上那棵树，在拼命想着什么。我就跟着他的神情走，不至于破坏表哥的威严，和房间的气氛。

南村平静的生活不会为一道墙改变，他们的世界里本来就没有防备和抗拒。在象棋盘里，他们是进攻用的车和炮。收获最大的一群少年每个中午都在广场上轮滑，地面上摆了许多障碍，轮子的滚动和尖叫声就以各种方式躲闪着从障碍间绕过，在地面上留下浅显的印，交叉流畅舒展，让人想起卡门涡街、巴纹或者阴阳鱼。生疏的小孩狠狠跌跤，大家都笑，只有他哭。这种欢乐就好像是，早在一个星期以前，这样的午后总要被迫与天花板上的一个黑点，或者不敢开声音的小电视一起度过，墙把家长们隔到另一边去，暑假就无限期延长了。

但自由不是。起初他们以为是吵闹声把那群大男孩引来的，直到第一个争辩的人挨了一巴掌，他们看见被称作表哥的人被簇拥在中间，一群人很快占据了广场，他们就匆匆消失了。

"你得站在我这边。"表哥悄悄对我说。

"为什么是我？"我问他。两个词语，或者几个数字，每个都像正确的，我却非得跟其中一个走，得到两分或者一分不得，这是我最讨厌的事情之一。我真的不明白为什么世界上还有人为这样的事情乐此不疲。

"不需要你带什么感情色彩，你不是白不是黑，不是我的紫，也不是杉树的绿。你现在是透明的，我站在你身后，你把我的紫色折射出去。"

"你总得让我知道，你想拿我做什么？"

他的手撩上去拨弄一下刘海，不愿回答我。

今天中午来的全是原来彩色的年轻人，他们又很快用战队的方式分为两拨，一场似曾相识的辩论又开始了。对面的人觉得应该为南北分隔高兴，因为这正是不得不遵从的原则，与相似的人生活在一起，与矛盾的人隔离开，这样不去改变别人也不受他人影响。

表哥很快从有人为他撑起的伞下走出来，走到强烈的阳光里，阳光吞没了他的轮廓线。"你们就为了这个参与到抗议中来的？"他问。他接下来有很多话被所有人期待着，所有人闷不吭声，几个人始终看着我，读报栏玻璃里一块绿隔板把他们全染成绿色。

"你们只是想摆脱一种控制：被安排的工作，出生前就铺好的路，在几岁相亲并结婚，婚车白或黑。我很明白你们的痛苦，在我的老家，"他顿一顿，好把自己拉回一个时间与空间的距离之外，拉回到从小长大的地方。然后他继续说："在那里人们甚至不需要儿女做任何决定，孝顺的唯一方式就是听从，父亲就是一切的主宰，这听上去很可怕，事实上更可怕，只要父亲错了你就必须跟着错，错误被无限扩大。

"于是没有任何一个人能在喜欢的地方做喜欢的事，和心爱的人结婚，让儿女成为他们想成为的样子。这将始终是人们的理想，永远只有少数人可以实现，许多人不愿反复讲，因为美好的向往被他们理解成鼓吹和煽动，影响了他们的安定。这些人很多藏在白色的掩盖下，他们上次已经退出了。

"你们比这些人强百倍，你们动心思去抗拒这些东西。观念的抗争尤其艰巨，我的家乡也并非穷乡僻壤，但几十年也难有改变，用墙隔开这种简单的方法如何能解决你们的困扰呢？满足于一时的恩惠，你们将永远不知道什么是我们真正应该取得的。我们打个赌，那道墙不会撑过明年这个时候，等它倒下，你们恐惧的一切会卷土重来，真正能战胜这种桎梏的只有你们的心！"

说教者将被另外的说教者反对，演化成群体与群体间的反对。跳出来的身穿红色的少年在人群中显得格外年轻，身材瘦弱，个子矮小，却有着不相称的巨大能量。这种能量化成声音成为反对的钢铁，很快为自己赢来更多追随者，以对抗表哥那种"不正确的东西"。

"墙不会倒下。"他喊。确定了所有人都把视线集中过来，连表哥也盯住了自己之后，他又重复道："那堵墙将永远屹立！"在他身后这声音被放大许多倍，不需要喊出来也能听得到，杉树的叶子都震颤了。

这阳光将是最后的暑气，从今晚开始野草花要盛开，五谷渐渐成熟，汉案户，寒蝉鸣，北村的老人们永远在念叨一些南村不想要懂的东西。

第二天我还没睡醒，太太就来敲门。她把电话听筒从楼梯拽上来，连线上所有弹簧一样的卷曲都绷直了，它穿过吊兰枝叶，穿过楼梯扶手，在二楼小走廊打了个角度，终于在我的阁楼门前停下，太太的手还在与它的弹性作斗争。

我很好奇地问："为什么不让我下楼去接呢？"回答则是——

"正好是个机会，我早就想知道它究竟能拉多长了。"

这时的她比豆干更调皮可爱，围裙上一只卡通熊会让人产生错觉，有的姑娘一辈子都是小姑娘。我赶紧把话筒接过来，一边盘着线一边往楼下走，她跟在我身后下楼。电话里头传来表哥的声音：

"喂喂？"

"喂是我，有事吗？"

"有事！今天千万不要出门！"

"怎么了？"

他已经习惯无视我的问题了，听筒里那只嘟嘟怪兽又开始打鼾，我却没什么睡意了。我回头看我的房东，今天早上她整个人比自己女儿还要少女，一脸不解回看我。

"外面出什么事了？"我问她。

"不知道，我一直在修剪葡萄。"

豆干很快跑上来，她说："妈妈，外面好多人。"

我们跑下楼去，豆干忘了把门关上，在走廊里我就看到了一群年轻人穿着红色从门前跑过，叫嚷声惊动了流浪狗，它在街边某个地方冲人群拼命吠叫，我看不见它。门很快就被关上了，豆干被抱起来放回到客厅她专属的小椅子上。

我和太太谁也没有说话，她打开电视寻找着哪个台在放动画片，我突然想到了个地方。当我看不清时，就爬上房顶。

我将看到色彩的潮水。从新近的电视节目中我得知，几千年前的希腊雕像不是白色，刻刀给了它们肌体，画刷则赋予神采，博物馆的人们用强光扫过雕像的眼睛，人们的另一只眼就在一瞬间察觉了色彩，在直角坐标系里它呈现出蓝的曲线。在遥远的敦煌和秦陵，色彩也同样逃不出时间，于是就无需背负太多隐喻，作画者的眼睛具有另一种神奇力量，可以将眼前所见进行分解，有时候靠的是经验，更多时候可能凭借感觉。这是我永远不具备的能力。

　　如果站在更高更远的地方，全城的少年身着的色彩就会融合，第一抹绿还没干，更多的黄就紧接着刷进来，被稀释过的三倍的红正和顽固的大面积灰色缠斗，所有的颜色都直接在布面调和。拳头取代了本来不着色的干刷，叫喊声充当了湿润的清水，再也无需费尽口舌，所有的少年都在与拳头交易，帮派实力从复杂又微妙的东西变成了简单的肌肉力量。我藏在树枝后的双眼没有停下难过的搜索，但那个紫色的稍微有点丰腴的身影却一直没有出现过。

　　房东太太也跟着来到了屋顶，她立刻就攥住我的手，无意间碰到的哪一根脉搏把她的担忧尽数告诉我。

　　这房顶离村中那道墙很近，北村一些老太太一开始还坐在自家门口，后来就纷纷跑到墙下，把耳朵贴到墙上，怎么也想不出对面那声音的意义。直到有人喊，孩子们在打架，别打了，别打了。所有老太太就跟着一起喊，别打了！那是她们的儿子孙子，她们想着有人倒下了，手帕不能扎在伤口上，就只能抹眼泪。她们捶打墙，想要过去看一看。每个人都会找到自己的奶奶，她仍裹着小脚，别人都出门时她根本没弄明白发生了什么，她见别人哭就跟着一起哭。

　　"有什么能让他们停下来？"我问。

　　太太的双眉拧成八字，两人一筹莫展。

　　我没有强力粗壮的胳膊，没办法把两个火爆的男孩双双扭翻在地，我该做点什么阻止这场混战呢？

"对了！"太太扒开树枝寻找我的脸，"你最大的力量就是音乐！你唱歌！唱给他们听！"

"可我不会唱歌！我从没唱过……家里有小提琴吗？"

"没有，但豆干有个一排孔的小哨子，你等等……"她转身往楼下跑，边跑边喊着她女儿，要她把自己的玩具箱翻出来。我着急地等在房顶，一会儿听到了零碎物件被倒翻在地的声音，一声惊叫，然后听到豆干说："妈妈它在你脚底下！"等太太再急匆匆跑上来时手里就多了个踩扁了的塑料小排笛。

它有七个笛筒，我吹了一下，其中一个音已经吹不响了，剩下的也不是很准确。我想了想，用尽全身力气开始吹一首《彩云追月》。我奋力要把每一个音符传得更远，要让它传遍全世界，要让那不很遥远的山为我共鸣，我所嫉恨的柔弱要在声音里变成力量，抚慰所有被激情冲坏脑子的人们。

但笛声是哑的，有时候只能发出一个毫无意义的单音，我又忍不住也想哭，我的力量就因软弱无法施展，我还不够强大，我的小杉树也无法抵御狂风暴雨，它需要藏在屋檐下，藏在我那美丽又温柔的房东太太的怀里。

暴力一旦失控，就会很快扩大，无数男孩栽倒在地很久没再爬起来，一些令我厌恶的钢管被从床底翻找出来，拿到街上，肆意无度地挥舞着。但我很快看到了画布上一股新的色流，一身醒目的黄上衣白裤子的队伍开始驱散殴斗的人，很快他们就从街上消失了，只有等待被清扫的血迹和打翻的垃圾桶、打碎的花盆留在那里。

"国王卫队应该早点来的。"太太看着高高的塔，抱怨道。


我们客人的头上贴了止血棉，在沙发上落座。为了腾出地方，豆干在女主人的命令下开始收拾自己的物什，看起来要花上很长时间，因为所有的蜡笔都找不到它们的盒子，随手翻开的图画册被椅子压住一角，豆干正为一只娃娃寻找她的脑袋，而那脑袋被来访的表哥坐在屁股后——我看见她金色的头发了。最后我们三个人一起帮着小姑娘收拾家当，一大一小两个姑娘拖着小纸箱回卧室去。

我直瞅他额头，他的小眼睛就算盘珠般拨动了一下，然后说："没事，一点儿淤血。"顿了一顿，补充道，"但去包扎时医院住满了。"

"人们以后也没办法坐下来谈了吗？"我问他。

"本来就很勉强，一群小孩儿各自搬着自己的小算盘，都想用这事达到自己的目的，甚至就为起哄捣乱看热闹，他们哪受得了这么耗着……说实话我也有点焦躁。"

"那还要争斗下去吗？"

"我也不太清楚。"他说着从口袋里摸出烟盒，捻出其中一根，但没立刻点上。

"这里禁烟。"突然重新出现在客厅门口的豆干说。

"对不起。"表哥把烟收起来。

"也禁止获取不义之财。"豆干继续说。

我们愣了愣，我问她："你说什么？"

她迅速地摊开手掌心看了一眼，又迅速把手藏起来。"不义之财。"她的小眼睛里充满了莫名其妙的正义，把我惊呆了。

"你们打架就是获取不义之财！"

我问她："你知道自己在讲什么吗？"她立刻摇摇头，又看看手心。然后她说："我们班里的男生也打架，天天打，为了抢个小铲子都打。"

我知道这是她妈妈教她的，她不喜欢这个表哥，不喜欢整天在街上乱窜的暴力分子，在经历了昨天惊心动魄的全城殴斗之后更是如此。男孩们可以长大，把曾有的美好的和不美好的统统抛弃突然变成另一个人，但唯有打架永远不会被忘掉。打架简直是这个星球上所有雄性的终极任务。她妈妈很快也出现了，费了点力气把她抱起来，豆干长到这个年纪已经开始有点沉了。

"我们不是在抢小铲子，是为了更重要的东西啊。"表哥冲豆干笑了。

"不愧是我的女儿，她身上有可贵的东西。你们来，都来，上来屋顶。"太太说着，率先和豆干两人笃笃上楼去了，我们也跟上去，笃笃笃。

表哥第一次站到这屋顶上，看到前所未见的景观，包括全村低矮的房子，树，远远的塔和墙的另一边。

"你知道昨天墙对面发生了什么吗？"我的房东换了一种掐腰的姿势，瞪着比她高出一个头的大小伙子。

"对面？"

"所有的老太太都在哭。"

"……为什么？"表哥一脸不解。连我也没想到，她的一只巴掌就这么扇过来，毫不留情地抽到他脸上，打得他晕头转向，腿一软差点坐在房顶。

"因为你们在打架，她们是你们的妈妈。"太太说。

"我绝对不认同你们的争执，为了什么权益去对抗一帮老人，又因为什么分歧去殴打自己的朋友，无论你们目的是什么，这都是不义之财！我教豆干的第一件事叫'妇人之仁'——知道这个词里为什么不用'懦'而用'仁'吗？这就是你们这帮破小子不懂的事，而我女儿豆干今后将比你们强百倍！

"我听孩子说起过你，你像是个读过书的人。总有人说妇人之仁是成大事的阻碍，但书上讲这个词总要引用两个人，一是宋襄公不愿乘人之危，二是楚霸王不忍杀刘邦，在我看来这两人怎么都算得上顶天立地的男子汉，成为男子汉比成功更重要。"

表哥的脸挨了一巴掌，又气鼓鼓地涨红，他强忍着怒火说："阿姨你什么都不懂，有些东西是非得用激烈的手段才能赢来的，包括最初这个村子的建立、包括您正在享受的安定生活！"

"我当然什么都不懂，我不需要懂，我只要知道没有仁爱之心的人再怎么正确也只会惹人厌烦，他们将永远得不到姑娘们的爱，我家豆干永远也不会选择这样的夫君。你们要只会争斗，就回到自己的世界光荣伟大去！这道墙建起来还没半个月，无论它是否符合你们心意，其实它早就在你们心里修建了很久，你们排斥老人的世界，你们争斗时他们却在关心你们。在你们的世界里，矛盾永远是主题，斗争永远是纲领，它的可怕之处就是，巨大的主题将永远无暇顾及个人幸福而且会轻易摧毁它，个人意愿将会被情绪洪流无情吞没，任何仁爱都将失败，这也正是我无比厌恶政治的原因。豆干还有一点很厉害，她自己都看出来你们的争斗如同儿戏，你们看来自己就像在做很伟大的事业，在那儿的人看来这就是幼儿园的小男孩争夺沙堆里的小铲子。我真为豆干感到骄傲！"

一根手指指向高高的不可分辨的塔顶，一只鸟都没有，一片云也没有，一点儿风吹的动静都没有。阳光照在塔上，有一串黄褐色的反光紧紧贴在表面，随着它外表的起伏弯曲变化，随着它的高度无限延伸。

"争执的无聊我同意，我也所知甚少，但我是在争权利，不是争权力。我们能先从这儿下去吗，其实我一直都恐高。"表哥说。

我扶着表哥小心下楼时，心里在想，这番话未必不是说给我听的，但我始终认同男孩争斗的成长方式，表哥的做法未必全盘皆错。就像表哥对一开始白组的理解不一定准确一样，太太的理解也是不准确的。晚上我心不在焉地喝粥，不知不觉盯着太太看了好久，直到她们两个都把饭吃完了，她凑过来突然说了这么一句："小看妇人的话，就让你吃大亏。"我吓了一跳，赶紧稀里哗啦喝粥，想了想，又问她：

"我也是男孩，我如果也赞成表哥那种方式的话，你怎么看？"

"你不一样。"她说，"你是我的小艺术家，艺术家神经系统发达，敏感如姑娘，你得成为豆干的姐姐。"她说完莞尔一笑，不知是否在开玩笑。这晚我的话更少了，直到我小心翼翼把小杉树放回阁楼最宽敞的地方，才逐渐想到，我能做的事，比如在屋顶吹一只排笛，就如妇人力挽狂澜，音乐在这时候的力量表现就和"妇人之仁"是一样的。

这晚南村建起许多新的墙，较之前矮，而且粗制滥造。这些矮墙沿着街道划分出一块块格子，格子又与格子相连，免得意见不同的人们互相碍眼。据说一位登高的长者提到：圣餐中人们分食带网格的小饼，格子的交叉象征了耶稣受难，尔后就有了村子一样盛着痛苦糖浆的华夫饼。许多南村的年轻人趁着月色溜到高墙边，各种各样的背包被扔过墙头，他们就找到了好爬过去拾回家当的理由，这我后来才知道。


很快北村也来了叛逃者，就像是为了营造对称美刻意为之，为了"杀死自己的国王，好让莎士比亚写成戏剧"。广场上的轮滑少年消失了一段时间，很快又卷土重来，用每天下午永不枯竭的能量重新开始画流线，那些痕迹将会留在地面上直到下一场大雨来临。神秘的观察者从某个地方久久注视着这样的场景，直到几个人全累了，并排坐在了树荫底下，他终于冲出来。

他的古怪模样吓了他们一跳，这种惊吓很快就被故意地延续，他们早就看清那是个人不是鬼怪，但几只轮子还是尖叫着跟跄逃开。他们中手脚最笨的那个跌了一跤，同伴们远去的声音让他分外慌张，可他越着急要爬起来，带轮子的鞋就越不配合，他终于要落入那个怪老头手里。但老头枯瘦的手竟递过来一只棉花糖，雪白的，仔细看的话，有什么亮晶晶的东西藏在里面，鼻子甚至能闻到空气中的甜味儿。

"别怕，送你的，吃吧。"老头看着他，像看自己五年前被带走的孙子，他约莫也该这么大了，他要是送给别人家的孙子棉花糖，就会有别人送自己的孙子巧克力。有什么事从时间里漏出去了，只剩下一点存在过的影子，他似乎就要抓住它。在北村日复一日的自得里，如果这棉花糖做好却没有任何一个孩子愿意吃，难不成自己还用没牙的嘴一点点抿化它不成？他终于不再为孩子们嘴里的蛀虫神经紧张了。

　　"你们也有！"老头冲着跑远的小鬼们喊，他们站在更远的树下令双腿内扣，原地不动保持着平衡，想弄明白这老头是干嘛的。

　　越来越多的人开始跑过高墙，墙被扒开个缺口，它再也拦不住村里人自由来往。缺口越开越大，国王终于下令把它扒掉，用剩下的石头堆了个台子，台子上面砌着小型纪念碑，上面写了年月，写了这件事。一双眼睛正在阅读着，刚看到第三行，雪就下了起来，瞬间就什么也看不清了。

4

## 吃金属的兔子去哪儿了

在摇篮每天都被擦得一尘不染的时间里，每一个迫不及待的母亲早就为孩子拟好了名字。用来参考的是两条重要意见：孩子的父亲略泛油光的脑门和他的后援辞海，祖母或外祖母请人按照生辰八字的一通掐算。这是一件大事儿，这个名字将伴随一个人的一生，此后它的音节、它的咀嚼质感将停留在唯一的父母、每一位老师、每一任情人的嘴里，能被响亮地以抑扬格呼喊出来，这孩子就将拥有比别人更多的快乐，因为这能与大调产生莫名的谐振。

我为自己新取的名字却要比一家老小共同的忙碌复杂更多。有一些词停留在草稿上，不是以直接告知别人的方式，而是等着被命名，这倒是很新奇的体验。秋天、我的工作和动乱都结束之后，我在一群小孩那收获了我的名字。他们叫我"树哥"。也有人叫我"树人"，一种在古老幻想读物插图上的生物，我在托尔金的故事里见到过。

房东太太有时朝阁楼喊话："我的小杉树，下来浇点水！"我就小心下楼，躲避着吊灯，到厨房去喝一碗粥。我最喜欢的一个名字——简直来自于电影——是"阿树"，是这条街上一个小姑娘送给我的，她跟豆干差不多大，但留着平头，从来没有穿过裙子，一开始我理所当然认为她是男孩儿。冬天某个傍晚我散步到楼下，她跑过来问："阿树你愿不愿意来我家工作？"

"工作？是干什么呢？"

"快到圣诞节了，我家缺一棵圣诞树。"


秋天我在大街上游荡的广告工作被一场风波打断了，事实上到最后我几乎没得到什么报酬，没有任何人因此卖出更多的商品，我也就顺带被忘了，刘老板林场里的小树们得以再过一个冬天。

我时常跟房东太太讲，反正养花需要的时间不多，我们可以开一个幼儿园，把那些整天在村里乱跑的小孩都照顾起来，就在广场上教他们认字。我就挂着黑板站在一旁，黑板上田字格里写着大大的"人"字，标着拼音，而当他们终于学到左中右结构的"树"时，我就撂下黑板给他们展示一棵树。以后他们每见到这个字就会想起我来。

但这只是开玩笑。我渐渐拮据起来，已经有几个月没有收入了。

当我认真思考一棵树时就开始羡慕起树来。它们从不喧嚣聒噪，水土阳光一切天然的东西营造了静默的思考者，精神让它直立或遒劲，它的一切贡献都是无意行为：光合作用、水汽循环、水土保持。它的有意行为却是人们为它安排的一切。也许这棵从我胸口长出的树，多年之后被砍下来做成提琴，这使它富有价值，也许到时候我已经不忍心采伐它了。

它又高了一点，遮风挡雨的屋顶反而成了它的阻碍。我把床挪了个位置，好在睡觉时能让它从窗口伸出去。这要真是我的孩子，这般年纪它早就学会解读星空的图案，早就该在关灯后明白，星空为每个人存在，光芒经由时光阻延，你珍惜它时它就属于你。

我那棵小杉树从窗子中伸展出去，未必像我一样笨拙，我口中人们命名的古老星体可能在它那儿是另一副模样，它早已理解了星空排列所暗含的信息，用它构想一部武林秘籍，以此把每一根杉针都舒展得无比锋利。这无比的痛苦啊，夜晚滋长的生命，在床头柜上捏得毫无血色的手让我冷静清醒，翻来覆去的眼泪只有在这时候，谁都不知道的时候，悄悄到来并带走一些东西。

力量很快就变成了枝干的粗壮。我的视线有了新的阻碍。肥厚的枝叶把天花板盖住了，一些书和碟片都沉默在青山深处，闹钟的夜光指针无形得只剩下声音，上一年窗花在玻璃上留下的贴脚已经变得很脏。我的右手在桌面上爬行摸到了铅笔摸到了钥匙，沿着钥匙串又拜访一只名叫"K.K.Slider"的小白狗，它抱着一把永不分离的小吉他，我原以为自己会和自己的小提琴永不分离，就像它现在那样。

我有多久没有拉到过小提琴了？我嘴上说已经好几个月了，我心里说一天也没有。因为我每天都会拉它，一闭上眼睛就拉，力道均匀又平滑，共鸣箱就是我除了胸腔、口腔外另一个腔，我脑子里的声音全都装在里面，需要时就摇晃一下取出来，就像摇一只存钱罐。但我也需要真实的存钱罐。

第二天我起床，洗刷之前就在楼梯下面两盆吊兰之间给那个小姑娘打了个电话。

"我什么时候到你那儿去吧。"我说。


真正的冬天是个遥远的东西。

不知为何，冷总给我这样的感受，深邃又严肃，景色如在画中不可触摸。今年第一场雪来得很早，除了鸟儿，一切都被冻得迟缓了。慢跑的人和他的呵气，缓缓行动的小车上拉了牛奶罐，阴沉的早上对面某家厨房的灯光闪了三下才终于亮起来，我隐约听到了天然气灶被打开的咔嗒声。

我和短头发的小姑娘妞妞正趴在窗边等一个影子，今天她穿了灰色的大风衣，手里拎了一袋每天早上要扔下去的垃圾。她很快就从楼道里走出来，把垃圾扔好，走到路边的站牌下等一辆电车，这时候她朝我们的窗口回望过来，我俩就赶紧蹲下来，我知道树枝已经让我们暴露了，但妞妞未必知道。车很快就来了，所有的人都上了车的一瞬间，我们就获得了安全。

　　"阿树，给你看个东西。"妞妞说。

　　她拉着我来到阳台，一只雪白的兔子正在笼中蠕动，它昂起头，我们窗口形状的光芒就出现在它眼睛里。

　　"它可不是一般的兔子。"她说。

　　"怎么个不一般法？"

　　"你得保证不说出去。"

　　"我保证。"

　　"它能吃下任何东西。"

　　"能吃下任何东西？"

　　"是啊，就算是这笼子，只要它想吃掉……"

　　"这样啊。"

　　"你不信？"她看着我很认真地问。

　　"信！"我说。

　　"不，你不信！你等着！"说罢她飞快跑出去，我和兔子一起等着她回来。她手里捏了一颗生锈的大螺丝钉。

　　"来，你喂给它。"她把螺丝钉交到我手里，用小鼻子指了指兔子。

　　"别闹了。咱们给它吃点菜叶子。"

　　"你试试就知道了，它能吃，别说螺丝，它连我的皮鞋都啃坏过！"

　　她急了，把螺丝夺回去，撅着嘴蹲到笼子边，把螺丝钉从缝里塞进去。

"喏，早饭。"她对兔子说。

"可别真让它吃啊！"我吓了一跳。

"阿树！"妞妞皱着眉头瞪我，"既然阿树身上都能长出树来，凭什么不相信我的兔子不能吃钉子？"

这下可把我问住了。我为什么不相信呢？因为兔子看起来纯良温顺吗？

"快看！"小手抓住我的袖口，我也蹲下，这有点困难，很容易失去重心。我扶着一只躺椅，看见兔子正抱着螺丝钉往嘴里塞，螺丝钉就一寸一寸无声无息地消失在它嘴里，吃完了它就歪着头看笼子外的两人，不知道在喃喃自语着什么。

"信了吧？"妞妞问。她的手还在僵持着呈现捏螺丝钉的形状，螺丝钉从这个世界上消失了。

我最后眨巴眨巴眼，说："我信。从一开始我就信。"


圣诞树提前一个月被摆放在家里，期间还必须照看妞妞，陪她玩耍。但这不是一件容易的事，我必须把自己调整成另一种状态，对所有的事物保持好奇，对世界充满热情和善意。据我所知所有父母都有这样的期盼，柔和的钢琴声响起，一只红色的皮球沿着力学上理性的轨迹跳动出门框，然而物理定律却不能预测一个婴儿的蹒跚，她在下午的阳光中抓住了它，木马已经忘了自己为何要摇动。所以语言习惯也随之改变，叠字和疑问句大量出现，字正腔圆以展示一种规范。有时一切都源于童趣，仅仅因为童趣。

如果第二天早上妞妞对你说："我们的兔子不见了。"此时应该如何回应？

"它怎么不见的，笼子完好吗？"这件事应该你自己悄悄去确认，笼子门敞开在那儿，里面已经什么都没了。"别的地方又有什么痕迹？"这些细节显而易见，第一个齿印留在白瓷碗上，然后是勺子，果盘里的三只苹果只有一个遭遇不幸，杯子打翻了，牛奶造就了一个新的国家（正像几块饼干互相碰撞能模拟出新大陆那样）。这样一来地板上就出现了脏兮兮的爪印。"窗子为什么不关上？"求全责备不应该由你来干，而且毫无帮助。"我们去找它回来。"你们不是已经这么做了吗，从窗口探出身子，一排管道已经搭设了空中栈道。"它临走时没跟你说什么吗？"你觉得应该问这句。你想到自己离家出走还留了张纸条，现在也不知家里如何了。

"你可真逗，"妞妞说，"它可是只兔子啊，又不会说话。"

偶尔会被她教训，这就是我最感到开心的地方。她说我们去找回来，我立刻就答应了，哪怕要为此翻山越岭。


我小学二年级那年夏天最热的时候，古人相信草叶腐烂会变成次年的流萤。拎在我手里的正是每天用来浇花的那只小红桶，里面已经有半桶水，但一条鱼也没有。我跟在父亲身后，另一只胳膊下夹着小钓竿，期盼着今天它的收获。

黄河经历了最后的山丘，再往下百公里，所有的能量都敛在水面下，成了温和书生。

浅滩里不见得有大鱼，但白鲦就够我们兴奋了。我把小桶放在黑色的大桶旁，眼见一条条鲫鱼和白鲦上钩，却不许父亲往我桶里放，我要等漂亮的鱼。我藏在帽檐的阴影下，想着一尾马郎美丽的小红眼儿。鱼漂很快动了，一段异常柔软的灰色背离开水面，把身上的线抖成 S 形。天色渐暗，时间已经不会陪我们等更美丽的小家伙了。我看到泥鳅的小胡子时说，我要它。于是这灰溜溜的小东西就染浑了我的小桶。等我们离开河边，我已经收获了三条小泥鳅，我把小桶放在阳台上，用花叶遮好阳光，把水盛满，每天看它们激动的样子。

泥鳅有着怕生的小狗一样的亢奋，有人接近，就会牵动它们浑身的肌肉，释放难以置信的活力。此时收音机里放的是舒伯特的磁带，小提琴就像抖动的尾巴，钢琴是晃动的波纹和击打出的水花。但小狗总有一天会跟你熟的，它渐渐开始允许你摸它的脑袋它的背，你的手指可以顺着挠到它下巴，它就安逸得失去警戒，把眼睛眯起来。泥鳅在我的小桶里待了两个月，却仍为我的脚步声慌张。

一天我又走近我的小桶时，两条泥鳅正在为我的到来，或者同伴的消失茫然地慌张，我四处寻找丢失的泥鳅，最后在角落里发现了已经痛苦死去两天的扭曲的尸体，它已经干成了木乃伊。一种前所未有的后悔开始让我痛苦。

后悔不比单纯的伤痛或悲哀，这是另一种像拧着心筋一般的难受，仿佛世界上所有的美好都不能保存，它们的逝去只因为我的照顾不周。它们太有活力，所以水桶不能太满。尽管如此，从小桶里跳出来对它们来说仍然是一件轻而易举的事。我把手伸进水桶，剩下的一大一小两条泥鳅，又开始在我手指缝里来回逃窜，让我的指头拂过它们背鳍，但从不让我轻易抓住，挑逗如难以获得的爱情。


妞妞像随时都要哭出来，我明白这种难过，更明白这种后悔，我们下定决心要去找她的兔子，哪怕它死去了或我们死去都要彼此再见一面。就像我的手从小桶里拿出来，水滴落在晒干的小泥鳅身上，我多希望它能从此活过来，但水来得太晚了。

从窗口爬出去对我来说很麻烦，把树枝探出去之后，得马上扭动身体，让树枝贴着墙壁，这样我跨坐在窗口时才不至于栽下去。双脚很快就碰到了窗下两根管道，发觉它足够结实后，我的手就离开了窗台，我转身帮妞妞也跳出来。三楼，不高也不低，但站在外面还是有点心虚。

"你害怕吗？"我问她。

"怕。"

"那你回去，我去找它。"

"不行，我也要去。走着走着就不怎么怕了，我爸爸说走夜路就是这样。"

"那行，咱们走。"

我亦步亦趋的脚尖就开始往前挪动，一开始很小心，说实话我不怎么信任脚下的管道。后来就越走越快了，妞妞紧随其后，一直抓着我的衣服。我们沿着一道浅显的爪印跟过去，不知道要跟到什么地方，但两个人已经下定决心，哪怕要走到山那边也无所谓。突然妞妞"啊"地叫出声，我马上伸出手抓住她胳膊，生怕她掉下去。

她说忘了关窗，于是沿着原路返回。我在原地愣了愣，不放心，最后也跟着一起回去。然后我们又要折返重新走一次，她的手又拉起我的衣服，让我走慢点儿。我们从两栋楼中间走过，两个老爷子正在下面专注于一匹马的跳法，谢了顶的大流士与白头亚历山大，精心的布局法让他们对路过的两个人毫无察觉。我示意妞妞停一停，下面那片小战场，严峻得一丝风都没有。

我突然心血来潮，想给他们捣捣乱。这真是一件奇妙的事，我知道一直存活在体内的十岁的我又要觉醒了，他跳出来惹麻烦也好闯祸也罢，我觉得挺有意思。我看见那个十岁的我蹲下来从两颗脑袋中间仔细瞄着棋盘，突然大喊一声：

"把车挪到右边！"

这可吓了两个老爷子一跳，他们顺着声音一抬头，看见十岁的那个我正冲他们吐舌头。下了一辈子棋的两个人怎么也想不到，对弈者时刻防备的捣乱支招者这次竟从天而降，而且还是棵树。他们又看见跟在我身后的小女孩，惊慌地叫道："你们……你们怎么爬这么高，可别乱动……"右边的老头马上跑起来，边跑边喊人拿梯子过来。左边的老头怕我们掉下来，就在原地等着，但我们站得稳当当，他就忙里偷闲去瞅棋盘，悄悄把车挪到右边去了。

我对妞妞说："他们下棋最不喜欢被打搅，等他们搬来梯子，咱们屁股就要开花了。"

妞妞说："那咱们快跑。"

我一手牵着她，在管道上小步跑起来，跑得那两条钢管颤颤悠悠，我有点害怕。我们知道左边那个老头发现我们消失了，只听他惊慌地叫："哎？人呢？怎么不见了？……这局我可赢了！"

在天上跑，可悬着心呢，管道沿着墙壁拐弯，我马上停下来喘口气。妞妞开始在白色的呵气里偷笑，我也跟着笑，贴着墙壁站着笑，生怕自己掉下去。

"你们干嘛呢？"

我们背后谁也没有注意到的一扇窗子里，轻声一句问话就把我们的笑容蜡住了。

一个蓬头垢面的小男孩扶了扶眼镜，又问一遍："你们干嘛呢？"

我们正好站在他的窗边，有点尴尬地和他对视着，他的房间像他的头发一样乱糟糟的，只怕再看下去他就要生气了。

"我们不是贼，我们在找兔子。"

"刚才那只吗？"

"你见到了？"

"岂止是见到了，它跳进来吃了我的数据线！"男孩拿出了他的手机，冲我们晃晃，继续说，"我没办法传东西了！"

"对不起，我们会赔你的。"妞妞抢着说。

"你们的兔子吗？"

"是啊，一不留神让它给跑出去了。"

"你们平时都是喂它电线的吗？难道比白菜还好吃？"

"不不，平时它就吃白菜，但别的也都吃，比如钉子啊瓷片啊。"

男孩在眼镜片后盯着我们，告诉我们这句话他一点儿也不信。

"你在跟谁说话？"房门外突然有人问。男孩一把抓住窗帘往左边一扯，房间顿时暗了下来。他一边喊着"没人啊"一边又低声对着窗外说："躲一躲，我妈。"

但男孩的妈妈已经兀自推门进来，一句话也不再问，直奔窗边把窗帘拉开。窗外一个人也没有。她就把自己的脑袋伸出去左右看。她看到了两只惊飞的鸟正穿过树荫，窗台上留着雨滴把灰尘洇开的形状，一点可疑的痕迹都没有。她退回来，反复审视了房间和她儿子，又一声不响走出去关好门。男孩没有立刻喊我们，走过去又把门打开。他妈妈果然还站在门外，见到这情形也就悻悻而去，不再监听了。

男孩的妈妈当然看不见我们。我们又从房子拐角处退回去藏好，一动也不敢动。良久，我让妞妞探头去看，因为我的目标实在太大了。她刚悄悄从墙角露出一只眼睛，就发现了男孩同样探出来的脑袋，他迅速向我们招手。

"老余，他们在那儿，那栋楼上！快！"我听见刚才的两个老头之一在喊。我们为了躲男孩的妈妈，却又曝露给老头们了。我一把抱起妞妞跑到男孩窗前，说："借光躲一躲。"两扇窗旋即洞开，窗边小桌子上的物件被一把捭开，我们钻了进去踩着桌子跳下。只听老头们的嚷嚷声已经追到楼下，变成了一片疑惑不解。

男孩又开门去看他妈妈的动向，门外一个人也没有。

"谢谢你！"我说。

男孩若有所思地打量我们，说："我认识你，秋天那时候他们带着你游行来着。"

"是啊我这么特殊的家伙……不过我是被迫跟他们一起去的。"

"我知道。"

"啊,我们刚才跟老爷爷们开了个玩笑才被追赶的,可不是做了坏事!"我连忙补充道。

"我们是为了找兔子。"妞妞说。

"讲讲那只兔子呗。"男孩说。

"它平时可乖了,但一直没人跟它玩,它才跑出去的。"

"兔子也会寂寞吗?"

"那当然,它又不会说话,它说话我也听不懂,我不知道它喜欢吃什么就什么都喂它,它一定嫌我家不好……"妞妞说着又要哭起来,我连忙安慰她,生怕她又把男孩的妈妈引来,那些小泪花就只开在我手上。

"早上醒了我见它正啃着我的数据线,简直被吓呆了,等我回过神儿来它早就吃了个干干净净跑了出去。"男孩瞪大眼睛,仿佛兔子在啃数据线的情形正在眼前。

"它往哪儿跑了?"我们问。

"就顺着这根管子……"他指着窗台下面我们来时的路说,"一直往前。你们要继续追吗,老头们已经都走了。"

我们立即跳出窗外,试试看兔子要把我们带去什么地方。

"你们等等。"男孩喊。他正把自己的手机、游戏机往兜里塞,又抱上了手提电脑。然后是这些设备的充电器、各种电线。

"你干嘛啊?"

"带上我,我也去。我也是只兔子,在这儿忍不了了!"他说。他已经收拾停当,全身上下鼓鼓囊囊的。

"去倒是也行，带的东西也太多了吧？"

听我这么说，他想了想，把电脑放下。我还是摇头，他又把游戏机放下。最后干脆连手机也没带。"是了，要跑就什么都不带。"他也从窗户跳出来，成为我们这小队伍的第三个人。"嘿，这就跟打游戏收同伴似的。"他又习惯性地扶镜框。


"你们知道眉间尺吗？"

"什么尺？"男孩问。

"就是个人，他爹叫干将，他娘叫莫邪。他爹被楚王害死了，他给他爹报仇。"

"啊，我听说过。"妞妞叫道。

"这楚王命干将给他铸剑，传说用的铁一是他夫人抱柱受孕所生，二是一对藏在兵器库里吃铁的昆吾山兔子的胆。你们明白什么了没有？"

"不明白。"两人一起回答。

"我想说，这只神奇的兔子，说不定就来自昆吾山。它能吃下铁，也就能吃数据线，也能吃咱们脚下这两根管子。幸亏它没动这念头，不然天然气可就漏了，咱们也没处可走了。"我停下来一口气说完，两个人呆呆看着我，眨着眼睛想。

男孩也不大，七八岁的样子，因为太瘦，显得整个人就剩下个脑袋。他可能觉得我又在胡扯，就什么也不说，只管听我安排。管道上的脚印早就不见了，接下来除了硬着头皮继续沿大道走没别的办法，但这一筹莫展可不能让两个小孩看出来。

我拍拍手。"走吧。"我吐出呵气来，三个人继续前进，从更多窗口走过，吓更多人一跳。

我的手冻得通红，但不能放进口袋，那样容易摔倒。我见妞妞手上戴了毛线手套，一道粉红一道白，看起来就很暖和。"妈妈给我买的。"她说。男孩说："我也有，忘了带。""什么样的？"妞妞问他。"黑不溜秋的，很难看，"他回答，"我妈妈说戴着暖和就行，不用讲究好看。"妞妞说："我要是找到兔子，就不戴手套了。抱着它可比戴手套暖和！"

她把两只手套拱在胸前，装作已经抱着兔子的样子，抚摸兔子脑袋，给它顺毛，这样它就不会再逃跑了。

"我姑姑家养了小狗，摸起来也是很暖和，还会用很暖和的舌头舔你的手。"男孩说。

"什么样的狗？"妞妞又问。

"小的，很能叫唤，叫起来能叫一下午。"

"那，它好看吗？"

"我姑姑觉得好看，我姑父觉得不好看……就是不是那种所有人都喜欢的。"

"那你喜欢吗？"

"我不怎么喜欢小动物，但是我养了小火龙。"

"什么是小火龙？"

"游戏里的，能喷火。"

"那你们家做饭就不用烧气了。"

"是游戏里的，不是真的。游戏里也不用做饭。"

"哦。那吃什么？"

"什么也不吃，游戏里也不用吃饭。"

"哦。"

男孩被妞妞问得有点烦了，转来问我。

"讲讲你那棵树呗。怎么来的？"

"有点没劲，跟我爸怄气就种了。"

"什么情况？"男孩扶眼镜。

"你知道小提琴吗？我爸拉小提琴把我比下去了，我想种棵树做把新琴比回去。"

"你会拉小提琴？我也学过，但没学会。"

"我会一点儿，"我想了想，"拿过点儿奖。"

"就跟我们班长一样，他也拿过奖状，每次晚会他都在班里拉。"

"差不多吧。"

跟小年轻人说话，自己也会变得年轻。年轻的意思就是，我虽然都二十了，仍然可以不顾安危地胡闹，领着两个小孩在天然气管道上寻找丢失的兔子，脚底下是三层以下的村子，那个卖棉花糖的老人刚把小车停在路边喝一口水，一抬头就看见了我们，举起的杯子就停住了。那像是三只迁徙的鸟，一只大的带着两只小的，各种原因盘旋在猜测里，他们在冬天来到时还没能跟上大部队，此刻驻足在楼房上为更远的旅途养精蓄锐。

这样的三个人绝对不符合跟踪的要求，我们太引人注目了。在燃气管道上奔走的树，一个戴眼镜的小孩，另一个戴手套的更小的小孩。好在兔子绝对没有什么反侦察能力，我们只要能看到它，它就绝对跑不了了。我一边带着队伍往前走，一边静下心想，兔子留下的痕迹有些很容易消失，就像沾了牛奶的脚印。但它的影子留在人们心里，那可不容易消失。我要是走过山头看见鲜花和蝴蝶，就要记上一辈子。

我们逢人便问。有这样一只兔子，这么大，白的，你看到没有？

我们很快发现它这一路上可吃掉了不少东西：一位阿姨的漏勺正摆在厨灶上，那团白色的小机灵鬼跳进来把它咬断了；它吃掉了汤先生的纪念币，空留个盒子给他，让他气急败坏，在他的心情更糟之前我们赶紧开溜；某扇窗前我们发现了愁眉不展的姑娘，她的羽毛球拍线断了，她下午就没办法去见那个教人打球的帅哥了，球拍从窗口递出来时我一眼就认出了那熟悉的齿痕。

我让男孩算一算到目前为止应该赔多少钱（"别忘了把你自己的数据线也算上"），他的眼睛就向左上方翻动，嘴里念念有词，费劲纠缠。我们坐下来等他，把双腿从管道上垂下去，一群好奇的小孩围了过来，问："你们在上面干什么？"我连忙打手势让他们别打扰男孩的穿针引线。不多时他算好了。"335块。"他说。

"妞妞。"我叫她。

"嗯。"

"咱们……再这么追下去，不见得能追到，赔的钱却越来越多了。"

"那怎么办？"

"最容易的办法就是，现在立马掉头回去，这只兔子跟我们无关了，再也不用赔谁。然后我们到动物福利院挂名等着领养另一只。"

"但那不是它！"

那不是它。她说。可她实际上不能分辨同样大小的两只白兔，一只是从她家里逃出来用捣蛋之心破坏世界的，一只是可以安安静静待在每一个小姑娘怀里乖巧老去的普通兔子。她坚持认为自己能认得清，坚持说她的兔子化成灰她都认得，这话我在任何痴情人口中都听到过。我能这么想，真为自己害臊。

"如果找不回来，我也不回去了！"我看着她很难过。这事我不能教她，在代价面前放弃所追求的。许多人都顺从，但我希望她不是，我跟她一起跑出来不是为了泥鳅的痛感，而是因为这个。她要是长大点就会反问我，阿树你不就是为了打败父亲，忍受着痛苦种下这小云杉，又不远千里跑到我们村子来吗？我怎么回答？我无话可说，我只好支持她，让她也感受痛苦。谁真正爱这些孩子们，谁就会拥有一种巨大的温柔，不是你拥抱星空，而是星空拥抱你。

没有人知道一只鸽子为何恰好扑棱棱落到房顶上，印证着两个事物之间天然古老的关系——鸽子、房顶；房顶、鸽子，紧密相连。鸽子还没来得及日常性地抗议热水器对它领土的侵占，低沉的叫声永远携带怒意，一只灰白色的屁股就笨拙地露在楼檐之外。从妞妞那儿望过去，我看见另一个男孩，迅速调动的焦距就把他架在窗台上的胳膊、他笑眯眯的脸、托在腮帮上的右手推到我面前来。

"四眼儿，你在跟谁一起玩啊，不怕回家挨打吗？"那个男孩吆喝道。

"要你管！"我身边这个男孩回应道。他立刻低声告诉我："这是'尖嘴猴子'，我不太熟，他比我高一年级。人人都讨厌他，他嘴里没一句实话。"

"尖嘴猴子"小脸细胳膊，笑起来就像戏台上滑稽的丑角。他眯成缝的眼睛不紧不慢地打量着我们，仿佛在看什么有趣的把戏。

我们站起来朝他走过去，躲过另一户人家一扇危险的朝外敞开的窗，他的目光始终追随我们如偶遇的流浪小狗。

"这不是有名的那个树嘛。"他细声细气地说。

"有名？"我问。

"他们都知道你，你是大英雄，把一帮老不死的赶出去，又立了道墙。"

要一句话激怒第一次见面的人也是种本事。我已经对这个小屁孩失去兴趣了，也不打算就着这话头接着谈下去。我领着我的队伍，打算视若无物地从他的窗口越过去。

但他突然说："刚才我抓了一只兔子。"

"在哪儿？"妞妞急了。

"我把它拿到厨房，用刀背拍扁，丢锅里煎成煎饼了。"

"你胡说！你……你赔我的兔子！"妞妞已经攥着小拳头朝他胳膊上捶了过去，但对方可是"猴子"，粉色的手套被轻易躲过，捶在了窗台上，她哭了起来。

我连忙把她护在身后，想要教训一下这顽劣的少年。他精明得很，立刻拉紧了窗，在玻璃后面冲我们吐舌头。我让两个小朋友走在前面，假装一副要离开的样子，那扇窗果然着急地打开了。我立刻从杉树底下伸出胳膊——胳膊不算长，我的个子也不算高，兴许手指算很长的，这是我的骄傲，它们已经把"尖嘴猴子"那一握粗的小胳膊牢牢掌控，用那可以在繁劳的音乐会上捏住琴弓三个小时的力量攥他在手。

他马上大喊大叫起来，像所有的弱者一样，如果声音能转化成切实的力量，他就是宇宙第一大力士。

"你再叫！"我吓唬他，"再叫我就把你喂兔子！"

"兔子早跑了，兔子往南边去了！"他喊。

"别信，他满嘴胡话，见没见过兔子都是回事。"男孩悄悄说。

我把"尖嘴猴子"的胳膊交给左手，右手拧住了他耳朵。"来我问你，我是棵神树，你要是说谎我能听出来，那你就小心自己耳朵。"

"哎哟，放手，问就问，哎哟……"

我装模作样咳嗽了一下。"你说谎了吗？"

"我当然……"他精明的小眼睛转了转，马上明白这是个陷阱。他要是承认，我就要拧他耳朵，要是不承认，那本身就是撒谎，我还是要拧他耳朵。但就算不说，他的耳朵也已经开始疼起来。

"你到底看见兔子了没有？"我大声问他。

"疼，疼……"他回答。

"往哪去了？"

"疼……"他的手指停在了一个方向。

"给我们带路！"

"疼啊，疼死了！"他总结道。

妞妞说我脑袋瓜好聪明，又掌握了一门猴语。


队长不在，郭宇就故意把备忘笔记写成弧线，第一行最长，第二行按照某种他脑中的规律收减，第三行更短，直到最后形成一个扇面，他上个月新换的钢笔就沿着它们的轮廓画出扇骨，缀上流苏，如果还有空白就再画一只美人手，当然手比较难画，让他失去耐心。

他环顾四周，值班室里只剩他自己，钟表在费劲地缓缓搅动，粘稠又无形的物质让窗玻璃上他的影子一跃而起。他对着玻璃上浅显的映像整理着装，把制服上的风纪扣也小心扣好，然后他双手从桌上端起一团空气按在头上，那是一顶毡帽。他把铭牌从胸前摘下来，正面朝下扣在桌子上。

此刻他已经不是村里的消防员（见习）了，而是遥远的奥伊米亚康口呼白气的农户，他从门后捡起桶，打开房门装模作样走出去。他设计自己将遇见一个贼，手里扬起的桶刚要砸下却放弃了，他不想吵醒妻子，她昨晚有点发烧，吃了药一觉睡到现在。他既要拦住那贼，又要蹑手蹑脚！要是队长在就好了，队长能跟他演对手戏，队长上学时在话剧社打过杂。

他对消防员（而且才见习）没什么热情，他喜欢表演。这样的模拟练习片段，几乎每天都在他脑海里出现，设计矛盾、调动肢体，这是全心全意的快乐。

你说与一个假想出来的人双双滚在不存在的雪地中无声地搏斗，最后累得自己一头大汗，这有什么快乐可言？子非鱼，焉知鱼之乐。"对方"也已经筋疲力尽了。"他"是个贼，也不敢声张，这正是安排者的得意之处。雪进到脖子里，真冷啊，他打了个哆嗦。那个贼在旁边仰躺着，已经全然不顾雪地的温度了。他看着他，他也看着他。"即时反映。"他想。他把手伸向对方，想要握一握。或许这个贼也是为了自个儿生病的妻子才被迫盗窃的，这样他就可以回屋摸出伏特加，给他倒一茶缸同情出来。敲门声响了。

"小点儿声，别吵醒了她。"他心里暗暗骂着。但敲门的哪理他这一套，反而越来越使劲，一边敲还一边喊着："有人吗？消防队的呢？"门框抖下些墙灰，郭宇不得不强迫自己从表演里回来，这样才能吆喝一嗓子："谁啊！"

"有人。开开门，你们能出警吗？报案的。"

他站起来拍拍身上的土，对这不合时宜的访客颇为不满。门打开了，他看见一群吆五喝六的老爷子站在门外。

"官儿老爷，"为首的叫他，"你们的车能出去救人吗，仨孩子被困在楼顶了。"

一群人七嘴八舌讲述事情的经过，可谁也讲不顺溜。他皱着眉耐心听，结果为首的老头一把抓住他手脖子。"快走，救人要紧。你是队长吗？车你能开出来吗？怎么就你一个人在？"

"你等等。"郭宇从他手里逃回来。他回到屋里拿起自己的铭牌别在左胸口，上面写着，职位：消防员，括弧，见习。他想了想，又把铭牌取了下来，拉开抽屉，从里面摸出另一张铭牌出来。那上面的人不是他，是他队长。这是去年以前用的老铭牌，边角都磨出了黑色，上面写着，职位：消防支队长。他深吸一口气，把这张铭牌别上去。

"我是队长。咱们走！"他对一帮啰里啰嗦的老头们说。

消防笛大老远就响彻街道。一辆红彤彤的消防车踉跄从拐角驶出，除了驾驶员是个穿戴整齐的小伙子，车上拉满了老头，车外还挂站着几个，他们找到了潇洒地乘风破浪的感觉，大声呼喊着指挥方向。街上的人纷纷驻足，想弄明白出什么事了。"哪儿着了？"他们问着。"心，心着了！"郭宇听见窗外的老头喊，做出拍打胸膛的模样，一点也不像老头。

　　他们驶过重重楼房，看见一堆人聚集在前面，车就开不动了。那堆人也是老头，他们呼喊着，抬头看着什么，跟着什么往前跑，像前面有饵。车上的老头纷纷跳下来，加入了那堆老头中。刚才为首报案的那个领着他，他们拨开人群，郭宇顺着他皱巴巴的手掌的方向看到，在天然气管道上，一棵树（？）领着三个小孩，正向前奔跑。上面的人跑到哪儿，下面的人就跟着跑到哪儿。

　　"我们跟上去。"老头说。

　　郭宇也想知道上面的人在干嘛。他年轻，腿脚利索，很快就跑到了最前面。他看见那棵树其实长着脑袋，不过给许多树枝挡住了，树从他胸口长出来，他就像棵冬虫夏草。

　　后面跟着的是三个小孩，第一个看起来年龄很小，戴着双手套，一副慌慌张张的样子。后面两个稍微大点，一个戴着眼镜，边跑还边伸手去扶镜框；另一个奇瘦无比，他双手捂着耳朵，表情痛苦。他从下面看时，那小瘦子也在偷偷瞄着他。在这奇怪的组合身后，不仅一群老头叫嚷着跟着他们，让他们小心，楼房上的窗户也纷纷打开，无数脑袋像开花一样冒出来。晾晒的衣服在绳上颤抖了，鸽子都不飞了，它们在房顶一起围观。这可真是奇景。郭宇想。难道他们在演戏？

　　再跟着往前跑，他看见了最前面的东西。原来领头的不是身上长了树的怪人，而是一个跳跃着的毛团，白乎乎的。它跳着跳着，四肢清晰了，耳朵显现了，他终于看清那是只白兔。它正顺着管道的方向奋力奔跑，一步也不肯停，天知道那最最前面，兔子再往前，是不是还有什么东西吸引着兔子。要是他们这么没完没了跑下去，就顺着管道出了村，一直到郊外的供气公司了。他边跑边在裤子口袋里摸手机，慌慌张张拿反了，他倒过来开始查电话本，想给队长打电话。这样消防队其他人可以提前在供气公司拦截，如果兔子不改道的话。

但兔子不知何时停下了。于是管道上的四个人也停下了。我们的见习消防员（正在扮演消防支队长）也停下了。他身后无数老头也都停下了。打开的窗户和窗户上的鸽子也不例外。他看见兔子耳朵正在微微抖动，鼻头使劲嗅着什么，所有人都安静了，都在看着它要干什么。

夏天的时候，村里到处是蝉，晚上蝉不叫了，蛐蛐就暖场，没有一刻是安静的。冬天恰好相反，且不说虫子们都在躲避严寒，雪好像把平常的声音也吸净了，车流人流默默地走，叫卖的小贩一张口只吐出雾气，两个并排行走的人互相读着嘴唇，一切都进入了无声电影。郭宇想，热闹这个词就是形容夏天的，就像冷静之于冬天，但它们却不是严格的反义词，安静是他的妻子，而热情是她的丈夫。他仿佛能听见自己脑子叽里咕噜的运转。

兔子安静地呼吸，它坐成一团可疑的蠕动，它耳朵已经高高扬起，像在空气中搜索信号的收音机天线，它正仔细分辨着每个频率里的嘈杂，而真正的信号来自我们每个人发出的声响。兔子的耳朵放下了，它从二层楼窗户上方不远处的管道上一跃而下，直直地朝树下一堆积雪里落去。所有人都尖叫，在场的那个最小的小孩，被树人护在身后，叫得最厉害。她挣扎着从树枝下逃脱，一只小手套落了下来，一声不响掉在新扫过的大街上，所有人的心又再次悬了起来。

"长官，快去救他们！"老头们说。

郭宇拔腿就往消防车那儿跑，但看样子车开不进来了，这里人太多了。他大老远看见一只包裹从老头们的头顶传过来，他认出那是消防气垫。

"不好意思，我们自作主张了。"老头们说。

"干得好！"他回答，那派头像极了他们队长。人们围上来，迅速把气垫拉开，瞄准了几个孩子的正下方并铺好。他们正在哭闹着，那场缠斗还没结束，他们随时都可能掉下来。但是气垫软绵绵地摊放在地上。郭宇第一次遇见这情形，脑袋不灵光了。他编各种小品段子时的机智全都不见了。

"长官，怎么充气？"一个老头问。

对了，充气，充气……充气阀在车上！车开不进来！

"怎么充气？"他重复道，像是在问自己，也像是在问老头。

"大家让路，把车开进来，把梯子架上去！"为首的老头喊。他满脸通红，比下任何一局棋时都激动，他挥舞着胳膊，让所有老头都闪到一边去。没那么容易，老头挤着老头，所有老头腿脚都不灵便。

"用这个！"有人喊。人们抬起头，看见二楼窗户上探出个脑袋，手里抓着打气筒。

"那行，咱们这就把气垫打起来！"老头们又围了上来。

第一个老头在打气筒上运动了几十下，气垫似乎还没看到动静，他就已经累得喘不过气。第二个接着他继续打，他的身体好一点，但不出一分钟就越打越慢，每往下压一次都要费尽全身力气，人们喊他，快点啊能不能行啊！郭宇立刻把气筒接了过来。他拼命地打气，老头们拼命地给他鼓劲儿，气垫一点点鼓起来了，他的脸憋得通红。人们叫喊着，引来了一片云，太阳光就被挡住了，一个个雪堆上晶莹细小的反光点消失了。

随着一声响亮的呼喊，那个最小的孩子终于掉下来——毋宁说她是自己选择跳下来——落进气垫宽厚的掌心，不等人们关切地围上去，她就翻身跳下气垫，哭喊着朝旁边的雪堆跑去，但谁都没注意那只兔子哪儿去了。就像在医院产房里哭声是种喜悦，她的灵活跑动、她的哭声也显示着安全，人们高悬的心算是落下了大半，但上面还有三个人。没人关心兔子。

与树连为一体的那个人喘着气，他目光追随着那个落下的孩子，而后又落到郭宇身上，准确地说是他的消防帽上，消防帽的警徽上。

"向消防员致敬！"他喊。他双手摆出个架势，摸索着一个无形的玩意，他注意到身后两个小孩还呆呆站在半空中，就轻敲他们脑袋，他们就被迫给他打拍子——戴眼镜的那个拍着手，另一个会打很炫的响指。然后他就继续自己那个神秘的召唤仪式，郭宇看出来了，召唤的是小提琴，这也是个演员，等他下来要好好跟他交流交流！他很配合地装作欣赏对方的演奏，尽管他根本听不见那曲子，他也不认识肖斯塔科维奇。空中乐队演奏的第二首是《鳟鱼》，他们自己报幕。

树人掉下来时气垫发出"噗"的一声闷响，那是棵杉树，下落的冲击力折损了不少针叶，一丛飞到年轻的消防员脸上，吓他一跳。戴眼镜的小孩也跳下来，发出怪叫，眼镜腿折了。最后一个瘦猴似的小孩捂着耳朵纵身一跃，无声无息地陷进了气垫里。


下雪的时候我正坐在一张小竹凳上，怕我凉，妞妞把自己的小坐垫拿给我。

妞妞的爸爸非常生气，他本想让我回去。（"你怎么敢……！！"）

"我们还能买到合适的圣诞树吗？"妞妞的妈妈问。这样她爸爸就只顾生闷气了。最后他说："你去坐在沙发旁边，不许再跟妞妞讲话，你只是一棵树！"

今天已经是平安夜了，还不放假，妞妞的父母上班临走前很不信任地关上所有门窗，好像我俩没办法自己打开似的。但我已经连开窗的念头都没有了。

妞妞平常一个人在家，他们根本不知道她心里在想些什么，她哭了一夜，她妈妈安慰她说，晚上会带点心回来。今天是平安夜，没有人关心兔子。

我坐在沙发旁的小竹凳上，想着晚上的灯光，电视里的热闹场景，三个人本不该被我听到的家庭私语，电话铃打断了我。

妞妞跑过去接起来，很快回头对我说："是爸爸。"然后又回到电话里跟爸爸应答，最后她告诉我："爸爸说每隔半个小时就会打电话回来，要是我们再跑出去，他就从单位跑回来看着我们。"她说话时眼睛还红肿着，我从树枝间露出脸好告诉她我在看着她，在冲她点头。

"阿树，爸爸不在家，你可以说话的。"

我知道，但我就不。

她跑来坐在我旁边沙发上，看看我，我正在读一本去年的杂志，介绍数码产品、服装和时尚小玩意。她把自己陷进扶手坐垫和靠垫组成的凹槽里，穿着毛茸茸拖鞋的双脚就被带离地面，弯下腰，脑袋深深埋在膝间。不多时我就听到从那隐藏的地方传来呜咽声，渐渐变成清晰的啜泣。为了把脸完全挡住，她的左手从右胳膊下探出来，只待我的手越过树枝和沙发把它握住，她就顺势把我的胳膊收揽入怀，用它擦眼泪。幸好我已经不用说话。语言算个什么呢？这样或那样的时候，我思考着。

爸爸的电话很快又响了，她抽泣着去接起来，支吾应了几声，很快挂掉。她说："阿树，爸爸今晚可能要回来得晚，我们得自己去买些彩灯。"她的声音里还带着小雨过后湿漉漉的痕迹，轻微的痰音让她的嗓子低哑，给人的感觉就像外面街道上阴沉沉的天色。

街道上人不多，我仍牵着她的手走着，像昨天一样。雪花细碎又绵长，絮絮叨叨没完没了，昨天清扫过的大街又开始重新积雪，这让我们的步伐变得缓慢。这是个肃穆的世界，没有什么值得庆祝的气氛。据我所知村子里会为圣诞庆祝的只有小孩和恋人，无一例外他们都会得到礼物，礼物总是不嫌多的。所以为年轻人开的店，也都象征性地做了圣诞装饰，而大多数传统店面过的是自己恒久世界里毫不特别的一个冬日。我想尽管人们把墙拆了，新旧融合却仍然艰难迟缓。

我们路过街边的传统小吃店，妞妞买了两只煎饼果子，但她吃不完整个的，所以我吃了一个又半个。渐渐她就忘了兔子的事了。她仍是个孩子啊，一些小恩惠就能让她迅速与周围世界和好如初，我失去自己的泥鳅时也是，我得到了新的动画片光碟。吃着吃着她就笑起来。

"很好吃！"她说。

食物给人的慰藉是最体贴的，它实实在在温暖你，不知不觉变成你回忆的一部分。欢喜和忧愁未必总有音乐相伴，但食物每天都在吃，次次吃次次不同。冬天每年都要过，但每年都不同。今年十二月我一个人被留在店外的长椅上，因为对我来说进店是件麻烦的事。我坐在商店门口的长椅上，一队小学生被体育老师带领，在路边变换着队形。男生先走，从高到低，最高的女生跟在最低的男生后面，然后又慢慢变成四列并行。

我透过玻璃寻找妞妞，她正穿越两排货架，手中已抱着一大串彩灯，然而还在寻找什么。她消失在一排酱油瓶之后，一会儿又从糖果货架走出来，出来时手中捏着两袋酸奶。她走到了一张大减价海报挡住的地方，我把屁股往一旁挪，不舍地离开一片刚刚暖热的地方。收银员在无声地敲动键盘，钱柜默默弹出，妞妞正在自己的小荷包里找着硬币，我突然发现她的头发长长了，虽然不够扎起来，但至少与那些小男孩有所区别了。

牵着手回去的路上我们喝掉了那两袋温水暖过的酸奶，雪没有要停下的意思，客厅的时钟已经走到了一天中最好的时光——那片无论什么天气都已经热情减退，却仍含情脉脉的下午。彩灯刚接上电，立刻就闪烁起来，很简陋的彩光都能让我们心情愉快，有了闪烁的小玩意，日子就变成节日。

我们动手把这些小灯缠在我身上，我伸手够不到的地方妞妞就站在沙发上帮我布置，她装扮我就好像装扮自己的娃娃，一种特定的神态，精致小巧的慈爱。她绕到我背后时我们听到了窗口有节奏的敲击声。我们循着声音转头看客厅那扇大窗户，三个人正在窗外的世界冲我们挥手。分别是眼镜、猴子和消防员。他们是从窗外的管道一路走来找我们的，就像我们昨天干的那样。

他们跳进来，从身后拿出各自的礼物。妞妞尖叫着首先打开了眼镜的小礼包，一辆小汽车停在里面，沉甸甸的，车门还能打开。车底下压着礼物卡，写着：

**妞妞圣诞快乐！——眼镜**

他允许我们用"眼镜"称呼他，这是个荣耀，别人这么叫，他就会生气。

尖嘴猴子的礼盒出奇地大，也出奇地轻。我们都怀疑地看着它一点点被打开，盒盖子被揭起来：里面果然什么都没有。

"我的礼物就是个笑话。"他说。眼镜呸了他，说他抠门，他反驳说这叫创意。妞妞却很开心，看到他们就很开心。

我没想到的是消防员也来了。他戴着他的帽子，上面有属于他的徽记，擦得干干净净，不落雪。他的礼物是一个笑哈哈玩偶，一拍它的头，就有一串像被歌剧演员高难度顿唱出来的哈哈声，把我们尽数包围，彩灯在我身上闪烁着，三个人身上带进来的雪花都悄然化了。

消防员展示了他的新铭牌，上面已经去掉了"见习"两个字，他已经正式成为村子的守护者。他对我说："我听了你说的那个作曲家，很震撼！"我找了支铅笔，正如有人说它是食指的文明后裔，在早晨的报纸上写："爱一个消防员，就爱所有的消防员！"

有一个景象恒久地占据着我的想象世界：1941年列宁格勒，肖斯塔科维奇搭乘的响着警笛的消防车（它有一种邮票上独特的红）驶过赫尔岑街47号，三楼的一个窗口正高傲地检阅他，由冲突构成的眼泪就立刻化作《时代》杂志封面的金色头盔，所有卑劣粗鄙野蛮就在此永久止步，再也无法前进直到它们死亡！

"那天你们的第二首曲子我也听了，很美。"他说。

他的评价如此简单，很震撼，很美，再也没有其他可以找到的形容词。但这恰恰简练且准确。我就着《鳟鱼》想了想，留下点我的礼物。

鳟鱼在向往自由，兔子也是……泥鳅也是。我写。捕鱼人多么可恶啊，他搅浑了水，把鳟鱼抓去了。我们追在兔子后面跑，是想捉住它吗？一开始是，后来已经不是了，我们想要跟着它跑，无论跑到什么地方，我们向往它。我们站在了所有人的头顶上，他们必须仰望我们，我们有所追寻，却要付出随时都可能摔下来磕破脑袋的危险。这之后我们被人指责，但我希望你们仍有追寻兔子的勇气，要知道，这勇气难能可贵。

"我们以后还会这么跑来着。"眼镜说。

别再轻易这么干，这确实很危险，全是我的错。看起来我在怂恿你们做一些危险的事。我继续写。

"他是在打比方。"尖嘴猴子说。

"我希望能有更多时间陪你们出来干傻事，"眼镜说，"我希望登上最险峻的山峰。"

不错，你的兔子就在那儿等着你。我回答。

"我希望以后说的谎都能成为现实，比如我说我是世界上最富有的人，我裤兜里就冒出拿不完的钞票来！"尖嘴猴子也跟着说。

说谎这事儿以后还是少干为妙。

"你少管，我就是要骗所有人！"

那也挺有趣，以后你可以是个小说家。我写到这儿，停下来一笑。

"那么我也来说"。消防员想了想，"我慢慢喜欢当消防员了。可能我这辈子没办法成为演员，但我要成为最会演戏的消防员。"

他的声音让杉树枝颤动了，我感到胸口那种疼痛又开始发作，我却没有镇痛药丸。好在天色已暗，与他们告别时没有人注意到我脸上已经没有了血色。他们沿原路返回，小心谨慎。

我则跌回椅子上，有一支根茎似乎蔓延到了我的最里面，触碰到我不设防的核心，像要把我整个人钻透。我浑身的震颤很快化成了汗水，寒风从洞开的窗口吹进来很快将它们冷却，它们又出现，我甚至连听觉都丧失了，只看到妞妞焦急的脸色，一遍又一遍地反复出现，就像播放重复的胶片。

这一切消失的时候我首先看到了彩灯还在亮着，屋里的灯光也打开了，显得安详平和。妞妞端来水，用的是她的专用茶杯，上面有只小熊。我仍在纸上写，没事。爸爸妈妈很快回来了，夜晚回来了。妞妞要说什么，可她始终没说，一直到第二天晚上下了一天一夜的雪停了，她送我出门。

"阿树，我希望还能跟你一起找兔子。"她说。

我仍需恪守规则，她爸爸远在楼上看着我们，渐暗的天色让亮窗里的黑色脑门凸显出来。

"明年你还能来做我的圣诞树吗？"

我想可能来不了了，你爸爸不会同意，这太危险了，我就是蛊惑人心的蛇。我吐出的信子如火焰燃烧，很容易把人点着。我自认为我是大海的蛇，虔诚地围绕阿尔戈号游弋盘旋，我所讲的全是不能被时光摧毁的。

我看到那个余光里的影子消失了。

"听音乐吧，我要说的"，一个郑重的停顿，"全在里面。"

我终于还是没能守信，可能要为此自责，但有些话不说出来会更让我后悔。于是我立刻看到了代价。

在我退回积雪的街道，从妞妞的家庭舞台中退场时，我见到了她转身的一瞬间背光的脸侧面一道神奇的光弧。那是不应该有光亮的地方，遥远的宇宙深处茫然又寂静，一百亿光年以外的超星系团后方的一道狭长光亮被哈勃望远镜拾取，那是亿万年前古老窑口烧制引力透镜、爱因斯坦环的一个残片。它的动人之处是，它比我们更理解宇宙的时光，我们却不知它来自何方，何以被超星系团扭曲成遥远缥缈的光之泪。

5

下水道里困着一个人

剪过头发（我的头发，而不是小杉树的）之后，洗澡就是个麻烦事。

豆干和她妈妈帮我在后院围起了布屏风，我泡在巨大的木盆里，让水直没过顶，成为一株无土栽培营养液里的树。

在痴恋池塘的少年的记忆里，水阻绝了世界的杂音，只有真正重要的才能传到耳中。啁啾鸟鸣令他的视线展开搜索，每一处树叶覆盖下的黑影，静物画里的细微动态，昆虫钻过林间形成的扰动让鸟惊声飞起，原来它刚才正落脚最高的树枝，不知为何自己没有发现。水改变了光线，让一切虚幻不清，木制四叶扇飞快地旋转，用它做背景，手指的晃动会留下明显的残影，万花筒里出现角度不同的同一根手指，一块神秘的透亮晶体又会把它折成一束常光 o 一束非常光 e。最后连眼睛也闭上了，他任由身体悄悄下沉，一块出奇冰冷的石头及时触碰了脚心。

这仿佛是我的第一个春天。

我携带的树已经粗壮到不允许我再随意走动了，它会触碰各种各样的东西，与此同时留下它的叶子做罪证。我粗心的第一次是，家里一大一小两个姑娘都不在，我要去缴电话费，某条我再也不好意思走过的街道二楼一个窗台上，刚好有两条金鱼被摆出来晒太阳。一条红色跳动起来像心脏，另一条红白相间，它们连同玻璃城堡一起被树枝扫落，变成两片脆弱美丽、一旦落下就永远无法拾起的花——手指的粗鲁让她们宁可粉身碎骨。

有一次更严重的事故，我经过路边一个警示障碍，对头顶毫无察觉，上方有个正在努力攀爬电线杆的工人，树枝就把他扫下来。幸好他爬得不算高，除了一身狼狈的树叶，看起来并无大碍。他惊恐地看着面前的人，眼神告诉我们，他还没能理解刚才瞬间发生的事，没能理解这道歉从何而来。

从那以后我再也不想出门了。

这个阁楼好在有天窗，我能安然地把树干伸出去，当然大部分活动还是受限制。扭动着去拿一只茶杯，用脚趾夹起地上的一张纸。那是豆干的画，她每次画画都来我的阁楼，只有面对着她曾经涂满的墙壁才能找到画画的感觉，其艰难不亚于一个受困笼中的作家。我觉得不如说这房间给她底气，让她自信。

画的是李白乘舟将欲行。为什么撑篙的是童子？这不是她需要考虑的事。李白的一只脚踏在船舷，另一只脚用极别扭的姿势站在岸上，人物的肢体对豆干来说还为时过早，举鼎绝膑。为什么李白穿着绿色？他的名字似乎就是天然的形象代言，我想起海报上的大美女泰勒·斯威夫特（Taylor Swift）怀抱一把泰勒吉他，她坐在树下的凳子上，鲜花盛开一切如此美好。可能李白是飘忽浪漫的云，可能我课本插图看多了，它告诉我李白应该是白的。

画第二天被交上去，评改后在星期五发下来，果然没有拿到好分数，老师的观点和我惊人地一致，这让我长时间害臊。我听到了上楼的脚步声，豆干露出头来，很快就注意到了她遗落的画在我手里。我递给她，她一言不发地接过来，但我们的默契结束了，我笑的时候她已经转身下楼，没再给我回应。这个小姑娘闷得很，她的心事似乎比同龄人早来了十年，这让我更加好奇：这棵小树会长成什么样，最终能不能拿来做一把小提琴？

睡觉的时候我需要把树干从天窗里抽出来，小心地半卧着后退，扭动腰身，把树尖对准早已打开的窗户，然后前进直到我的背贴在印花床单上。所以它越成长，我的腰力就要跟着越强。小时候我爸爸（我那给我痛苦的爸爸）经常讲一个故事。一个少年去拜师习武，师父让他喂兔子，这么一喂好多年，绝口不提功夫的事。他每天的生活就是割草、把兔子从窝里拎出来、喂好了再拎回去。兔子越长越大，他的胳膊就跟着越来越有劲，后来跟人过招，拎着对手像拎兔子一样。

春天夜晚敞开的窗上我迎来了我的小小骑士：一只壁虎，它留在玻璃上的轮廓古老而神秘，这个影子统治了三叠纪、侏罗纪和白垩纪，比任何古老文明都更具古典气息。黑暗中它腹部的吞咽令人遐想，大多数时间它安静地伏在透明的平面上，成为它另一个名字"守宫"的印证。它潜伏到后半夜，到我不知觉的更深沉的地方。等我再睁开眼，它已经不见，唯一的痕迹留在我的脑海，就像我每晚的梦。很快会有别人替代它。

早在我小时候驱车前往乡下——我的爸爸那时候有一辆苏式老爷车，被他自豪地称为"斯大林座驾同款"，天知道他从哪搞来的——那是一条没有任何路标的乡道，林荫树是小叶杨，风吹动时哗啦啦响，唯一给出的提示是一只蜜蜂，它的欢迎仪式笨拙有趣，用脑袋轻撞挡风玻璃，我们就知道目的地到了。那只蜜蜂在十五年之后穿过重洋跨越群山，迎接亚洲东南季风的第一轮吹拂，在今天早晨太阳升起时回到了我的身边，它再次轻吻玻璃，这是另一个信息：房东太太的花开了。到了我们要去市场上卖花的时候。

就这样我侧坐在了三轮车上，背朝里脚垂在外，背后的豆干也是一样，车上的空间留给今天的主角。所有的花我暂时都叫不出名字，但它们让我舒适，如大街上偶遇的歌声：

I offer you the memory of a yellow rose seen at sunset, years before you were born.

在我跟随豆干母女前往集市的路上，在我的记忆之库中，在博尔赫斯的一首诗里我搜寻到这样一句。不是我刻意令它出现，对着陌生来客吠叫不停，我忘了把它拴好它自己决定跑出来。当我回头看那些轻微碰撞的花盆，我觉得它们早记住了一个奇怪的人，身上长着树，很多时候一动不动，他的树的部分正在春天枝繁叶茂，而人的部分随之渐渐枯萎，早早迎来了椅子上的老年。人正回头看着那些花，花们觉得惊奇，而且有略微的期待和恐惧，不得不用交谈彼此安抚。泥盆碰撞，叶片颤动，如果不久的将来遇见懒惰的主人或一只精力旺盛的猫，那就是它们的灾难。

我坚持不需要搀扶，但房东太太仍要用目光搀扶着，直到我在椅子上稳稳坐下，熟竹片发出沉重叹息。她带我来是有原因的。我已经在小房间里待得太久，脖颈苍白，胳膊愈发瘦弱了。

"你不怕再也握不住提琴吗？"她生气地问我。我怕，所以就要被带出来晒晒太阳——这完全是照料植物的方法。我深重地怀疑，我还活动着的大脑只为这棵杉树而生，一开始它属于我，现在我属于它。

村里许多人都知道我，我属于那种惯常的民间传说。何况我乍一来就闯出了大事，人们回忆墙分南北，都要从我身上开始。后来我又不知死活地带着几个孩子爬高走低，置生死于度外只为追寻一只兔子，最后需要全村的老人救我们下来。这两件事都不讨大家喜欢。但他们喜欢房东太太，他们说她好温柔，说话时眼睛永远带着笑意，她独自养活女儿不容易，就不约而同来端走花盆。怎么找到她卖花的地方？大老远看见一棵杉树就是。

带我出去的第三个理由：我提供一片相当面积的树荫。春天的阳光虽然充满爱意，但这是不能浸泡太久的温泉水，很快你会头晕，手指因为失水或者本能应激出现褶皱。中午吃饭太太和豆干就能坐在树荫里，整个下午都坐在树荫里，直到她们觉得烦了，或者太阳烦了。

这赋予我一种奇妙的责任感。成为强者荫庇他人，成为一家之主护佑妻、子，有一种本能在呼唤我，是我这个动植物奇妙结合体中人类那部分的自觉，第一次我觉得我应该成为一个顶天立地的男人。两个美好的姑娘铺了报纸坐在树荫里给我夹菜。想到我这个租客是这家唯一的男子汉，我的脸竟然悄悄红了。我最害怕的是我那聪明温柔的房东太太用一个瞬间从我脸上读走我的一切。

说实话，卖花挣不了很多钱，尽管我们的人气很旺，却仍要精打细算。清早不会有生意，但要过去占着摊位。上午漫长难捱，豆干去上学，就剩下房东太太坐在树下。她时常在我身上扒拉着，掐掉随时找到的长势不好的小枝，粉色的呼吸扑打在我面庞。随之又转头去照顾花草，擦亮每一片叶子，并朝那上面洒水，这样晒上一天也不会蔫巴。

中午放学豆干会一路小跑来找我们，带着她的两枚钥匙项链，布满阳光的发梢。午餐很简单，拌海带、煎豆腐、偶尔有碎牛肉。碎牛肉是加工时留下的边角料，带有难处理干净的小骨茬、冷脂肪和一些筋，而它的优点则是便宜。

豆干打开自己的饭盒，一只仍略带温度（这温度就像淡然的春天里我们廉价幸福的生活）的煎蛋铺在米饭上，取出大茶杯和三个干净杯子，倒上三杯一模一样的茶水，认真调整着它们的水平面，在做这件事时她的长头发会碰到地面。因为她坐的小凳子太矮了。剩下的两只饭盒也被打开，缺少煎蛋的那份在争执下被交换到房东太太手中。午饭之后豆干就趴在躺椅扶手上小眯一会儿，那片树荫总是带有诚意。

下午有一段时间是我一个人在，房东太太送女儿上学去，一条流浪狗会凑过来。一条黑黄相间的土狗，看起来不窝囊，不令人讨厌。它会停下来看看我，被我的外表迷惑。时间久了我就开始给它留一些零碎，它则开始亲密地蹭我裤腿，它逡巡在市场角落，看到我会用短促地一声叫打招呼。再后来它带了个顾客来。

这是一位穿着蓝围裙的老人，配套的蓝袖头也扎得整整齐齐，戴着眼镜，跟在那条狗屁股后溜溜达达来到我们摊位上。

他看了一圈，问："有没有杜鹃？"

"我不知道，老板娘不在，我不懂。"

他从围裙前面的口袋里头掏出钢笔，又在屁股后摸出个小本，沙沙画起来，很快他收起笔把本子递给我看。"就是这样的。"他说。

本子上已经开着一朵黑色的奔放的花，本子上的打格线也阻挡不了它的舒展。

"这样的，有没有？"他的大镜片对着我，弯下腰，凑得很近。

"我不知道……您能不能过会儿再来，老板娘马上就回来了。我们每天都在这儿。"

"哦。"他咕哝着，收好小本子和钢笔，又检查了一遍我们的花车，迈开大步离去。那条狗紧紧跟在他身后，脑袋贴着地面，我真怕他抬脚时鞋跟踢到它。

第二天他的蓝围裙晃晃悠悠地又在同样的钟点出现了。

"您要是早来两分钟就能见到我们老板娘了。"我用小工的口气说。

他也不接腔，又像昨天一样在花车里扒拉了一遍，寻找脑子里的那个形状。我把零星的一点骨头拿给狗吃，他看样子很失望，就用脚驱赶着狗，对方一边躲着他一边慌张地舔着报纸中间的一摊油污。

"您的狗吗？"我问他。

"不是。"

"让它好好吃吧，您要是还不愿意等，我就帮您问问。"

"问什么？"他一愣，没明白。

"问问杜鹃花的事儿啊，您不是要杜鹃花么？"

"哦，是得问……问问，你别忘了。"

说完他就走，趿拉着皮鞋，仿佛那旧胶底子随时要掉下来，必须在地上蹭着。奇怪的是，那流浪狗看到他要走，慌慌张张跟过去，再也不看骨头一眼。

晚上我才又突然想起来，问房东太太："咱们有杜鹃花吗？"

"今年没了。怎么了？"

"哦，这两天有个奇怪的人来问杜鹃花，每次来你都不在。"

"去年倒是有，不过都送出去了。今年没准备，明年赶早吧让他。"

我就这么如实跟他说了。第三天中午，他连声叹气，连那条狗都被传染了，趴在地上一动不动。

"明年不行吗？"我问。

他摇头。

"那我还有什么能帮忙的？"

他继续摇头，然后走了。但很快又折回来，支支吾吾地说："能不能帮我去问问，哪能找到杜鹃花？"

他左手拉住我的手，右手在身上摸索了一会儿，伸出来盖在我手上，一种神奇的重量落在手心里。再抽回去时，我手里多了一块手表，金灿灿的壳子，表蒙闪闪发亮，表盘内里镂空的地方把叮叮咣咣的齿轮曝露出来，正在搏动。

"别！"我连忙把这金光闪烁的玩意递回去，他不接，我就丢进他胸前围裙的口袋里。

"你得帮我。"他叫着，又拿出那块表往我手里塞——这回可没那么容易了，我从椅子上逃开，藏在树枝后面。他追过来，我绕到椅子另一面，很快他露出焦急的神态，狗围着我们打转，它以为我们在跳舞？

"行了，我帮你，但不要这个！"我叫住了一人一狗。

"早晚是你的，先放在我这儿。"他说。我已经累得无力辩驳了，我能告诉他的只能是带着一棵树来回跑有多不易。

我又惹麻烦了。我告诉房东太太。

"那我得好好想想，到底都送谁了？"她任由汤锅在灶火上翻滚，眼睛往左上方翻动，望向一片瓶瓶罐罐。许多人都这样，我也这样，尽管我知道我要找的信息并不在头顶偏上方，我要用意念去搜捕它，结果眼睛被带动，多神奇。汤锅就抗议了，雾气和汤沫子溢出来吓唬我们，火苗在熄灭之前在锅外沿烧制了一圈四溢的流体锅巴，据考证这是一种由失败造就的古老工艺。


我的通情达理的老板娘给了我假期，我却要用来陪一个古怪的老先生去拜访刘阿姨。

人们都说这位阿姨脾气不好，从不主动跟邻居交谈，院子里养了条恶犬，五年前她丈夫还没失踪的时候她就过着一种激烈的生活。与丈夫从早吵到晚，丈夫出门时就跟狗吵。狗可是越骂越亲的，也不会还嘴，丈夫可不见得。所以人们又都说她先生是实在受不了她了，一气之下没了踪影。

我的房东太太跟她说得上话，因为——说出来有点难听，好在她们不在跟前——她们都是寡妇，彼此有触指相通之处。那年太太送了很多花给别人，别人家的杜鹃都没长好，如今只有刘阿姨的院子里还开着仅剩的一盆，象征着两位之间的友谊。那盆花果然开得很好。每天下午，栅栏、墙、一棵无花果，所有物体的影子都被驱赶到另外一面，杜鹃花盆的空间就被让出来，开出阳光40度照角独特的色彩，令人迷醉的浅粉色。

"就是这个。"古怪的蓝袖头越过低栅栏，他的心意早就侵入了私人领地，要把那片粉色采回来装进胸前口袋。

我按了门铃，发现按钮早就失去弹性，它麻木疲惫地陷在那个小坑里。我先清清嗓子，猛吸一口气——

"刘阿姨！"

阳光里的灰尘受了惊，我的喊声瞬间破坏了罗伯特·布朗的观测结果，但很快它们就又恢复常态，漫不经心地飘荡着，有一部分可能来自我的飞蚊症。回应我的是远处的狗声和静态的房门。我们身边那条流浪狗，如你所料它当然也跟着来了，接腔回应了它的同伴，这可能是这个下午吵吵闹闹的开始。

"刘阿姨！"我再喊。

然后就开始心虚。我不知道这位阿姨，或者周围的更多阿姨，在这个钟点是不是还没结束午睡。我老家有位奶奶，她的午睡就比猫还长，一直持续到晚饭后。

但也没有任何人被吵醒的症状，一扇窗暴躁地扇开，一个人影愤怒地张望，窗又凶猛地关上。没有，都没有，那兴许这位阿姨正在房门后屏住呼吸，警惕地听着门外响动。不待我再喊，老先生就忍不住了，他纵身登上了栅栏，迈出长腿跨了过去，在我的惊愕中从另一边跳下，麻利得像个小伙子。他已经直奔那盆杜鹃花而去，全然不顾这是别人家的院子、别人的花。

我们刚才都忘了个问题，刘阿姨家不是养了恶犬，我们在外面叫喊，它怎么没出来吓唬我们？因为它就在静静等待着不法入侵者进入攻击领域，宛如深海中的狡猾捕食者。它扑上去扯到了蓝袖头，瞬间撕开了它。老先生吓得大喊大叫，我也跟着大喊大叫。正在我们两个人都束手无策时，那条流浪狗一个健扑越过栅栏，加入了战斗，它与另一条狗滚作一团，打上了无花果低矮的枝杈，打到了丝瓜藤下，跳上窗台用脊背撞得玻璃直响，把整个院子安静的尘土和阳光搅得一塌糊涂。

这下彻彻底底，谁也别想再在床上享受这个下午了。

从一开始我就知道，刘阿姨一定在家。她躲着不见我们，是出于某些独癖心理，对世界的消极。因为我的内心也存在这样一面，我必须拥有特定时段独享的时光，再亲密的朋友也不能打扰，它可能由一段乐曲练习、诗歌的朗诵或者仅仅闲坐着看窗外的鸟组成。

很难得，今天下午刘阿姨无论如何都得从她的门后现身了，从阴影里走出来，收拾院子里的一切。倒地不起的小老头，争执不休的狗们，被它们糟蹋的一些花草（幸好没有殃及杜鹃花），等等。她面带怒色走出来，用约莫一米八的个头逼视我们，连她针织外套上的花纹都带有杀气。他们谁也没跟我说刘阿姨是这么高大的一个人！但是现在我们必须制止两条狗，才能得到解释的机会。

刘阿姨检查着爱犬的身体，它完好无损，但她总想找出点什么。反倒是跟着我们的流浪狗，瘦巴巴的肚子上明显被咬掉一块毛。主人终于不再折腾狗了，从上方斜眼看着我们，问了个不好回答的问题：

"待会警察来了，我该说你们是来偷的，还是来抢的？"

"阿姨我帮您整理一下。"我说着就动手捡地上的两只瓶子,那下面是一片草莓,现在已经看不出样了。

"给我放下!"她大声喊着,一边端起那盆杜鹃花就往屋里走,花儿随着她的愤怒颤抖着。她是要藏起来啦,我们再也见不到啦。蓝围裙的老先生也明白,他赶快跑上前,全然不顾那凶恶的狗还在门口,一把拉住了刘阿姨的外套后背,把它扯成一张帆。

这让刘阿姨更加暴躁了,她从门边捡起一根晾衣服用的棍子,往老先生头上打下来。

"阿姨,别动手!"我连忙喊。但老先生身影往旁边一晃,躲掉了这一下。于是那棍子再次扬起来,又追着他的肩膀打过去。这次他往前跨了半步,瞬间站到了刘阿姨眼前,她吓了一跳,手一软,棍子就打不下去了。老先生一只手已经抓到了花盆。

"求求你。"他说。

见刘阿姨木怔怔看着他,他另一只手就又开始伸进口袋翻找,拿出了三块亮闪闪的手表,每一块都缺表带,每一块都亮闪闪的,在阳光下闪烁着一种贵重的色泽。

"求求你,把这花儿给我,这些你都拿去。"他说。

刘阿姨开始迟疑了,这就是个很好的开始。她掂量掂量一盆土里土气的傻花和三块亮闪闪的手表的重量,接下来就会动摇,我们都能看出来,这很快。万幸这个套路对她奏效。但她偏偏要说:

"少来这套!想要花,除非……(她的眼睛瞄向手表)帮我把下水道整好!"


这片老房子的每一块砖都来自山脚的窑,如今已经只剩下一窟洞,里面住着黄鼠狼一家，二十年的冷却让窑壁失去了逼人的温度，它们的皮毛可以舒服地贴在上面。软的和硬的，冰凉的和温热的，熟睡的和始终醒着的。山的另一个儿子被烧成这房子，二十年刮风淋雨，看样子依然是结实漂亮的小房子，没人知道它的根出了问题，庞大的蔓延在地下的下水系统没有山一样的筋骨。

这可是一片带有小花园的漂亮房子，不会轻易把它的隐私曝露，它要忍受更多年的苦不堪言，那就像一位美丽女星不可告人的缺陷。

早在好几年前，刘阿姨就开始了与下水道的战斗。下水道并不是每天都堵的。洗碗洗菜不一定堵，除非菜叶掉进去。但是洗衣服一定会堵，咕嘟嘟反吐着带泡沫的污水，沿着地板的缝隙奔向每个房间，把落地台灯、电视柜、桌子腿全部淹没。每到这个时候刘阿姨就挥舞着皮搋子，用尽全身力气在下水道口吭着，妄图把深处那些邪恶污秽的东西全部吸出来，至少不再把管道堵死，让水能一点点下去。如果不小心碰倒了刚洗好的一摞衣服，整个战役就得在几近狂暴的气氛中重新开始。

今天中午就是，在我们来之前，屋子里的地板上刚好有这么一片怎么也不肯下去的污水，让主人满头大汗，气急败坏。我们走进去，一开始还妄想躲着水面，但我们必须进入它的领地才能摸到源头——它没有丝毫想要往下洇的意思，反而正把水缓慢地吐出来，正在为占领全世界努力着。

我不好弯腰用力，就让穿蓝围裙的老先生用皮搋子吸吸看。他摸索着水下的出口，把皮碗用力按瘪下去，然后发现它彻底吸住了，他拔不动。我也下手去拔，皮搋子的手把在朝各个方向灵活地扭动着，但皮碗始终弹不起来。

"至少我们把水堵住了。"老先生说。

"你们根本就没弄好！"刘阿姨低声怒斥着。

我建议三个人一起来，就像那个著名的儿童剧"小白兔拔萝卜"一样。我握紧了把手，蹲了马步，老先生从背后抱着我的腰，刘阿姨又在他身后如同抱洋娃娃一样抱住了他，两只狗蹦跳着踩在水里，用脏兮兮的狗爪子到处蹭着我们。我们喊着口号一起扯那只可怜的皮撬子。

一，二，三！一，二，三！！

我能明显地听到，从地下的什么地方，发出了一阵早晨漱口水的人咽喉的蠕动声，下水道正在反刍着什么。一定有东西被我们拉住了，一定是这个家伙常年堵塞在下水道里，它今天必须重见天日！

一，二，三！！！

随着一声利落的"咔嚓"声，我的手上突然失去了前方对抗我们的拉力，这让我们径直向后倒去，刘阿姨魁梧的身材拍起了最多的水花，老先生今天第二次坐倒在地裤子湿透了，我摔得最狠，因为我还带着棵不大不小的杉树呐！两只狗异常兴奋，拼命地叫，偎上来想要舔我，真是够了，我一挥手，发现皮撬子的把手正在手里，已经连根被撅折了。

"怎么办，现在。"老先生问。他干脆坐在地上不起来了。

"先把这些水打扫干净吧？"我说。

刘阿姨走上前去用手抠了抠那个吸住的皮碗，问："难道要这么一直堵着？"

"我想想……"因为用力过度，我的脑袋有点缺氧，脑子里一片空白。

"对了，你们两个下去看看。"刘阿姨说。

"下去？"

"从外面的下水道里下去，顺着摸上来，看看到底是哪儿堵了。"

我们出去到院子里，帮刘阿姨把一片角落里的杂物搬开，底下出现了个下水道盖子，污水正从边沿往外冒。我们把它撬起来，井里已经积满了，看来堵塞的地方还在更深处。

"得从主管道钻进去！"刘阿姨说，"这可是个大工程了。"

"是得这么干，咱们回去拿点工具来。"老先生拉着我要走。

刘阿姨马上拦住了我们。"你们要是不回来，我怎么办！"

"不会不回来的。"

"你把什么东西留下……什么东西……"

"狗留下。"我指着那条流浪狗说。

"谁要你们的破狗！"

老先生顺手在口袋里摸摸，摸出刚才那几块表。

我急忙拦住。"先留下一块。"我说。


"你不是不想回来了吧？"我悄悄问老先生。

他一怔，反问道："为什么？"

我想了想，我也不知道为什么会有这念头。

我跟着他走，我们浑身湿漉漉的，在路上拖出两条水痕，就像两只蜗牛。我们路过市场，我看见房东太太还在摊位前，就朝她挥手。

"你们下河摸鱼去了？"她问。

她从车上找毛巾，我告诉她不用了。

"脏水，一会儿还得再泡一次。"

她瞪大眼睛，但我保证她想破脑袋也不会知道我们在干什么。

"晚上回家告诉你。"我悄悄说，好像自己真的有什么秘密行动，有一点兴奋劲，寻找海盗财宝的感觉。

我跟着老先生来到离市场不远的钟表小屋。小木门上刷的红油漆剥落得差不多了，上半截嵌着块大玻璃。玻璃不擦干净的坏处是，它脏得不仅是它本身，还会把它背后大大小小的表盘一起弄脏，有人要是透过它看星星，就会激动地发现大片未知的裸眼星云。门上落了锁，老先生早就从腰上取下的钥匙就是为它准备的。店面真的不大，又摆满了各种滴滴答答的小玩意，给人留的空间没多少。

他走进去，我刚要跟着进去看个究竟，他又屁股朝后倒退着出来了，手里拖着个折叠自行车，然后关门落锁。

他把自行车展开，看看我，问："我带你还是……你带我？"

"我们去哪儿？"我问。

他不回答，自言自语地说："我带你吧，你那棵树挡视线。"

这辆车后座低矮，我必须努力蜷着腿，上面的树又兜风，我得费劲与沉重的上半身抗衡，让自己不那么早就摔出去。

"你要是不舒服就站起来。"他说。

这样我尝试着在行驶中慢慢起立，成为他招摇的旗子，手扶在他肩头，每次转弯都能感觉到他肩头两块骨头的运作。这样的力量切实可见，我却不知道它将把我带向何方。一个星系的旋转动力那么神秘，我却觉得能预见它的未来。这是个奇妙的反差。

此前我见过一种艺术照片，把一部电影的镜头压缩在一张图上，整个故事的色彩就一目了然。而我们路过的街被速度拉长压缩成光影片段，行人是一段他们衣服颜色的长条，店面是红、绿、黑的各种线条，路边石是绵延不断的长长灰色。老先生骑起车来飞快，让我惊奇。

一个颠簸之后我们的速度被一道长斜坡加快，有点陡，急速下坠的不安恐惧让我胆战心惊，我紧紧抓住了他的肩头。风的力道让我觉得自己马上可以成为风筝，只要他还用一根线拴在我腰上。老先生双臂交叉在胸前，右手伸过来按在左肩，我的左手在那里；左手用同样的姿势拉住我右手。他不想我飞出去。但这会让我惊恐：他究竟在用那只手操纵方向？短小的自行车把上一只手也没有，他放任车子自由地带着我们滑行，在急速下降的下坡路上，两只脚也放纵了脚蹬，它被飞速的花盘带动起来，在一双凭空想象出的脚的踏动下剧烈转动着，我的尖叫和链条的叮咣响声被它听作赞美。

下坡并没有持续很久。实际上由于速度太快，我们用了短短几十秒就把它跑完了，但仍在前进，速度渐渐慢下来。老先生的手从肩头松开，终于重新回到它最安全的地方去了，它们紧握车把，捏住了刹车，我差点没一头栽到前面。我们终于到了。

老先生带着我走进一扇大门，由于楼梯道异常狭小，大部分光都挤不进去。我跟在后面，注意着头顶的空间，它随时会无端衰减。我也在慢慢适应黑暗的环境，很快周围的一切清晰可见了，墙壁上的脚印和煤气广告，歪七扭八的黄粉笔字迹，楼梯窗户的残旧木框等。我能听到一户人家案板上菜刀的节奏，洗衣板发出的唰唰响声。我们继续往高处走，安静的楼梯被两个小孩变成了动态，他们尖声叫喊着追逐而下，遇到了我们稍微停一停，楼梯太窄，我的样子太奇怪。

"谁啊？"他们问。

他们看清了蓝围裙老先生，就不再管他，仔细瞧着我。

"你们好。"我说。

"你是谁啊？"

"我是棵树。"

"一棵树！"他们重复着，尖叫着从我身边跑下去，"来了一棵树！"

老先生一句话也不说，快步往前走，我赶紧跟上，忘记爬了有几层楼，我们开始数走廊上间错开的模样相似的门，在一扇只有他能认得出的门前停下来。

"我家。"他说。

这扇门后，他家有着和钟表店相似的狭小，我想他是个习惯了狭小的人。小房间遍布着小玩意：表，表壳，表芯，各种小螺丝，一张小床和一个小衣柜，似乎连充斥最后空间的机油味都变得谨小慎微。如果跟随他走了进去，会发现就连脚需要蹬到的地方都邋邋遢遢散落着看不懂的齿簧，惊叫着连滚带逃钻进床下。

"你先坐。"他安排我坐在床上，自己拿起桌上的茶杯，端在手里，好像又忘了什么似的四处环顾。

"是要倒水吗？不用了，我不喝。"

"那好，我也忘了热水瓶放在哪儿了。"

他把茶杯放回去，拉开抽屉开始稀里哗啦翻找。我就在床上坐下——屁股刚落座就感到不对劲，那是个陷坑，发出嘎啦响声，我陷在里面了。

"对不起，我把你的床坐坏了！"我一边道歉一边挥舞着手脚爬起来，脸上发烫。

"没关系，它就是那个样子，我忘了提醒你。"他连头都没回，正忙着把一些小玩意放进胸前围裙的口袋里，我看见他面前的桌子上站着一只灰白色的鸟，在一片钟表零件中间很显眼。

"那只鸟是什么？"我问。

"鸟，杜鹃，小杜鹃。"那个瘦小的背影回答。

"杜鹃……不是花吗？"

他终于转过身了，我没再敢坐回床上，就呆站着，他不得不仰望我。

"杜鹃也是一种鸟。"

"我不懂花鸟，说起来惭愧，我还是个卖花的呢。"

"歇好了我们就回去。"他冷冷地说，围裙口袋鼓囊囊的。

在这之前我应该好好再看看这座村子。

这庞大又沉默的傍晚的慵懒，街道上窗户反射的光，鸽子扰动的光，除了一处下水道堵塞，没有任何大事发生的和平的街道。再离远一些，如果能从更高的地方往下看，村子就是星球上的一片藓，城市就是增生的骨刺。

傍晚时分我从一处僻静的小门踏进了它的地下部分——一座村庄犹如一棵树，或遥远大洋上的漂浮冰山，隐藏在下的部分要比显露出来的大得多。自从成为一棵树的从属，我才认识到根的重要，竭力支撑着表面的光鲜，承受更多痛苦。我让我的树受委屈了，它的根在我身上长不大，而且一个人的营养远远不及土壤。

我走进村子的地下，带着手电筒、刘阿姨的手机、老先生的工具包，一窥根的究竟。本来我是不用下来的，我不方便移动。但地下的情况有些不可以预料，路径复杂交错，很容易迷路。于是我身上装了老先生的监视模块，在他那里我是一只棋盘上的小铁皮人，我走它走，我停它停，我转个身，小人儿就跟着转个身，我永远也无法走出那个布满格子的棋盘。这样他就能随时观察我的位置，我需要在他的指挥下摸索着达到我们那所房子的正下方。我们真是疯了。

下水系统，村子又临近大海，地下通道很潮湿，有一股霉类或菌类繁衍时独特的味道。下面本来有照明，因为不是例行维护时间，灯光被关掉了，我只好小心打着手电前进。入口在东边，刘阿姨家在东南角，我只要尽量挑往南边的路就行了，应该不会很远。

走夜路是很可怕的事。光亮只出现在我面前，不远处永远有一片黑暗在吞噬手电筒的光，而我刚刚走过的地方，黑暗也会迅速愈合。我最忍受不了背后的黑暗，它让我心里没底，为了弥补视线的局限，我必须竖起耳朵，然后发现自己呼吸急促。道路有许多岔口，我已经路过了三个，我开始后悔了，每个岔

111 ♪

道也都黑黢黢，不知道里面是什么，不敢轻易用手电去照，而它们被我甩在身后，我就更加不安。

我开始变得有点气愤不平，因为这件事看起来对我一点儿好处也没有。这很有效，我是说一旦我生气、发怒，害怕的感觉就会消退。人的情绪圆桌就只能容纳这么点东西，别的情绪进来了，就要把恐惧挤掉。

第一个电话打进来时我的手电刚好照到一对发亮的眼睛，手一软差点把工具包给摔在地上。是只老鼠，它看到我转身就跑，我盯着它消失的地方看了好久。

"有点偏，得往东边来。"

"我一直沿着进来的路走的，一个弯也没拐。"

"那就是路本身不正，可能是东北西南方向的。"

"那好，下个路口我往左边走。这底下也太可怕了，刚才我见到了老鼠。"

"老鼠更怕人。"

"是的，它逃得比我快。"

"其实鬼怪都怕人，都躲着人。"

"……能别说那糟心玩意嘛，要不你来下面走走。"

电话挂了。

我咽了下口水，选择往左边走。这下好了，除了老鼠什么的，这片黑暗里还多了鬼怪。每次我都想着它们要从背后扑过来，一个转身，灯光扫过的地方一切烟消云散。我胆子并不小，实在是这又潮又闷的环境能把人逼疯，那片黑暗像一些浓密的可疑物质组成，吓唬我嘲弄我。很快我又接了第二个电话，我想那个缩小了二十四倍的我在他的棋盘上走着齿状路线，我应该重新往南走了。

再往前，地面上的污秽物就变多了，霉味开始变成恶臭，明显感觉洞顶的高度降低了，如果顺着一侧走，树尖就要刮擦着那惨白的混凝土。我停下来歇一歇，没有可落座的地方，就靠着墙。

手电把前方的洞壁打亮，有如天空的圆弧，丈量的却是一片污秽的宽度。脚下的污水里有它的另一半，在它们交接的地方有一些淤积的泥泞，阻碍它们形成一个完整的圆环。许多摄影爱好者的题材，花上一个夜晚去曝光天上的星星，最后拼出一张天球旋转的炫目光弧，每颗星星都变成了冰凉甬道上的装饰弧线，我们将只能通过这门廊一窥神的秘境。

应该换双雨靴再来。越往前走积水越深，水下面还隐藏着黏糊糊的东西，我是这巨大的黑暗系统中行动迟缓的一只萤火虫。电话又响了，我刚要听听最新指示，整个人却突然被一股力量攫住，鼻孔高高扬起——那是个喷嚏，它对我施定身咒——然后痛快地把鼻孔里的痒虫打出来。

响亮而利落地，嗡鸣作响的手机应声从手里滑脱出去，顺利逃过两只手的三次空中拦截，落进一片乌黑的水花里，瞬间没了生命信号。

我心底一下就凉了。弯腰去摸，捞出来的手机果然已经灭掉，尽管我知道最好别重新启动它，在焦急中还是那么做了，我没时间在这漆黑的洞里等它晾干。屏幕没有亮，一切都完蛋了。手电筒的光正对着我的脸，正中间一个小小的发光体痛恨地盯疼我，我觉得头晕。

我静下心想一想自己经过的岔道口有几个，能不能安全返回。我终于还是忘掉了那个象征希望的可恨的数字，我用手电筒敲击大腿的疼痛提醒自己，但无济于事。我这下彻底身陷这地底的肠道，或许我会被它消化掉。

我干脆把手电筒也关掉了。

真是没有一丁点儿的光。

那么，我现在应该往前走还是回头？我不知道！哪边都找不到出路，越是乱走越麻烦。他们打不通电话会下来找我吧。他们会马上通报村政方面，会有认识路的专业人员进来，他们会把灯全部打开，一边前进一边呼喊我的名字。我就这么在原地等他们。

现在几点？对了，政府部门应该都下班了，他们最早也要等到明天早上，我得在这里待上一夜，连一块能坐下的干净地方都没有！不，我得想办法。或许我能从大致方向上摸回出口，在那一片找一找。现在我面朝哪个方向来着？不知道！一开始那条路是往南的，稍微有点偏西，然后我向右转，往东走了一段，又往左转，不知道路是不是平行，是不是每一条都连通着。我有点头疼，这地方味道实在够呛。

我累了，我彻彻底底累了，我想躺下来，不再管什么下水道、小杉树、小提琴，我只想睡觉。两只肩膀发酸，两条大腿开始颤抖，我背贴着下水道墙壁任由自己一点点滑下去，无声无息地坐进了脚脖子深的污水里。我能感觉到那些肮脏的小玩意正浸湿我的裤子，我散发出臭味，皮肤冰凉。我摸到了一手黏糊糊的东西，可能是烂掉的菜叶，或者几个月前的米，一些鱼鳞，我把最后一点力气用在胳膊上，墙壁上半截是干净的，我把那些脏东西抹在干净的墙上，有些泥巴掉下来溅起水花，我的嘴唇一凉。

我饿了，我想要吃新鲜的米饭，把青菜捞出来炒得油光滑亮，把鱼放在葱姜酱油里蒸熟，我想象出色泽和味道。我从未这么向往一顿饭，我将贪婪地呼吸，仿佛现在已经走出了这阴森的地方，回到我们那温黄色的柔光装饰的厨房。房东太太永远最后一个落座，豆干永远第一个动筷子，我们三个人吃饭时很安静，有时会谈论白天的事情，吩咐豆干检查作业。豆干的小腮帮里可能藏着一截拌黄瓜，嘎吱嘎吱就消失了，她把脸埋进碗里，用很香的姿势吃饭。吃着吃着我就哭了，我被困在地下永远出不去了！现在的我犹如感冒之夜的鼻息、喉咙里上下不得的鱼刺，这困顿简直令人抓狂！

这里的回声也让人不舒服。工具箱放在我膝上，手电筒放在它上面，手机我还捏在手里，重新试了试，还是没反应。我静下心想，拼命想，一定有什么办法。身陷迷宫中的人，究竟怎么才能找到出路？

我想到一个故事。巴比伦王修建了精妙的迷宫，把阿拉伯国王骗了进去。阿拉伯国王大费周折，祈求神明的指引，最终才狼狈地逃了出来。他发誓要让巴比伦王还回来。他大举进攻巴比伦，擒获了巴比伦国王，然后告诉他：你也来走走咱的迷宫吧，没有门，没有墙，比不上你的精心设计！他把对方扔进了大沙漠中。

我原来以为这个故事有趣，直到自己身陷下水道才明白，迷宫真是可怕的东西。它将消磨人们的希望，一点点咬噬你，用漫长的光阴寸寸紧逼把你推向疯狂和死亡，人们永远也别想用有限的生命，和局限的认知，与这庞大的谜题对抗。

另一个著名的传说是米诺陶诺斯的迷宫。半人半牛的怪兽米诺陶诺斯身居迷宫中，每年要吃掉人们为它献祭的七对童男童女。英雄忒修斯决定去消灭怪物，并得到了阿里阿德涅公主的厚礼：毛线团和利剑。前者用来对付一道道令人迷炫的门廊，后者用来斩杀米诺陶诺斯。我现在明白，真正贵重的礼物不是具体的道具，而是爱和希望，有了这两样忒修斯才战无不胜。

我将找到我能战胜一切黑暗的力量源泉。我尚未拥有一位阿里阿德涅公主给我爱情（不久之后会有），没有毛线团（进来前怎么没想到），如果这黑暗中潜藏着米诺陶诺斯，我也没有对付它的利剑。我拥有的只剩下希望。我的希望……就是音乐！音乐也会化作我能战胜怪物的利剑！这就是我战斗的方式。

我站起来，把手在墙上擦干净，打开手电筒。那束亮光又出现了，不过与之前不同，这像是神给的指引，我哼起了一些不知名的旋律，声音远远回荡在这黑暗的下水道，充满了希望。我不会唱歌。

匪夷所思的是，虽然我能很清楚地辨别小提琴上的每个音，但我不能把它们唱出来，我似乎不能控制自己的嗓子。在唱歌方面我非常不自信，一旦周围有人，或者我时常假想的周围有听众在，我就无比心虚，喉咙像被钳住。但是现在可以确信，没有任何人能听到我糟糕的嗓音，于是我决定——大概是那个好奇又多动的潜在的我又出来作祟——停下脚步，就站在这地底下最黑暗的地方，试着唱一首歌。

我不知道我要唱什么，脑子中所有能回想出来的旋律都是小提琴曲。我不再哼哼唧唧，改用张大了嘴的"啊"声，响亮、充满激情地吼出来，很难听，而且唱不准，但非常痛快，唱到后来我自己就乐了。我开始大笑，嘲笑自己连首歌都记不住，连个简单的旋律都唱跑调。我知道自己已经是把米诺陶诺斯扭翻在地的忒修斯了，我是个英雄！我上气不接下气，迟钝地唱，不得其法。

一个村子的下水管道，尽量把所有污浊的东西冲洗下去，积攒在我脚下的是阴谋、诽谤、自私、心机和政治。如果连这里都能充满歌声，哪怕如此不堪入耳，我仍然认为这就能让村子充满希望。这恰恰是音乐家的责任，长久以来我沉浸在与父亲的争执中不能自已，却忘了最重要的事。这是我拿起小提琴以来第一次感受到异样的鼓舞，不是来自荣耀，而是来自责任。

就在我气喘吁吁的间隙，突然管道深处传来一阵轻微的呜咽，深沉又怪异，瞬间我就哑了，我不能接着唱下去，害怕得头皮发麻。那是什么？我颤抖着把手电的亮光往前指，身体却慢慢往墙边靠，重新把背贴在白花花的石头上寻求零星的安全感。那是什么？我尽力不再发出任何声音，但咽口水的声音却避免不了，好像我已经把自己曝露，暗中的什么东西找到我了。但那是什么？仔细听，呼吸和心跳，气流，空荡荡的黑暗，这是我最擅长的事：从一切事物中把想要的声音抓出来。在声音上，捕猎的永远是我。

猎物知道了猎手的存在，于是加倍小心。

它谨慎地在漫腰的高草间滑过，皮毛若隐若现，时而停住，凝成时间的两次心跳间隔出的短暂空白，一个八分休止符上紧张的小逗点。它仍将继续前进，观察、聆听并且前进，后蹄为随时可能扑出来的危险做好准备，一丛尾巴不安地夹在双臀间。它的腹部如此洁白柔软，过分的细腻反倒给人破坏的欲望，尖牙利齿把它割破，漂亮整齐的一刀。

我看到了，它的角从一片小灌木的墨绿中探出来，轻缓又不自知的笨拙如门后躲藏的小孩，它继续前进，让自己美丽的角缓缓曝光，我在暗处用毕生最大的耐心等待一个最佳时机，一个万无一失的时机。

出现了！那段低吟，浑浊、微弱，没有力量，疲惫不含敌意，再次试探着出现，不知是不是要传达给我。但更重要的是，这是人的嗓音！我保证这是人嗓子才能发出的声音，别无他般，远处有个人，这黑暗的下水道里另有个人！

是同样的受困者？下水道检修工？误入的流浪汉？我猜着，一时不知该如何是好。我决定去看看。我试着喊一喊：

"是谁？"

声音远远地传了过去，我听到了回应，那个呜呜的嗓音在用自己的逻辑解释着，难以理解。

"是……是人吗？"我又问，声音有些颤抖，我怕听到一些别的回答。在这与污秽相伴的地底，一切都显得不可信，我的害怕是有道理的。

我感觉自己离那个声音越来越近，脚下的淤泥也越来越难缠。积水明显变深了，没过小腿肚子，逼近膝盖。我不再问对方什么，因为他回答什么我都无法理解，我只有带着全身戒备一看究竟。这次好像我成了猎物。但愿不会有危险。

走了良久，我跋涉进一片彻彻底底的淤塞里。别的路径上，眼前的黑暗可以轻易地被灯光清除——那黑暗里本无一物。但灯光转到这里，黑暗依然挡在面前，变成了实实在在的东西：淤泥，生活垃圾，一切的恶臭，还有一个支支吾吾的声音。对方在这堵淤泥小山之后。

"你在后面吗？"我冲着里面喊，"你要是能听懂，是就喊一声，不是就喊两声。"

对方呜了一下。

"但是……你是怎么进去的？"

这个问题不能用是或不是回答，里面的人又混乱不清地呜呜起来。

"你别急。"我说。我已经把蓝围裙老爷子的工具箱打开了，里面有个多节的金属手臂，看起来就像武术里的九节鞭。我把它拿出来，回想着老先生教我的使用方法。最末一节上有机杼，按下去整只手臂就像根棍子僵直起来，松开又瘫软回去，落在污水里。还有个可以扭动的关节，顺时针拧，手臂的每一节都会增长，最后变成非常长的探手，逆时针拧就又缩回去。我一手拿手电，一手拿着这个奇怪的工具，有几节拖在水里，缓慢地往那座泥山上爬去，整个人都差点陷进去。

"等下你要是摸到个金属手，就抓住他，我试试看能不能把你拉出来……你的手还能活动吧？"

对方呜了一声。

我把那根多节的金属手从泥山的这边塞进去，让它绷直，然后往深处探去。本来我们设想的，通过调整机杼让手臂弯曲，好对付可能弯曲的下水道，现在看来用不上了。我把直挺挺的手臂往里面送，每向前一用力，我身后的腿就蹭进深深的淤泥里，得把腿拔出来换个位置，还必须小心把手电筒夹在腋窝里。这让我的进度缓慢。这小山不知有多厚，里面的人也不知处在什么位置，金属手努力地往前走，再也到不了山的另一头。这是蓄积了多少年代的脏东西啊。

长途跋涉，历尽艰辛，我的胳膊再也支撑不住了，似乎每一次用力都在损耗它，它正在燃烧中变得更加细弱，最后或许会消失不见，一点无机物的安慰也不剩下。

"我得……歇一歇……"我冲里面喊，然后就地瘫坐下来。

这片泥如此顽固可憎，我此刻就坐在它上面，我恨不得把它炸个稀巴烂才好，就像过年时一群小孩经常玩的，把火捻很长的炮丢进下水道，在臭泥巴开花前跑得越远越好。有时炮也会就此熄火，大点儿的孩子会拦住其他人，一直耐心地等，最后自己也不耐烦了，就身先士卒。等他缓缓走近那个缺了井盖的危险陷坑，探头去看时，一个巨大的、污臭的、久违的礼花就给他难忘的惊喜。所有人都开心，除了他。

我一停下来，就要胡思乱想，要打断它只能把精力投入工作和睡眠。我用的是上学时每个熬人的早晨对抗睡眠的痛苦方法，深吸一口气马上跳起来，重新开始摆弄那只金属手。手电筒干脆扔在了泥堆上，我挽起裤腿，于是手臂的前端就继续探往肮脏的深处。它是要解决这片淤泥的，凭一己之力对抗积怨，就像用一根竹竿搅拌江水。不多时手臂顶到了个硬东西，停下了。

"你摸到有东西过去了吗？"我问。

里面的人用两声表示没有。

这个硬块难以逾越，我又试两次，它的态度很坚决，毫不容情。我出汗了，把臭味抹得满脸都是。我把金属手末端的螺帽摸在手里，慢慢拧开，里面是一根很细的金属丝，稍微抽出来一寸，再往右拧。那根细丝把自己拧成了麻花状，看起来痛苦无比，但我没停下，继续折磨它，像个刽子手。

突然一股震颤的力量从泥山深处传出来，整根金属手臂吱吱嘎嘎直响，抖动着像条要逃离的蛇，我能感觉到有一股力量叮住了前面那个硬东西。下来之前老先生给我演示过，这根细丝是手指神经，调动它就能改变最前面手的姿势，展开、握住、展开、旋转，握拳的力量大得惊人。机械的神奇不需辩解，把最细微的力量无限放大，实现的方法就像天机一样：拆开给我看我也看不懂。

等我把螺帽重新装好，再前进就没有阻力了。我让手臂旋转着伸长，完全凭直觉摸索着里面那个人的位置。他突然开始很激动地呜呜起来，我问他：

"你摸到了？"

他的回答是"是"。一次暗不透光的亲切会晤，他的手握住了那只金属手，轻轻用力，力量异常敏感地传回泥山外，我的手正在那儿接纳它们。本来我已经累得只能勉强动动手指，但现在好了，我又一次充满干劲儿，我必须把里面那位拉出来。

我拉了一下金属手，没有抱什么希望，像预料的纹丝不动，绝不可能就这么硬把人拽出来。

"你先放手。"我吩咐他。我把金属手往回抽了一点，拧开了另一个螺帽，里面同样是一根细丝，这是手臂神经。我尽可能快地给它上劲儿，看它扭曲变形，发出吱吱嘎嘎的声音。

整只金属手动了起来，胳膊开始转动，慢慢把黏糊糊的泥甩开，像个钻头一样越转越快，钻洞就这样在一片搅拌声中逐渐扩大。我想到，其实往里面钻的时候就可以让它转起来，我把这功能忘了。

洞扩张到大概碗口粗的时候，开始有污水流出来了。开始是没有颜色的水，伴着新一轮更丰富的臭味（我大概已经脱敏了），流经泥山，被凸起的地形分成两支、四支，流进山下的积水里。机械手的动作并没停下，我一边让它旋转，一边摇晃着好让它刮擦更多的淤泥，这个洞口在我这边已经有小脸盆那么大了。

水渐渐变成浑浊的灰色，有一些白色的絮状物、菜市场里常见的红塑料袋和一些烂豆芽流了出来，我突然有点想吐，屏住呼吸这当口，手就停下了。我感觉泥山里的那只手又抓住了金属手，端起手电筒往深处看，还是什么也看不清。既然这样我就再拉一下试试。

从进下水道起，到现在已经不知过去多长时间了，我一直没好好休息，又困又乏，手勉强搭在我那根神奇的工具上，连握紧它都很困难。我干脆用两只胳膊抱住金属手的最后一节，用腋窝、肘和腕将它钳住；身体也趴在上面，好把下巴也利用起来，就差动嘴去咬了。

这似乎是仅存的最后一股劲，如果没能成功我就趴倒在这烂泥堆里再也不起来了，死也不起来了。我抬起左脚蹬进身前的泥里，腰向后挺出去，胳膊把金属手缠紧，只一拔，我的腿就彻底没进了泥山。于是我把右脚也举起来，用力蹬，任由它也被泥山吞进去，这样我整个人都横了过来，手电筒插在裤子口袋里，光柱不知指向了哪儿，现在不用在意了。我换两腿一起蹬，胳膊尽力拔，努力把腰挺直，我错觉这金属手已经被我拔动了，或者是我在泥里陷得更深了。

就这么连拔了三次，我已经要绝望，要放任自己瘫痪过去时，金属手打出的洞里突然喷出了一股猛烈的水流，把我整个人浇个正着。我一惊之下松开手，从泥山上冲了下去。那水还没有停的意思，它把泥山自探洞以下的部分冲垮了，接着是更多泥从山体上剥落，最后我眼睁睁看着整座山在一阵颤动中瞬间崩溃，似乎漫无边际的水涌过来，我分不清方向，两只手也不知该往哪儿划动。

水流带着我和许多烂泥污垢，沿着下水道的规划冲向远方，不知是福是祸。好在我身上长了树，可以浮在水面，我仰面躺着看许多大大小小一模一样的白砖倏忽而逝，突然觉得，相比停滞不前，漫无目的地冲动前进甚至更可怕。

这样的时刻我可以稍微休息一下，现在什么人都不能阻止我入睡了。


没有梦。


天色微亮的大海与清晨作伴。它用冰冷安静的潮涌模仿着蚊虫骚扰下的呼吸，这是一种等待中的节律，六拍，每六拍一个段落，不容任何人亲近的冷漠，平缓的三度，二度，三度，rallentando①，有时被德彪西装饰，有时是普希金，我的梦境此时才缓缓到来。但有个不知从哪儿蹦出来的低音，呜呜的低音，如一口浓痰，这是谁加进来毁灭我的世界的！

对了，是那个人，泥山里的那个人。

我用两只疲惫不堪的胳膊撑住身体，让肩胛骨那里耸出个深窝，环顾四周寻找他。我看到了，如果那是他的话。

老天爷，我该怎么形容这个狼狈的家伙，他是个庞然大物，但烂泥蛭附在他全身上下，这让眼白突兀，简直是个烂泥里的怪兽，或许真是个怪兽，欺骗冒险者以逃离封印。我见他往海边爬去，在身后留下一道污痕，就那么糟蹋了清晨的海滩。他爬进了海水中，海浪舔舐糖果一样舔着他，每一次都会让污泥化掉一些，他正以难以置信的速度从那个巨大的烂泥人的形体里缩小。他还一边往大海的更深处爬去，被染了色的海水拍回岸边，拍打着一些随我们一起冲出来的垃圾。

他在海浪中隐去了，变成了干干净净的清晨，污水流进大海被无限稀释，

---

① rallentando：古典乐术语，渐慢的。

我和所有的垃圾都被留下感受巴松吹拂的寒风。那些陪伴了我不知多少时辰、在地底困扰着我的污垢，它们总算见到天日了，鱼刺、臭鸡蛋和发了芽的土豆，统统围绕在我身边。它们被堵在泥山之后不知有多久，它们被人遗弃，又在地狱中饱受痛苦，但我一点儿也不同情它们。

他回来了，一个更巨大的浪消退之后，他像由魔术师手中幕布安排的一样，兀自凭空出现。所有的脏东西都不见了，一条糟轰轰的裤子下两条干瘦的腿露出来，蚀痕遍布的短衫袖头裂成齿，头发齐腰，但精光的脑门已经显示了成年男性普遍的苦恼。他是个又矮又瘦的老头，蜷下腰捧了一口海水喝，形似佝偻的怪虫。他喝下海水，让它们在腮帮里左左右右，然后哇地一口吐出，水已经变得浑浊不堪。他再次弯下腰用手搅拌着，然后重复刚才的动作，直到吐出来的不再是脏水（其实永远都是脏的，就像使用过的毛巾再也无法回复纯洁），然后他拖着失衡的步伐往我这边走来（他会走路了）。他的带着黑暗里腥臭记忆的第一句话是：

"你也去洗洗，然后咱们感谢大海。"

我不知为何就听从了。我用两个脚跟互相蹬掉鞋子，踏进清晨的海，轻轻撩着水擦洗胳膊。他不知何时出现在我身后，突然掀起一阵海水泼在我背上，我失去了一切抵御寒冷的方法，惊吓着扑倒在海水里。

"这才对，要不怎么洗得干净。"他说，"开始你吓我一跳，你身上咋长着棵树？"

我已经被海水呛到，却累得爬不起来，杉树好像又变得沉重了。

"我困在里头五年了！多亏了你，我得报答你！五年前我脚滑从下水道跌了下去，就被冲啊冲啊冲到了最下面，再也爬不回去了。我就往前爬，结果那儿有张网，就被兜住了，这一困就是五年啊！"

他自顾讲着，一边继续往我后背泼水，每泼一次我就像被冰凉的刀刮了一

123 ♪

下，突破了阈值的冷会异变成痛。这让我心中懊恼，不该救这浑蛋老头，应该让他在那黑洞洞的地方继续被兜着！

"这五年我就靠吃流下来的烂菜叶过活，上面的人太浪费，偶尔还有肉沫子吃，味道就不说了，总比死在那底下强！怎么的我都能出去吧，总有一天能出去，所以你就来了，你用那个奇怪的玩意把网搅断了，上面积压的水就一下冲破了那地方。你胳膊怎么这么凉，上去暖和暖和。"

他扳起我的肩膀，把我扶回岸上，我觉得自己快冻得麻木了。

我们没继续待在这冰凉的小海滩上，互相搀扶着往有人烟的地方走，捡着尽可能敞亮的大路，免得我们一对出窍的魂儿被游荡的黑夜当做最后餐点。我们并排走，我看起来比对方高点，胳膊搭在他肩上，他的胳膊也绕过我的胳膊把自己吊在我的肩膀上，我们这对忘年的难兄难弟，有着冰箱上海尔兄弟的苦恼：防不胜防的冰凉点点从杉树枝落下，径直钻进脖子里化开，引起路灯映衬下墙上两个奇怪人影的一阵阵颤抖。最后还是他说，说说话，说说话就不那么冷了。

为了消除寒冷的影响，我试着拥有他有生以来最痛苦的五年记忆。

那天下午他像往常一样与妻子争吵，起因仍记得，他没有把袜子夹在专门的夹子上，而是直接搭在了晾绳上，他像往常一样比较绅士地落败，到厨房去小心地借一点水清洗手指。他每在争吵中败退，就会暂时变成最无害的动物，与周围每一样事物交换意见，采用请求的姿态。

可能是争吵过后的劳累作祟，他开始用很长时间盯着水池正中那个逆时针的漩涡，出神地看，突然脚下一滑一头栽进了漩涡里。那仿佛是个奇妙的引力坍塌的奇点，他在一阵流水的裹挟下穿过了世界，他妻子的叫骂声仍实实在在从屋外传来，这也是个遗憾，她将看不到自己丈夫最后的红移。他钻进了狭小无比的下水道，睁大了双眼在黑暗中前进。

我能想象的不受控制的前进就是大约九岁时一个水上游乐场的高空滑梯项目。我脸色煞白地选了两条滑道中看起来更和蔼的一条，因为另一条不知为何充满了被水泡到肿胀的碎方便面，我无比惊恐地下滑，本能地把手贴在滑梯边沿，一阵尖剧的皮肤与塑料摩擦声后，我竟然刹车成功了！我猜自己是第一个能停在那滑梯半途中的人，水流正在我后背迅速聚集，此时恐惧已经变成了欢乐，向下的距离不再能引起恐慌了，我愉快地松开手，在滑道末尾的池子里炸开一朵小水花，比别人都小，但更安全，更欢快。

　　他则不幸得多。他毫无与引力抗拒的力量，很快抵达了一个他猜测是积水弯道的地方，他知道妻子来到了厨房，因为新一轮的咒骂是关于他没能关掉水龙头的。但他已经不能再还口了，他此刻心怦怦跳着，与受梦魇困扰的人一般焦急，嘴边全是水，时间仿佛才过去一瞬。

　　第一幅印象深刻的画面是这样形成的：眼睛盯着一段看起来滑溜溜的下水管内壁，经年流水让那里附生了奇怪的脏东西，他拼命与流水对抗着以防自己的脸贴上去，这是有效的，所以他卡在了那个弯道好久，不得不尽情享受对它的厌恶。

　　第二幅紧紧连在痛苦的几个弯道之后，在稍微宽敞些的地方他看到了石板井盖透下来的光，从下面流过时仿佛还能看见井边的草叶。前两个透光的井盖让他茫然，从第三个开始他决定试着伸出双臂勾出那条亮光的石缝。这异常艰难，机会又稍纵即逝，一道光亮，又是一道，紧接着再一道。一番挣扎后他终于能从身下掏出右胳膊为机会付账了，他用力向上举着双手，渴望着亮光的缝隙，但再没什么亮光了，就在刚才他错过了最后一只井盖。

　　第三幅图中他甚至获得了主动权。管壁的磕碰轻而易举脱去了他文明的鞋子，他睁大了双眼看到自己的路程在不远处分成两条，那是个岔道。他用手支撑住了自己，倒过身来骑在岔道的焊接处，向两边望着。左边是黑暗的，右边

125 ♪

也是黑暗的，逆流而上简直不可能，他必须做出选择。在下一股强力的冲击到来之前，他终于松开了钳住管壁的左腿，绝望地一头扎进右边。最后所有的支流都在汇集，宽敞的主管道不再挤压他的身体，数不清的弯道终于在一次撞击后结束了，终点是一张布满铁锈的滤网。他不可避免成为第一个地底人，不像童话中经营自己的世外天堂，而有另外的天职，聆听与接纳地上世界的污秽，厌恶又无可奈何就和地上的大部分人在自己职业中感受到的无异，这种想法是最后的零星安慰。一切简直就是想象。

"吃剩菜、喝污水，这些不足为奇，有件事我要告诉你，我在地底下的这些日子里，听到了许多声音，不是老鼠，不是野兽，也不是最后一次你在唱歌，是许多人在说话。"他挥舞着干瘦的小臂，好像那是一截树枝。

"说的什么？"

"我听不清。一开始我以为是检修下水道的，我拼命地喊，我一喊，说话声就停了。底下除了脏东西别的啥都没有，有时候我睡着了突然冻醒，听见那声音又在说，后来有许多声音在说，跟吵架似的。我就听，啥玩意也听不懂。"

"会不会下面还有别人？"

"不知道啊，咱们俩弄出这么大动静，有人早就出声了吧？咋没跟着一块冲出来呢？"

"也是。"

我们又不说话了，往前走着，不知道是我领着他还是他领着我，我不认识这条路，也不知道要往哪去。

"你想不想知道我在底下是怎么计时的？"

"……你一说我想起来了，你好像知道自己在下面待了五年？"

"原来我认识一个老和尚。村子北边不是有山么，山上有座庙，庙里有个老和尚。"

"……"

"没有小和尚。"

"知道了，你继续说吧。"

"我有次去庙里拜香火，把用旧的手表送给他，他没有表，也就不知道时间，就光知道天亮啦天黑啦。可你猜他怎么说，他说我不要，他说这玩意让人记住的是小时间，不是大时间。"

"什么是小时间和大时间？"

"小时间就是几点几分，电视里有啥节目，烧水用多长时间。"

"大时间呢？"我发现自己的话也渐渐多起来了，嘴皮不再冷得发麻，太阳似乎也快要出来了，东边有一片看起来很暖和的霞光，它在渐渐扩大，让我们把彼此看得真真切切。我从没这么期盼过太阳。

"大时间就是日出月升，季节变化，春种秋收，阴晴雨雪。"

"天气不算吧？"

"大概就那么回事。他说他每天清早起来晨诵，打水做饭，敲钟，然后天就亮了，不用看手表。完了天冷穿棉袄，天热换小褂，不用看手表。那他要手表啥用？"

"嗯，是没用。"

"我在底下的时候，想到了他说的这番话，没有手表就没有精确的小时间，但我能找着大时间。有香椿叶流下来时，我就知道上面春暖花开了，许多人拿着钩子掐香椿摘槐花，炒个鸡蛋，拌着面糊蒸野菜，浇上蒜汁儿浇上辣椒油，我那个口水哟！夏天有西瓜皮，有的人喜欢把吃剩的西瓜皮炒成菜，丝瓜熟了，苦瓜熟了，苦瓜炒个肉片儿，焯一下凉拌，我在底下咬着瓜皮就馋，越馋越咬，咬一舌头苦味。秋天有什么，栗子，玉米，柿子，冬天很单调，剩下大白菜。在上面的时候不怎么注意时令，在下面全靠它们给我计时。"

我听得一愣一愣，完全忘了要说什么。小时候住过乡下，也亲手浇过奶奶的小菜地，在城市里住的时间长了，作物的季节忘得很快。天敞亮了起来，但这条街上还没有人，我猜这一片没什么人住，直到昏黄的路灯啪一声灭掉，街上也还是只有我俩。他的脸更清晰了，像颗核桃仁，有一些可怕的褶子，头发稀松但长长地拖到腰间，腰挺不直，腿打弯也不方便，与其说在走，不如说是挂在我身上被拖着。我突然想请他吃点好的，到小餐馆里炒一盘时下的蔬菜，用一大碗呼噜噜的面条暖一暖，食物的彩色会让这个灰溜溜的小老头重新鲜活起来吧。但我的口袋是空的。下去时装了三个硬币，如今不知道掉落到了哪儿，它们的图案在黑暗中再没了意义。

"想起来了！"他叫道，兴奋且恐怖，干手掌啪啪拍着大腿，"这是'那条路'，前面是'那条路'，再往前……走到我家去，我全想起来了！"

我完全不知道他在说什么，不知道"那条路"究竟是哪条。我猜村里的人不大会记得路名，但他们对路了如指掌，反倒外来的人能将路的名字牢牢记住，说不清究竟谁更熟悉它。

他带着我穿过两个路口，我们看见了一群穿着白色武术服练太极的人，不远处有个小工厂的烟囱正冒着白烟，一个早点摊前坐满了人，沥油的簸箩里堆着一把大油条。他有点走不动了，放慢脚步，深呼吸，深呼吸，然后嘟囔："真叫个香！"

我们一咬牙又往前走了一段，我知道自己在哪儿了，我看见了那个小栅栏，我知道里面睡着条凶巴巴的狗，角落里放着盆鲜艳的粉色杜鹃花，草莓叶子有着一场飞来横祸之后可以预见的凌乱，小瓶子和纸箱乱成一团暂时没人管，打开门屋里漫着水，一个坏脾气的阿姨急得跳脚直骂。但我什么也没看着，它们还都挡在邻居的房子之后。我的心扑扑直跳，我回来了。

"到我家了！这是我家！五年了！咱们进去！"他说。

等一下，我才明白，等一下……哦，我又明白了。这事儿巧得很，我得忍着点儿，好让自己不那么亢奋。

"你是刘阿姨的丈夫。"

"……你认识她？！"

"我就是被她使唤下去的——专程去接你回来的。"

"她咋知道我在下面？她咋不早去，都五年了！"

"我在胡扯呀！"

我们推开栅栏的门，警觉的卫士迅速冲出来吼我们，然后那个枯瘦的老头就吼它。"别叫了！"狗愣了一下，不用说我也知道它认出他了，因为它扑了上来，不是为了撕咬，而是撒欢讨喜，它带着拨浪鼓的尾巴上蹿下跳，用壮硕的块头把老主子撞得站也站不稳。

屋门突然打开了，里面的人听见狗叫出来看，三双惊奇的眼睛：刘阿姨瞪着我们，随后落在我旁边那个人身上再也离不开；蓝围裙的老先生看看我，又看看他，手里紧紧抱着那盆杜鹃花；第三个人是房东太太，她迅速的眼泪猝不及防，她直奔我冲出来。三双眼睛都被一夜熬黑了，我不及再看，就被一个湿漉漉的拥抱抓住，一股我熟悉的厨房、灯光和粥的味道。


最后还有三件事令我惊奇。

当蓝围裙老先生问起他的机械手时，我突然脸红到耳根，不敢应答，反倒是刘阿姨的丈夫从怀里摸出了盘成一排的神奇小手，我还不知道他这么细心。

刘阿姨见到丈夫的第一件事是破口大骂，用我从没听过的奇妙语言，十分痛快十分开心地骂起来，骂得他们的狗都兴奋起来，最后累了，就拉着她丈夫的袖口进去了，再出来时我们看到他洗了澡剪了头发，穿着一件女式的大罩衫。

　　他们告诉我昨天半夜所有的水都下去了，不再堵了，下水道彻彻底底好了。蓝围裙老先生从围裙口袋里摸出了一只灰背小鸟，正是我在他的小屋里见到的那只，他摘下一片花瓣捻了捻，从鸟嘴里塞进去，那杜鹃鸟哗啦一声飞起来。我们巡视了一圈寻找它，发现它正在我头顶，在杉树的一枝上隐藏着，脑袋时而钻进翅膀下搔动一番，太阳终于升起来了，我那本来就很奇怪的树人的影子上就多了个可疑的蠕动着的小疙瘩。

6

爱情闯进小情圣的阁楼

聚会如期在房顶举行。

临时改动了地点，因为我和房东太太都觉得，不能再让我随意在房子里走动、像个正常人一样自由穿越各个门廊拐角，除非我们已经忘了书架上那个珍贵花瓶葬礼上的悲伤气氛。

那是他的遗物。他是这个家原来的男主人。这让我很长时间羞愧难当，为了回避太太，我选择在母女俩吃晚饭后再悄悄溜进厨房喝一碗南瓜绿豆汤。我打开灯，灯光几次闪烁后的桌面上已经放着一碗汤了，上面扣着厨房里最小的一只锅盖，它照样比汤碗大一圈，底下那面布满大颗蒸馏泪珠，在掀开的一瞬间纷纷滑落。再也没有比这更令人难过的事情了。

我是她的孩子，这是一册比时间还要古老的法典里记录着的事情。不仅我是，遥远的深海里一条具有思想、能意识到自己的意识的鱼也是她的孩子。一枚刻了某个国家某个时代伟人头像又被投入井水中的钱币也是她的孩子。她可以把爱给全世界，我爱她，却苦于语言。她也不说，我也不说，谁都没话说的

♪ 132

时候见面简直是世界上最糟糕的感觉。

过了几天太太还是恢复了常态，把我堵在阁楼房间里。

"给你准备了新玩意儿。"她说。

"啥？"我看着她，不知道怎么耳朵热了。

"你来。"

我们爬上房顶，红瓦片组成了缓缓的坡度，一眺之外村子在房顶上迅速组成了美好的景色。我们小心走近房檐，有一只钢骨架的梯子通往地面，完全不会有竹梯令人心虚的弯曲和吱吱嘎嘎的声响，我可以踏踏实实一步一步走下去。弯下腰触摸到一个结实的弯曲处隐藏的小焊缝，我太喜欢它的安稳敦实了。

"之前没想好怎么跟你说，我怕你会以为我要赶你走。我永远不会。"她也跟着走下来时这么对我说。我觉得自己从来没有这样爱她。

于是我们就改在房顶聚会了。


我讲了一个下水道里的人的故事，妞妞听得一惊一乍。我突然想，无论什么故事小姑娘永远都是最合格的听众。你想从听众那里要什么，她们就许你什么。

小男孩则要挑剔很多。眼镜先问我，下水道里的声音是怎么回事，我说我不知道。

"那个人可能在骗你。"

"……我不觉得。为什么要骗我？"

"酷呗。"他很认真地说。

"说谎是很酷。"尖嘴猴子紧接着说。

"你可一点儿也不酷，瞧你那样。"眼镜冲他做鬼脸。

可尖嘴猴子没搭理他。

"老房子的下水道里都住着亡故人的灵魂。"他说。

"这胡扯可大了。"眼镜刚想嘲笑他，却发现我和消防员听得很认真，我们让他继续说下去。

"那些灵魂平时就在下水道里，看着我们的剩饭剩菜猜着我们的日子，还一边数落我们：'这些不肖子孙真浪费！'偶尔有人耐不住寂寞，就沿着下水管一路钻上来，看看它们原来住过的房子，看看它们不知道多少代孙子和孙媳忙着吵架，然后坐在洗衣机上偷乐。"

他一口气说完，然后看我们所有人：眼镜皱着眉，好像看见了它们从下水道脏兮兮地钻出来，妞妞好像很害怕的样子，消防员睁大了眼咧着嘴笑，我的目瞪口呆也在表示，自己已经被他打动了。

"写下来，然后给我们看吧。"我建议。

"我要是写出来，就变成真的了。"他说。

"那我就情愿相信是真的。"

"我也相信。"消防员说。

妞妞皱着眉，犹豫到最后也说："虽然有点可怕，但我也会信。"

这下就剩眼镜对我们的背叛愤愤不平了。

"你们在支持他说胡话，你们要跟着他一起疯吗？"他无论如何也无法理解，为什么人们还宽容一些狡猾的东西，为什么这个世界不能更加正直。为了加剧他的气愤，尖嘴猴子使劲冲他笑，笑得眼睛眯成缝了。

还有一件事，我在等着他、她或者他和他，他们其中一个发问。答案我都准备好了，他们该问在这个春天我早就问过自己无数遍的问题。

终于有人想了起来：那只杜鹃。

卖了所有关子，我的回答依然还是："我也不知道。"

我两次都说不知道，但两次完全不一样。跟刚才不同，现在我心中略有点期盼冬天早晨落雪的惊喜，我希望尖嘴猴子能给我一个新答案。然而更可信的是，当我不去试着解释一件事时，它就有无数可能。

　　消防员首先说："那鸟是复活了吗？"

　　"怎么可能有那种事！"眼镜反驳。

　　"那，那鸟就是晕过去了，他能通过一种方法唤醒它。就跟王子去吻睡美人一样。"

　　"呀——"妞妞叫起来，"那老先生吻了它吗？"

　　她看起来很兴奋，两首托在腮帮上，看着我。她今年春天才开始上小学，还只是个美少女的雏形，仍需时间雕琢。我大概和大部分男性一样有个小缺点，就是低估了女人在爱情上的早慧。

　　"他没吻它，但我不确定，因为也许他已经用手指或眼神吻了？"

　　"我就说是！"消防员也快乐起来。

　　我希望得到回答的尖嘴猴子却一直没发表意见，他想不出吓我们一跳的主意，或者他已经开始琢磨着怎么写刚才的故事了。只有眼镜摆出不屑一顾的样子说着："什么吻啊吻，爱呀爱的，可笑。"

　　消防员马上就说："当我看见一个人身上长着一棵树的时候，我就知道这个世界什么都有可能了。"

　　但直到聚会结束，眼镜仍然将信将疑地看着我们所有人，一不留神被尖嘴猴子摘去了眼镜飞也似的逃走了。他叫喊和追赶，跑到不远处时所有人都看到他被松开的鞋带绊倒，就地大哭起来。


　　此前清明节的时候，我坐在房东太太的三轮车上，和她们母女俩一起到村子的田野去。她们要祭奠那个对她们很重要的男人，我满怀敬意地跟从着，穿过了随着我们一起颠簸的油菜花田，它们呈现开放之前呼之欲出的青绿，与我来时的一小段铁路并行，我们的路又突然钻过了黑暗的小铁路桥下，从另一边钻出来时一片公墓就出现了。

扫墓是一种惋惜之旅。

一定与我的心情不同，因为这对她们来说，是一片"有他埋葬的公墓"。这对她们非常重要，一个细节就是，平时会一直温声细语说话的太太在路上一句话也不讲了，跟她内向的女儿一样沉默。我猜现在我说什么都不合适，只有让这难受的沉默继续下去。好在我脚下有一片小橘的叶子，一定是某个清晨在忙碌的搬运中落下来的，我此刻终于可以把它捡起来捻着转儿，在三倍的沉默中造成我早已出神的假象。

守墓人看到我们从吱吱呀呀的三轮车上下来，一个女人一个女孩还有一棵会走路的树，在小窗后抿了一口茶叶水，一边吧唧嘴一边把布满褐色茶垢的大塑料杯放回桌上，期间一直盯着窗外。太太走过去跟他交换了个眼神。我安静地跟在两人身后，略带不安地从他的注视里走过，就像守墓人是个墓穴里随时要发作的机关陷阱。我们很快把他丢在身后，我们不说话，他也不说话，这种肃穆他大概见多了。

我们沿着一排整齐的小石碑往前走。许多石碑面前新近送来的小黄花是唯一鲜明的色彩，一小堆黑焦的黄纸灰还在散发着新鲜的焚烧味。再往前走，见到一些跟我们相同目的的人们停在其中一个碑前挥着手里的扫帚。

我们的小扫帚藏在豆干的书包里，是太太亲手扎的，用的是晒干的扫帚苗，而更早之前它们种在房门口，生着炸开的细长小叶。我们也停下了，豆干麻利地褪下书包打开拉链，那只精巧的小扫帚就迫不及待地跳出来了。豆干踮着脚用小扫帚刷了两下，就交给太太，但太太回头看了看，又把它朝我递过来。

我接过扫帚，先对着墓碑鞠了一躬，感觉有点奇怪，然后走上前尽量轻柔地开始清扫，仿佛那不是石碑而是这个我未曾谋面的男人本人。我有节奏地刷着那块大理石，太太和豆干则忙着从小书包里拿出更多东西。原来里面还藏着苹果，又大又鲜亮的苹果，被太太精心藏好的苹果，好像能把这色调单一的公墓公园染得鲜亮起来。还有一个神秘的小塑料袋，塑料袋里是个纸包，纸上有一片片油渍，打开来看原来是豆干，一半是炸的，金灿灿，一半是卤的，酱染的表皮下切面仍然白嫩可人。

我不禁想，这里面睡着的究竟是个什么样的人呢？我没有接触过他，只在一张小照片上见过他的一部分。我不了解他，却知道这个人，死亡不能阻止他继续拥有爱，却阻止它们肆意施展，这是他的大幸和不幸。只有当他彻底失去爱时，他才会真正地死亡，而此时他的这种死亡仅仅是失去了作为活生生的人而享有疑惑的权利。大概世间所有的疑惑都来自爱。

我觉得这块碑上已经够干净了，但仍没有停下，我怕兀自停止这仪式会显得不尊重，对于这样一个人，我们之间的关系复杂得难以描述，这就是我必须拿出十足敬意的理由。我把自己的精神绷成一只小提琴弓，用最紧张的方法拉出最自然的声音，这是我爸爸曾经教我的。我想起他来，已经很长时间没见到他，他有朝一日也会变成这样一块墓碑，我得用什么样的心情去看望他。我现在甚至都不知道自己是否像一个儿子爱自己父亲那样爱他，这正是我的疑惑。

在人们经验里清明就是一团虚晃的湿漉漉的雾，发生的一切都不像在真实世界，有时是梦幻，有时是酣醉，有时会变成谵妄症。

我发誓我看到的一定是真的，那天在我们前面两排墓碑的地方，那儿站着一个穿着黑色针织坎肩的女孩，站在正对着我们的一块墓碑前。

起先我没注意她，但很快我来了一个清晨呵欠，在泛着泪花的余光里感觉到她正盯着我看。我不自觉停下了手中的活，这全是突然袭来的一股寒意所致。两个姑娘正在埋头忙活，谁也没有注意周围发生的一切。

我外型独特，早习惯于接受人们紧紧追随的好奇目光，其中不乏一些姑娘纯真善意的眼神，我享受这些。但可以肯定没有任何人会愿意在清明这天凌晨愿意在公墓里被一位身着黑色的女孩盯着看的。我不知道应该如何应对，也紧紧盯住她，大概有两三秒那么长，烂苹果般散发着警惕怀疑的味道，直到她突然对我笑了。

她笑了，因为她知道了我当时的想法，于是做了最正确的一件事，就是笑。有的人笑起来脸庞红润，总是能把凝固了的什么东西化开。她迅速穿过我们之间相隔的一排墓碑向我走来，我确信她有腿有脚，穿着精巧的褐色短靴，她走到我面前，对仍在呆立着的我说："你好，能不能借用一下小扫帚？"

我几乎是下意识地把扫帚递了过去，把手腕拧过来好让她首先接到的是柄而不是另一头。这是我在上小学时无意间养成的一个习惯，无论是剪子菜刀还是扫帚拖把，都太阿倒执授人以柄，这为我换来了她的第二次微笑。但是直到她接过扫帚回到她的亲人面前，我才发现自己一句话都没说出来。

为亲人打扫完毕，她再次跑来归还扫帚，我仍是一声不吭地接过来，握在手里，碰到她刚留下的温度。

她道了谢，对我点头，又冲我身后点头，我知道那是太太站起身看到她了，然后她转身离去，形状独特的黑色在纷至沓来的扫墓人身影里进进出出，所有人都是灰蒙蒙的轮廓，以至于她脸庞的色泽良久才终于消失。太太拿起两只漂亮苹果塞进我和豆干手里，在确信了公墓公园有野猫甚至狐狸出没之后，她留下了油炸的和卤煮的豆干各两片，带着我们按油菜花和铁轨的原路返回。

走出公墓时，太太才趴在我耳边轻声问了今天的第一句话："那个女孩，她是谁？"

我要是能回答，就把这舍不得吃的漂亮大苹果送给她。

长期训练给了我这样的能力：一段音乐响起来的时候我手中仿佛正拿着鲁班尺，用令人迷醉的古语丈量建筑形制，为每一个恰好的心机雀跃不已，因为我理解了制作者削减的每一寸刨木花的深意。

房东太太在后院忙碌着，我小心翼翼地爬下楼梯，往DVD机里塞了一张焐热了的光盘。这是随我的行李一起从离家出走的那个早晨带出来的，没有很多时间考虑挑选，我闭上眼睛从书架上抽到了巴赫。

博尔赫斯有过这样一个深沉的梦，一个陌生人突然闯进来叫醒他宣布他将要被行刑，在跟着这人奔赴刑场之前他要求从书架上取一本书，一卷爱默生伴随着一阵犹豫，他决定了人生最后时刻应该陪伴自己的作家。离家之前的我切身体会到相似的艰难。

我的那间小屋，略微变形的门框已经不能很好地接纳关合的硬木门板，门板被二十年前的审美和装饰条打成四格，倒数第二格有我更幼小时的痕迹，用粉笔写的"门天"两个字仿佛再也擦不掉了，我本来是想写"天安门"的。我离开时的心情就像临刑无异，至少不会轻易再回到那间屋子了。

巴赫无伴奏小提琴，海菲茨，第一首是《BWV1001》，内敛又柔情。太太听到了音乐，从门外瞅进来，看见我蜷在沙发里，小杉树顺着墙壁往上走，在天花板上打了弯，其弯度恰如善感的内心曲折，应该用怎样的肥料让它重新振作？

我突然有种冲动，因为把它放到公墓里是恰当的，我想要重新拿起琴回到那天清晨的雾里，花上一年时间组织好我的语言和情绪。我发自内心佩服那些思维敏捷、可以用几秒钟迅速找到合适的表达方式和准确用词的人们，那些舌头灵巧的演讲家们。要表达重要的想法，我是那种总得花上大段时间营造一句话的笨蛋。

登上屋顶首先看到的是远处一块不知为何一个角被钉在墙上的红绸子，在空中摇摆，风稍微一停它就委顿下来。我把它想象成一个信号，属于秘密的红色，无序地拂扰墙壁，最后我被这无意义的重复撩得内心狂躁无比，但身体不为所动。

我把注意力换往左边，看到了国王的高塔，春天开始变得枯燥的风把云往南吹，聒噪的麻雀和一些无论何时都在不停操劳的燕子翻来覆去出现。一分钟之后我决定下楼喝杯水去，但回房间拿杯子的途中顺势倒在了床上，叠好的被子打开又合上，我的脑袋夹在了里面，凉丝丝的。

太多不加掩饰的细节出卖了我。吃晚饭时太太突然问："你多大了？"

我嗯了一声，不知道她想干什么。

"准确的年龄，周岁。"她说。

"我属猴，今年刚好二十岁。"我注意到一个技巧，对于那些为了各种目的在年龄上撒谎的人，属相往往是他们的破绽。我没必要对太太说谎，但我不知道她在想什么。

"那也到时候了。"她不咸不淡地说，仿佛在商量天气，商量着晒棉花的事。

"到什么时候了？"我问她。

她停下手中忙碌的勺子盯着我看了一会儿，突然抿嘴笑了笑，说："你见过我丈夫了，我嫁给他的时候刚好二十岁。"

我算是明白了。不仅是我明白她了解我的心思，而且我确认了自己的心思，我明白这段日子以来发呆、沉溺于一段旋律和所有夜晚辗转反侧的全部意义。

展现人类情感的故事或音乐，至今仍困在各自的时间里苦苦寻求共鸣，其历程正如执著的爱。

我年轻时演奏从我父亲那儿手把手学来的《梁山伯与祝英台》，自作投入地感动，原来当时我竟远远没能理解他们的感情，我心中的"爱情"曾经只是教科书般的宣讲。太太究竟如何爱她死去的丈夫，我需要去读她的表情，她的行为，可能还有她不为任何人所知的隐秘的一面，连豆干也没见过。刘阿姨爱下水道先生是用骂的，任何小事都能引发争吵，这是一种咳嗽式的爱情。蓝围裙老先生究竟是不是爱着他的杜鹃鸟，这事不得而知，我倾向于相信这个结论的理由是，他举动之疯狂和陷入爱情不可自拔的小伙子如出一辙。

在我二十年的生命里还未曾真切感受过爱情，但青春的开始有那么一个标志性事件。

按照经验，再没什么比一节下午的数学课更好的催眠方式了。那天有所不同，讲到半堂突然一阵莫名的兴奋在全体男生中间传播起来，再没有什么人昏昏欲睡，所有男孩都在脚底下夸张而明显地传递着什么东西，那神秘的东西让大家的表情微妙又喜感。这样的传递终于经由前排一个男孩来到我的脚下，它碰了我的脚尖，当我挺直了背向后仰，把眼光往桌下瞄去时就明白了一切。

那是一片卫生巾。

我猜我同时还知道了它的来源，而且我能肯定那是从左边第三个女生身上掉下来的，她的表情如此与众不同。我知道一些秘密，就有不声张的责任。没有人可以出面阻止这场令人尴尬的兴奋狂乱，所有女生都选择置身事外，包括平时严厉的女班长。讲台上的数学老师也刚刚才从师范学校毕业，她讲课内容枯燥但态度温柔腼腆，所有男生都以为她不知道，我猜她可能也只是装作不知道。她要考虑的事情更多，如果贸然终止这场闹剧，未必能使厚脸皮的男孩们感到羞愧，而且还等同于要使一个女孩的隐私曝光，她有着一种典型的束手无策的年轻。

最终我把注意力回归到失主身上，她低着头忙着沉思一道难题，对周围的一切都应该充耳不闻，明亮的光从窗外打进来在她脸上布置成伦勃朗式的古典文明，她是它的法定传人。

洗衣机的轰鸣声盖过了这世界上的大部分声响。我看见自己又长高了一些，另一个标志是长的头发代替了一个地区一个时代男孩们流行的短发长刘海，他的后脑勺草般茂盛起来。他移开了死死顶住门口的椅子，慢慢打开门来。他的面貌有细微改变，但让人觉得不讨喜的原因不在于此，在于精神。

我固执地认为男人一生中最黑暗最痛苦的时段将要来临，不是在吃喝拉撒都要靠父母的婴儿时期，也不是风化腐蚀干枯的老年，恰恰是在眼前。这个低谷是突然跌入的，从纯真的男孩到强烈地抗拒着整个世界的少年，只需要短短半年时间。与其责备时间，毋宁说改变一个男孩的是突然降临的大量的需要隐藏的秘密，为此他将回归一种原始的动物警惕，一种可怕的自我正确，据我们所知也有许多人的这个阶段将会持续到时光消磨脑门。

这些态度全都明确地摆在脸上，所以他看起来害羞又骄傲，正如我在年复一年的家庭聚会上见到我的表弟堂弟时感受到的，他们对交谈和食物一概冷漠，手机就是个茧。他在洗衣机旁巡视一番又迅速离开，再折返时手里拿着一条内裤，一阵刻骨铭心的颤栗。他把它扔进那个搅动着的漩涡里，像毁灭了魔戒似的松了一口气：今天这个秘密再也不会被人发现了。魔戒是个有关欲望的暗喻，人们要毁灭它容易，但欲望总会产生新的一个。

如今我真正感受到的爱情与青春不同的是，它时常是凝滞的时光。突然地呆立伴随一阵浓重的呼吸声，床的心就是枕头，不知该塞到什么地方合适，从后院跳上窗台的每一只鸟都受到隆重的欢迎仪式，它们是爱人的眼睛，寻遍世界每个角落的眼睛，它们会把自己所见准确无误地传达给心上人。沉浸在这些时间里我总是不知所措。总得做些什么，别让那无休止的小火没日没夜将我煎烤，演奏无穷动的小臂很快会疲劳，在此之前我想再一次见到那个女孩，迫切地想。

后门的门框上挂着一只大温度计，面向外监视着那个花草世界的天气。酒精里添加了鲜艳的红色染料，我有很长时间认为里面装的是血，想象着我们身体里的血随着温度忽上忽下，最好的时候血液可以达到脑袋的高度，不至于总用脚底板思考。

初中毕业体检时我才第一次见到自己的血，医生扎破了我的小臂，从里面抽出墨红色的液体，我发现自己的血是黑的，完全没有温度计里这么明亮。那只温度计上面连着一根大弹簧，这样豆干也可以把它拽下来看，她会抢在妈妈前面报出数字，然后松开手让它弹回去忽上忽下地摩擦着门框，弹簧是少有的可以与你互动的静物之一。早些日子温度计显示外面的耐旱植物仍在与摄氏零度搏斗，我们就耐心地等，这个春天终于还是变成了我们想要的样子，温度稳定到 10 摄氏度的时候，房东太太决定再一次带我们出门踏青。

我们仍然坐着那辆小三轮车，仍然是那条我梦想中的小道，在公墓的路前选择了另一条岔道（我有些舍不得离开那片亡灵的乐园），我们摇摇晃晃往油菜花田更深处走去，伴着花和蜜蜂的两种截然不同的黄。

我是这么猜的，一幅画、一首音乐或是一段文字的密林，深处一定有什么是它想展示给我的，我将永远抱有期待，无论是否能在有生之年见到它。

我们就这么在小路上晃悠着，我把那封信拿了出来。我们出发之前邮差来了，这个家很久没有收到过信，所以对它很好奇。豆干鼓着腮帮去开门，腮帮里是颗奶糖，她回来时径直把手里的白信封拿给我，食指上的一点糖浆永远印在了左上角，此前她一定抠了嘴巴。这封信不是给太太的，也不是给豆干的，而是给我的，封口的糨糊溢出来，染上了旅途中的风尘，而且没有寄信者的署名。所以豆干看到我在小车上把它拿出来，问："谁寄来的？"

"还不知道。"我说。我从缝隙里把右小指塞进去，轻而易举挑开了它，有一些糨糊到现在还没干透。两张打了横格子的作业本纸跳出来，密密麻麻写着小字。

它们是两个故事，刚好各自占满了一张纸，除此之外再没有任何一个字说明它们的来意，没有问候，没有透露作者的信息。但我还是明白了，因为我知道其中一个故事，我把它讲出来，在油菜花小路上讲给大姑娘和小姑娘听，她们很喜欢这个故事。

这个故事就是我在屋顶上听尖嘴猴子讲的，下水道里住着的灵魂幽幽爬上来，看到它的孙子和孙媳妇每天争吵不休的故事。他把它写得很生动，包括灵魂飘动着像柳絮一样，它坐在洗衣机上被甩干桶震动得好像布丁，看到两口子吵架笑得掉在地上又弹起来……在作者看来灵魂就是无形的气球。

一些描述让房东太太乐得使不上力气，我们刚好走到小路的一段上坡，于是就又滑下去，三个人一起大笑起来，我差点被自己的口水呛到。

第二个故事看起来更奇妙。他拥有一台电脑，日夜相伴，有一天突然发现屏幕上的鼠标箭头会在自己离开时飞起来，苍蝇一样环绕房间，然后趁自己回来之前重新落回屏幕上装得可怜又无辜。他以为自己长时间对着电脑屏幕，产生了幻觉，接下来几天就留心观察，终于确信这不可思议的事真的发生了。于是一天夜晚他悄悄藏了一只苍蝇拍在床下，眯上眼睛装睡，待到午夜时分鼠标箭头果然又傻头傻脑从屏幕上起飞了，它环绕四周，甚至趴到他脸上去，肆意大胆同苍蝇一般无二。他瞅准了一个机会跳起来猛挥动蝇拍，在窗玻璃上扇出一声巨响，但揭开查看战果时发现什么都没打到。他又去看电脑屏幕，使劲晃动鼠标，那只小箭头再也没有出现，直到现在都没出现。

这个故事让三个听众目瞪口呆，太太什么表情我在后面看不到，但豆干一直在我对面皱着眉，过了好久她说："挺有意思！"

豆干是个冰美人，让她说出四个字的夸奖是件很了不起的事，将来会有无数小男孩为了这样的夸奖绞尽脑汁干尽傻事，她吧嗒吧嗒嘴巴，然后对太太的背影喊："娘亲，咱们也买个电脑吧？"

太太不说话，豆干又追问一遍，太太回过头来使劲儿说："不买！"那封信给我们带来的快乐就这样古怪地结束了，我们好像走完了一段明媚春光，又回到清明节湿漉漉早晨的沉默中去了。

豆干一声不响抠小毛衣上委屈的线头，线头越拉越长，就像年轻人才会犯下的错。太太可以在自己心里为不买电脑找一百零一个理由，其中一百个是为"我们拿不出钱"服务的，这种痛苦历久弥新，一个人的孤苦尚可忍受，但不能给孩子想要的东西就如同否定父母价值一样。沉默对于我是另一种痛苦：思念，幻想和思念。我们娘仨各怀心事，不知走到了什么地方，我看见油菜花褪去，一片捱过了寒冷很快就会变黄的麦穗。

我看见两个人影正沿着田垄一前一后走出来，把脚印留在身后深深浅浅的泥土上。是两个女孩，穿着彩色格子粗布衬衫的走在前面，认真盯着脚下小心选取着落脚点，直到跳上小路前都没注意到我们。另一个女孩跟在她身后，硕大的草帽戴在头上，显得小脸只有巴掌宽，她笑嘻嘻地把自己的脚印盖在前面那个女孩的脚印里——比她的脚小一号，躲在她的包裹下。

我反复观察着后面那个女孩半躲在草帽下的脸，世界上最奇妙的事情出现了。一只暖黄色的小下巴的灵巧，和记忆里清冷漂亮的那个形状，锐利地贴合在一起，它们就像同一个印模上了不同染料在不同背景里盖出来的一对。

她就是那个在公墓里向我借小扫帚的女孩，我用这样的细节确认她，笑起来下巴微微扬起，嘴巴与颧肌夹角浮现一块迷人涡旋。神明啊，我就这样猝不及防地与她重逢了，我可怜的早上连脸都没有好好洗。

我们的小车停下了，太太看着两个女孩先后从田地里走上来，我以为她也认出了她，她知道我对眼前这女孩朝思暮想，那她会怎么做？我脑子里一片焦急的空白，就像纸浆贴在燥热的烘缸上。两个女孩站定了看看我们，冲我们微笑点头（我的心脏一定停跳了）。

"莹莹，你妈妈在家吗？"太太冲两个女孩问。

"她在家，她跟我说了你们要来，我就跑来接你们。"穿格子衬衫的女孩说。然后她迅速地和另一个女孩交接了几句耳语，笑得东倒西歪，突然又站直了大声喊道："拜拜，记得打电话。"她伸出拇指和小指在脸颊上晃了晃，另一个姑娘也这么回应她。

"拜拜。"戴草帽的女孩笑着说。

我感觉自己又一次要错过她了，有什么无形的物体正迅速从我身上抽离，后来有个修行者坚持认为这就是灵魂出窍，他用饿死鬼面对食物的热情建议我将这种精神提炼的尝试继续下去，我认为他的教导是舍本逐末，他只看到修行体验，却总在忽视爱，他不会再有任何进步可言。

我记得在那顶晃动着的大草帽消失之前，我深深地吸了一口被十点钟的太阳暖热的空气，却仍没能形成有效的语言。反倒是豆干无比机智冷静，一部分原因是，她还是个小姑娘，在语言上拥有超出我们所有人的勇敢；另外的，她是个旁观者。

她大声喊："姐姐！"

这样两个女孩同时回头了，她对戴草帽的女孩说："姐姐，请你吃糖！"她从三轮车上站起来，把手掌递过去，里面放着一块在衣服兜里拨弄了很久的玉米糖。那个戴草帽的女孩就又转回身来面冲我们，她摘下帽子，大胆地让那把乌黑的辫子曝露在阳光下，呈现一种莫名美丽的光泽。她走过来伸出手（异常纤细），豆干把自己手里的糖按进她手里，她还了一个大大的微笑，两道眉摆出更加俊俏的模样，她说：

"那姐姐也给你个小玩意儿。"她摘下自己头上一只黄色发卡，亲手把它夹在豆干的小脑袋上。

"不能随便收别人的东西。"太太对自己女儿说。

"没关系的，"女孩连忙对太太摆手说，"这是礼尚往来。"她扫视了太太和一直闷不吭声的我，认出了我来，用了一种一声不响的问候，又捏捏豆干的脸，终于这么笑着离开，渐渐成为小路上的一颗糖豆。我是重力坍塌的一颗濒亡星球，逐渐收缩成核桃仁，不重要的东西全都挥发进了茫茫宇宙，剩下的全部都是对那颗遥远糖豆的向往。这种情感将在今晚愈演愈烈，因为豆干会趁着夜色沉默地闯进我的房间，偷笑着把那只耀眼的发卡别在我的头上。

敲打木鱼。以呼吸为拍，敲出稳定的八分音，时而前八后十六，听不懂的各种口诀，有人应和着摇响清脆的铃，太太很安定地作一揖，烟尘好像这才从炉中升起，画了个圈把我们套进去。

太太没跟我们说这次是要去莹莹家做客，也没说会在途中拜访道观。主殿门口一个道士半蜷着横坐在小马扎上，我猜他要是站起身应该很高大。他很不舒服地蜷着是为了操作面前一张高凳子上的法器，我能看懂的只有一套木鱼一本书。

我第一次见道士。他的头发真的和影片中的人物一样盘成髻，发髻已经花白，他已不年轻了。他穿着青褂子，下面还打起白布束腿，专心念诵，仿佛我们不存在。在人群标准像摄影中，我见过一张斯堪的纳维亚半岛上的萨米族黄发小男孩，穿着一双绿色高筒小胶鞋坐在大石头上，常常挥舞的棍子搭在肩上，右手把石头上的伙伴——一只俊俏的小猎犬，亲子般随了他的清瘦——欢欣地揽在怀里，手掌埋进它胸前一片柔软的白色中。我觉得眼前的道士有着相似的准确，他的着装、行动和态度都莫名地符合想象，不能被外界任何变化打扰的准确。

椅子左边，坐着的道士正对面，站着一个道姑。她矮且胖，这让同样的一身短袍在她身上臃肿起来。与他不同，她戴着个圆形露顶的帽子，发髻刚好从顶上露出来。在他敲打木鱼时，她密切注视着他，伴着那细细绵绵的敲打声，眼睛一刻也没有离开过。她稍微比他年轻一点儿，但不好看，小眼睛，皮肤也松弛，仿佛比他还老。

有那么一刻我心里冒出个念头，有点亵渎神明以至于我在这烟雾缭绕的观前连细想都不能。直到太太领着我们重新走出来我才敢对自己说：她可能爱着他。这里面的规矩我不懂，不知道他们之间允不允许爱的存在，可能是这样，她爱着他，但只能用静静注视着的方式，他或许也爱着她，但他藏得更深，在她注视下的念诵就有了别的意义。他们就像双人床上硬摆在一块的一对不搭调的枕头，一只破败不堪，一只臃肿丑陋，但爱情有千奇百怪的模样。我时而觉得任何宗教神明都会对爱情网开一面。

三轮车上坐不下第四个人，我们干脆就用走的。太太推着车和莹莹并排走在前面，我在后面跟着，豆干却没下来，她占据着整个车斗。两个人在前面交谈着，豆干偶尔插话进去，我半句话也说不上。

我盘算着自己的事，很重要的事，毫无疑问我得想办法把莹莹争取到自己的阵营中，这样我觉得自己就赢了一半儿啦。她是我的救命草，她将是我的恩人，而她现在还不认识我，房东太太都忘了把我介绍给她，我焦急地把树荫遮在她们头顶，但她们从不注意我，就像从不注意路边提供阴凉的任何一棵树。

自从有了变故，对我来说这小路就开始变得恍恍惚惚。豆干继续从口袋里摸出更多糖果分给所有人。姑娘们总是在说，甜食是装在另一个胃里的，不仅仅因为甜味很难带来充实感，更重要的是她们喜好。

出于这种启发，我突然觉得我们用来投身爱情的是另一条生命，与平日作息的生命如此不同：它更加感性，不冷静，晕晕乎乎，它中毒，它本身就是一种病，它是比我们真实年龄小上五岁的另一个我们。受这条崭新的我从未见过的生命支配，我长时间无法正确思考，我的身体机能运作靠的是惯性而不是我赋予它们运作的命令，这被架空的新国王直到终于坐在主人家餐桌上时才稍稍回过神来。

莹莹的父母坐在对面，把一只鸡身上最好的部分展示给我们，他们满脸堆笑，毫不在意我这奇怪的家伙有没有礼貌地回应。看我们不动筷子，莹莹的妈妈站起来熟练地撕下那只炖鸡的两只腿，分别放在我和豆干碗里。她的手刚刚才从厨房抽回来，正带着各种饭菜的温度，它们的来源正是在她身后一道门里令人心动的火苗，慢慢把还没端上来的一锅汤温到与主人一样热情。

莹莹和豆干坐在一起，每当我抬起头对她发福的爸爸回以笑意，就总能在余光里看见她正往豆干碗里夹菜。我觉得她有时会看过来，就像不经意看其他人一样，然后开始忙活着把菜汤泡饭一口一口喂给豆干吃。

太太立刻说："让她自己来。"

但莹莹坚持要动手喂她，豆干就大胆地违逆了妈妈不怎么认真的命令，虽然吃头两口时眼神还下意识地往太太身上瞅，太太已经在忙着招架莹莹爸爸端起来的酒杯了。豆干就在我左边，莹莹侧坐过来面冲我，举起的勺子递到豆干嘴边，然后我看到了她瞄过来的眼神，一怔，豆干顺着她的眼神回过头来看我。我仍然用那套做客之道，回笑，但她迅速低下头去准备第二勺菜汤泡饭去了，据我所知在这之后她再也没有正眼看过我一次。

我猜她可能被我这半人半树的怪模样吓到了，她好奇又不敢声张。饭桌左右分成两场，太太与莹莹父母的热闹往来在右边，三个孩子沉默又好奇的半场在左，我们在丝瓜藤的一片阴凉里颜面斑驳，春天的饭菜很奇怪，总带有暖洋洋的感觉，与心事重重的人们截然不同。

我心里焦急的事情比眼中看到的厨房门里忽隐忽现的火苗更加热切不安。

按照挂历上的红字度量，明天就是谷雨，萍始生，鸣鸠拂其羽，戴胜降于桑。今天的好消息是，莹莹来找豆干玩。

"逃出来的。"她说。

"嗯，暂时不告诉你妈妈。"太太知道，这两天开始农忙了，莹莹呆在家里一定会被拉去干活，这段时间村里见不到玩耍的小孩们。

很快我就听到楼下两个欢笑的声音，一个是只有在周末才会出现的来自我们家小姑娘的又尖又细的笑声，另一个是今天的客人带有石榴味道的准确欢乐，它们交杂在一起交流着女孩们不分年龄的秘密。然后我听见倾倒那只木制玩具箱的声音，塑料和软胶碰撞地板，快乐来自对秩序的推倒破坏，小姑娘暂时将是魔王。

我不确定自己听见的喃喃私语确实是她们的悄悄话传到屋顶上来了，还是自己强烈的意识在起作用，为一只娃娃换装打扮这件事，女孩们依然有天然的默契存在，无法理解，实在无法理解。两个声音转到后院去，太太的说话声加了进来，她们在叶片和难以发觉的虫子之间钻来钻去，我差点就要冒着掉下去的危险走到房檐一看究竟了。

我一直这么盘算着。应该下去打个招呼，然后我们就认识了，等我们的关系再熟一点，我就可以厚着脸皮请她帮个小忙。我悄悄爬下房顶，钻回自己的阁楼，想着有什么自然而然的机会降临，不失礼貌也不会尴尬。我的脸又开始发烧了。我对女孩们一无所知，我把二十年中的大部分光阴耗费在练琴、演出和与一个老家伙闹别扭上，直到今天我才突然发现自己可能错过了什么非常非常重要的东西。

我重新看了一下镜子里的自己，觉得老气横秋，试着笑一笑。两个姑娘已经悄无声息地上了楼，她们看见一个身上长着棵树、独自闷在房间里不声不响的人正对着镜子傻笑，她们觉得这人怪极了，她们难以理解，实在难以理解。豆干前天在电视里学会了打响舌，这种痞里痞气的招呼方式让太太异常烦躁，我突然转过身来看到她们，脸红透了。

"嘿。"莹莹冲我打招呼。

"……你好。"我说。这就算是真正意义上互相认识的开始，我们彼此心知肚明，于是她大方地走进我的领地，四处欣赏着那间小阁楼。这就意味着我不必再使劲跟对方客气了，她并没有想象中那么难以相谈。有人告诉我所有姑娘都没有想象中那么棘手。

"啊，"她突然叫道，"你还过着原始人的生活吗？"她看着那些布满整个墙面的涂鸦画，我立刻懂她的意思了。

"真正的原始人在你身后。"我告诉她那些画来自我们家豆干。她伸手把豆干牵到身前来，半搂着她，仿佛那是早已熟知多年的妹妹。

她又跑去看我的书架，看到一只静立的犀牛，一盒不知道为什么藏在了背包里神不知鬼不觉随我偷渡而来的松香，用旧的已经不再亮晶晶的钥匙链，零星几本书很久没有翻动，灰尘就趁机创造了荒凉的小世界。

"该打扫了！"她有点责备的感觉，很认真地看着我说。

"是啊。"我笑着说，"是啊，改天做个大扫除。"

但她转身飞快地下楼去了，没有任何征兆，没有做出必要的说明，甚至忘了把她亲密得不能再亲密的妹妹豆干带走。我们都还没弄明白怎么回事，就听见她又咚咚咚地上楼，一只手拎着扫帚，另一只手攥着抹布。

"都出去，十分钟就好。"她宣布。

太太知道就该骂我了，让客人动手是非常不礼貌的事。但我有点犹豫。欠她人情，就有还的借口，还是为了索要更多，这种事情我们天生就明白。她老练地清扫了房间的每一处角落，包括桌底下床底下只有蜘蛛肯光顾的地方，结上一张徒劳的网，在等待中老去，大部分人也不比它聪明到哪儿去。

就如同下水道先生在漆黑一片的地下也能感知外面世界的寒暑，垃圾是比胶片还忠诚的生活反映，人们的隐私细节藏在里面，以至于有些刑侦工作从垃圾入手能获得出乎意料的进展。我看到我的指甲从床底被清理出来，突然意识到，这些不停生长着的角质是在反映我与过去生活分别的时间。在以往每天练琴的日子里，我会用小锉刀反反复复打磨食指指甲，它总是长得最快，它们连被剪下的机会都没有。莹莹做好了每一件事，把所有东西挪动到不碍事的地方，又把它们依原样归位，这是种看似简单实则只有很少人能掌握的独特本领。她仰起脸说："山洞又干净了，原始人先生！"

原始人先生就进去检阅，小原始人也一样，我们遥远的祖先在我们身上重演。他们看到了新洞穴里的新玩意，仿佛每一样都是丢进了塑膜里重新灌注的复制品，连小桌子上的一块木结都一模一样，一棵树的积郁之美。我眼睛骨碌打转，最后决定明天请姑娘们上街吃饭，对她们来说"上街"比"吃饭"重要，对我来说相反，因为吃饭时可以谈些事情。

"我明天……"刚开了个头，我看见莹莹的脑袋在楼梯口一晃下去了，真希望太太别看见她一头汗的样子，但事情总是不如愿的。一番劳累之后很快我们四个就一起爬上了屋顶，加修之后结实的屋顶，横跨主脊摆了张小桌子让它刚好保持水平，人们或躺或卧，想晒太阳的就远离我。我得到了预期的东西，太太罚我明天上街给客人买菜，而客人今晚要住下，谷雨当日我们似乎种下了什么种子，且待它发芽来看。


我很久没上街了，一切都很新鲜。

姜。蒜苗。桂鱼。番茄和青椒。豆干在莹莹干预下新梳的小辫子。两个姑娘和一棵树的逛街组合。

我已经拎着鱼和其他零碎晃悠了一路，两个姑娘还要兴致勃勃地去挑地摊上最便宜的小饰品，亮晶晶的玻璃和金属片不仅对乌鸦有致命的吸引力。她们蹲下去用女人们天生的本领跟卖家还价，但卖家也是个女孩，看起来也不大，棋逢对手时东西本身有多么廉价就不再重要了。

买卖打的是心理战，我妈妈就是个生意人，她总在说："卖东西的总比买东西的考虑得多。"所以当她要去买东西，一双袜子，都将成为对方的噩梦。还好姑娘们并没有坚持很久，豆干把新得到的手链缠在小胳膊上，得打两圈才不至于掉下来，她太瘦了。

我们每经过一家服装店，她们欢快地跳进去，我就要停车等她们，露出着急下班的司机常见的表情。她们从一扇窗跳到另一扇窗，就像夜间美术馆的画和它们无人知晓的秘密。除了服装，她们还会热衷于糖炒栗子和爆米花，她们把栗子壳剥了一地。"哪有那么多讲究！"莹莹说。但她们随后还是会把栗子壳攒起来，每遇到一只垃圾桶就扔一把，一直到豆干喊起来："我吃饱了！"

终于走出了市场，两位姑娘又对路边的公告栏起了兴致。大多房屋租售广告已经被撕掉了，如今上面贴着一大段密密麻麻的小字。说起来很奇怪，有时候人们对物品的某次印象将会携带终生，比如小时候看《西游记》有一集妖怪用席子把猪八戒卷成个筒困住，从此我就总觉得卷起来放在门后的席子带有妖气。后来有天我在姥爷家他的房间里看《封神榜》的电视剧，所有人都离开了，下午的天色不好，我一个人和小电视坐在一起，再也无法把注意力放在电视剧上了，因为姥爷的门后放着一只卷好的宽苇席，那个黄昏借着小电视机的光亮我必须与自己的恐惧独处。而看公告时我总有种心虚的感觉，这种吉凶未卜的忐忑可能是打初中时的分班公告、成绩公告中来的，大段的公开文字是另一种需要谨慎的可能。

那只是个故事，叫做《原来不只我一个人有肚脐》。

一个小男孩在镜子里发现自己肚子上有个洞，他非常害怕，一直不敢把这件事说出来。他从不到公共浴池洗澡，也从不敢下水游泳，自从知道自己的身体缺陷以来他就愈发孤僻，用衣服把肚子遮严，甚至尝试过到河边挖泥巴糊在肚子上。一个人在家时他才敢把衣服脱掉，鼓起勇气站到镜子前，长久地盯着镜子里自己肚子上的洞，用手指抚摸它，眼睛为它苦恼。直到小学快要毕业，有一天同桌的女生不经意间把肚子露了出来，他看到她的腹部也有一个凹陷，肚皮像褶皱的包子，他惊呆了。第二天他给女生写信吐露了自己的隐私，他觉得女生可以理解自己、信任自己，他说看到了女生腹部的洞，并提醒她注意隐藏。"我觉得我喜欢你，我们是同类吧。"他说。女生很快直白地告诉他，这是肚脐，她特意问过自己爸爸，这世界上没有肚脐的人可能有，但有肚脐的人才是大多数。"不过这并不妨碍喜欢，我爸爸这么说的，他说谢谢你喜欢他女儿，但你要再敢乱看，他就把你耳朵拧下来。"

我们认真地读完了这个故事，然后我才发现时间已经很晚了，要赶不上回家做饭了。

"快走，老板娘要等急了！"我是这么在别人面前称呼房东太太的。一路小跑着我才想起来，这样的故事似乎在哪见过，但绝不是读过。这就像有些曲子不熟悉，但一听就是维瓦尔第，另一些一听就是巴赫一样。

太太已经着急地在家门口等我们了，她责备地看了我们一遍，把装鱼的大袋子接在手里，又把手里的白信封递给我。

"刚来的信。"她说。

我忙不迭打开，刚才读完的那个故事又在手中重现了。


午饭后莹莹一直跟豆干待在一起，她搂着豆干看电视剧，像搂个娃娃。太太两点的时候出去了，我一个人在房顶踱步，想着怎么把话说出口。这个世界的困境总有那么两种，无法理解和无法说出。我就着风势下楼，杉树叶子吹乱了，掉得满楼梯都是，楼廊里的一盏吊灯在我经过后危险地摇晃起来。我不再对它们小心了，我觉得很抱歉，打扰你们为屏幕里的劣质爱情伤心。

"上面风太大。"

"嗯，一起看电视吧。"莹莹红着眼圈说。

我摇摇晃晃坐进沙发，男主角开始在雨里飞奔，她们就跟着他踩出的水花一顿一顿地哭，莹莹搂着豆干，豆干搂着小靠枕，她们觉得要是屏幕里的人能互相知道对方心意就好了，就像她俩已经知道他们间的全部恩怨纠葛。

天色很快阴沉下来，我看见一些雨点从没关上的后院门外落进来。"下雨了。"我说。

她们没空搭理我。我站起来去把门关好，雨点就落在门玻璃上。

"莹莹，求你件事儿。"我说。

她转过头来，正用纸巾擦着眼角，像感冒一样抽鼻子。

"能不能帮我送封信？"

"啊。"她嗓子也有点哑。反应也随情绪变迟钝了。"啊？"

"送封信，拜托了。"我重复。

"什么信？给谁？"

"咱们第一次见面时，你身旁的那个女孩。"我感觉自己的声音都发颤了，她是什么表情我说不出来，不知道她理解了没有，不知道她心里怎么想。而且豆干也在场。

"等等……"她把豆干从怀里放出去，半个身子朝我扭过来，还在不停抽鼻子，"她怎么了？"

"她叫什么？"

她皱了皱眉，又眯起眼，为了让更多眼泪流出来，好像她不瞅着电视机也能知道，男主角伤心地把自己养的植物全扔掉了，第二天早上又一株一株从楼下垃圾箱里捡回来，想把花盆碎瓷片拼好。

末了她抹干眼泪说："小依吗？好，我帮你送。"

"那个大名呢……"

"陈依。"

说完她又专心地看起电视，这次改成和豆干互相倚着，沉默着，直到女主角被所有人骗了，也伤心得痛苦欲绝。她们就不出声看，不出声哭，雨越下越大，我非常非常小心地站起来，尽量不打扰她们，逃回楼上去。

我看到莹莹迅速地瞄了我一眼。楼廊很黑，我在楼梯第一阶上绊了一下直接趴倒了，吊灯吱呀地晃起来，我磕到了小腿不过无所谓。心慌的雨越来越大，不知道太太出门带伞了没有。这么再上楼去，我要对付的是怎么一个阴沉压抑的下午啊。

我睡着大概没一会，门被敲响了，黑咕隆咚的莹莹站在门缝裂开的狭长光亮里。她木木地说："你要是写好，打电话给我，我会再来的。再见。"

说完她把门轻轻关上，房间又回复到那片黏稠的黑暗里，今天下午被所有人的烦乱增加的宇宙里一个新希格斯场，床被黏住了，书架被黏住了，我和杉树被黏住了，总有什么在阻止我做决定的事。我终于还是费劲跳起来，跑过去打开门，冲下楼梯。

豆干正在挽留着客人，我连忙喊道："别走，天还下着雨呢！"

"下次还去我家玩。"莹莹对豆干说，没有搭理我。

"一会儿老板娘回来再说，不然她会生气的。"

她突然变得很气愤，大声质问我："就因为她会生气？！"

"不是，"我挥舞两只手，"至少你为我考虑一下……"

我觉得自己还是别说没水平的话了，她已经夺门而出，什么也不顾地钻进大雨里，头发瞬间湿透了。豆干站在门前跳脚，我低着头想出去，从门框里把我的树弄出来。她在雨里头撞见个穿雨衣的人，二话不说张开雨衣把她罩在了里面，她也不反抗，就势在那人怀里大哭起来。我和豆干都觉得奇怪，直到穿雨衣的人走过来露出脸，一家之主回来了。这感觉就像刚才那个劣质的爱情电视剧。

第二天放晴，我们送走莹莹之前太太几乎一句话也没对我说。但我觉得自己除了有点不礼貌，也没欺负她，我基本上没做错什么事。即便这样走之前她还又哭了，怎么劝都没用。我们对她的关心，昨天下的雨，今天出的太阳，回家后要做的农活，泥里浮现的蚯蚓和蜗牛，全都成了她的催泪剂，她得把自己想象成世界上最弱小的人，为一切伤心。

"真不是我。"我得辩解一下，砸坏玻璃的另有其人，"是那电视剧，她看了电视剧后就成这样了。"

太太看看我，觉得我也没这大能耐，就让我们统统回屋去。客人走了我们就得叮叮咣咣重新过日子，一生都是这样。日子悠长平静，波澜不惊。爱情是突然闯进来的老虎，它要捕猎你，逃不掉。它是个美丽、不幸、危险的大麻烦，你不能对抗它，只能跟它共处。你跟它熟了它会显得温顺，但它永远永远都不会忘记自己的野性。

我就是这样在信里写的。

可之后我就停下，我得想，拼命想，怎么才能真切地表达，怎么才能打动她。我想用一切，音乐、诗词、生命、宇宙。很快我就写不下去了，因为要装的东西太多，我不知道怎么办才好，爱还是淀粉，越多越稠，慢慢就流不动了。

我刚写了一点就觉得脑袋发热，栽倒在床上开始想她，她怎么出现在墓碑另一侧，怎么向我跑过来，怎么从田地里跳上来，怎么和我对视。她的发卡在我桌子上，弯腰起身把它抓在手里，贴在脸上焐热，仿佛那就是她。我简直不知道该怎么办。

豆干奉命叫我下楼吃饭，我心不在焉地下楼吃饭又刷碗，完全不知道自己在干什么。我突然明白了这只老虎给予我们的另一种能力，永远置身事外，无论周围发生了什么都可以不闻不问，我们专注、热情，因为它既危险又迷人。

一直到傍晚过后我在楼上点起灯来，想要写的东西才会重新出现。因为我看到了世界上最美丽的东西，或许没有她美，雨后第一个晴夜永远是仰望星星最好的时候。我要把我看到的一切写下来，好让她通过只言片语模拟出相同的感受，如果她能认同这感受，我就有机会把剩下的一切都讲出来，慢慢讲，用上我剩下的全部生命和时光对她讲。

旋转如陀螺风车制造了欢乐，旋转同样制造艺术审美的一种，负责生命和生命的神秘。我认识一位摄影师愿意从人们头顶俯瞰下去，观察一对互相拥抱或亲吻的人从腰部往上，肩、颈、脑袋因热切而自然扭动，互相咬合的阴阳鱼，这也是一种旋转之美。巨大的旋转着的本星际云，切斯特顿在偶然间想象道"比世界还大"，我们局限的认知、我们所处的天地全在其中因此我们毫无觉察。

那颗亮星在我们头顶，光彩夺目，它正是伴随我们一同在茫茫宇宙中旋转的小岛，它忙不迭释放光芒，比太阳更伟大的力量制造了光芒能够穿越无限宇宙的能力，巨大的能量却只用在最微小的目的上：仁慈地沐浴我们的田野里一棵麦子的成长。这颗星就是大角，我们的视天球在接下来几个月内都要由它统治。它就是这个世界的美，我想把它呈现给你。

署名用杉树，我要等她要求：告诉我你的名字。而且她立刻就会想到与我的两次会面。在雾气弥漫的清晨她的迟疑神情和麦田里一种沉默的佝偻蜷坐，她的眼神最开始只是善意和默契，现在会变成渴望，变成爱，变成仰望星空时虹膜上的一颗光斑，4.22 光年，上百亿光年。

但我实在不好意思立刻就给莹莹打电话。她上午才刚走，伤心地踩着乡道上的小水洼，用没人知道的伤心的眼睛看田野里的麦，发现一只逃走的田蛙。我下午晃晃悠悠去邮局买了许多大信封，却一张邮票也没买，把写好的信装进去封起来。没有火漆，我知道它实际上是彩色松香，我从小就跟松香打交道，自制的时候反复熬煮能让擦出的粉细腻均匀，琴弓的声音实际上就是松香的声音。甚至也没有糨糊，我用了胶水，她打开信封时伴随着一股化学胶味，简直让我的爱情都廉价起来。

　　然后我又等了一天，辗转反侧，坐卧不宁，从一睁眼开始就后悔过早地把信封了口，我没办法再改一改，再添油加醋一番，难以抒怀。第三天我实在等不了了，太太字迹整齐的通讯录被飞速翻开，我得到了想要的那串号码，一只手按在电话听筒上。我希望间隔的一天时间足够莹莹从自己莫名其妙的悲伤里走出来，否则就不好意思麻烦她。我把听筒摘下来逐个按号码，这种紧张由来已久，打错电话的尴尬在其次，重要的是自己苦心酝酿好的东西会三鼓而竭。一阵敲门声传来，豆干比我还着急地从身后钻过去，她跳起来把门打开，莹莹站在外面。她一把抱起豆干走进来，看到我立刻就明白了心思，我迅速地挂掉电话，完全不清楚打通了没有，不管了。

　　"你还好吧？"我问她。

　　"挺好。"她微笑一下。这么一来我就放心了，请她就座，我得给客人端杯茶殷勤一下。

　　她斜着眼瞅我，问："写好了？"

　　"是！"我把信封从口袋里抽出来，恭恭敬敬地递上去，"就拜托莹莹大人了！"

　　"干嘛说得这么阴阳怪气的！"

　　"……您喝茶，您喝茶。"

她坐在沙发上喝茶，我就坐在豆干平时的专用小马扎上，在茶几对面看着她，举着茶壶等着给她续上。她看见我这巴结样，扑哧一声笑出来，茶水差点洒身上。我也乐，她心情好，我的事儿就有戏。

　　"能不能告诉我点她的事？"

　　"谁啊？"她装糊涂。

　　"就她，小依。"

　　"哟，这么快就'小依'了。"

　　"陈依陈依，稍微说一说她。"

　　"她是我小学同桌。"

　　"……这就没了？"

　　"好多男生都喜欢她啊。"

　　"那……她有男朋友吗？"

　　"没吧。我猜。"

　　"别猜啊，你们不是关系很好吗？"我着急。

　　"那等我问问她，下次来再告诉你。"

　　一杯茶没喝完她就要走。

　　"买东西顺带来瞧你写好没，下次有空再做客。"她说。

　　我得倍加煎熬地等她带回信给我，这才是爱情地狱的开始，以前的一切根本不算什么。我目送莹莹走远，回头一看豆干正盯着我。

　　"伸手。"她说。

　　她往我手里放了什么东西，一溜烟跑回房子里去。小姑娘上次就给了我个惊喜，这回又是什么？我把手摊开一看，一小块切得很整齐的巧克力。好嘛，爱的巧克力，贴心、切实。拿到嘴里咬了一下，然后我就吐了出来，把剩下的扔在花池里。

是块爱的橡皮泥，这下她窃笑着逃跑就有合适的理由了。窗帘突然打开，豆干正在窗户里笑，我做个鬼脸吓唬她，然后顺着门前的梯子向上爬，把梯子踩得吱嘎响，爬上屋顶的时候一片云刚好遮住太阳。

我在街上见到她是在莹莹把信带走两天之后。她正挽着一个妇人的胳膊，应和着对方的步速慢慢向前走，好像一支赋格曲。她们从卤煮店出来，买了几根香肠提在透明袋子里，她们的手里已经有了一颗小圆白菜。

我看到她们马上就变了模样，一想到我给她写的信，就不知道该走该逃，不知道该做什么。但在大街上我绝对是最显眼的一个，两个人很快就发现了我，她大方地朝我挥手。我当即站住了，倒吸了一口凉气。杉树枝的一串颤抖，这是我想隐藏自己巨大喜悦产生的反应，还她一个挥手招呼，随之几根杉树叶子落在脸上，赶紧一把抹去。

她旁边的妇人发觉了，低头问了句什么，我能猜出来她问的是："你们认识？"那她会怎么回答呢？"一个朋友"还是"见过一面"，或者"也谈不上认识"？她们俩简短地问答，然后她身边的妇人不再看我，正视前方像庄重地走着红毯。她笑着跟我点头，把我笑到脸红，我紧紧盯着她薄而细的上唇，那里有个因略微上翘而形成的小巧阴影，给人的感觉是软甜而羞涩的。

我呆立着注视她们从路对面走过再也看不见，然后大口喘气，深呼吸，感觉全身上下充满了莫名的力量，能在大海里游上两个来回，然后玩了命的呼气吸气，爱有了与哮喘病的相似症状。她令我缺氧，我就会变笨，这顺理成章。

我开始觉得世界对我的偏爱绝不仅仅在于，在音乐上赋予我渴望的同时赋予了我能力，还在爱情上给我渴望和希望，世界是用来爱和赞美的。我把冰凉的手捂在滚烫的脸上，右手中指无意间发现了额头上的动脉，每条动脉都是埋藏于荒岛、密林和海底的宝藏，我可以阅读自己的心跳——一个生命的象征，然后明确地知道我为何降生于这美丽的世界。我想唱歌，但不会，我只会拉小提琴但还立誓不再演奏。

所以我要求豆干给我唱支歌。"什么都行。"

她从我一进门就发现了我的秘密，也因为我不再隐藏它，任由它让我散发一种腌制过的味道。我无比喜悦地把手按在豆干脸上，她惊叫一声躲开。

"很凉！"

"你唱个歌。"我非要让她唱。

"唱什么啊，你自己不会唱吗？"

"我真不会！唱个你最喜欢的吧。"

"慢着，有人敲门。"她说。

我竖起耳朵听。"没有啊？"

刚说完敲门声就响起来，豆干飞也似的跑去开门，等她从门廊里走出来时莹莹跟在后面。

快乐能把人变成红耳朵怪，我扑上去抱住她好让她也染上病毒，豆干又在叫喊，她的怪叫声把太太从后院招来了。太太看到莹莹一边呵斥我一边放弃躲闪，杉树从天花板刮过，房间里的复杂情绪被风雨飘摇的吊灯承担了，在它停止晃动之前我又跑过来把太太一把抱住。

"慢点儿！"她们说。因为太太手里正提着个泥花盆，在用小铲子刮着上面的土。

"怎么了孩子？"太太四处瞅着想捡个合适的地方把花盆放下。

"她跟我打招呼了！她又对我笑！"我喊着跳上沙发，任由两只脚把沙发垫踩得乱七八糟。太太皱了眉，命令我下来，我也自觉有点过分。

我乖乖下来，跟她们讲今天我看见小依了。

"对了，她回信了吗？"我问莹莹。

莹莹白了我一眼，告诉我她不仅没回信，而且一句话也没有说。

"那她是怎么想的啊？"豆干问。

"怎么想的，怎么想的，她冲我挥手我就知道了，我……"

"你知道什么呀你！"莹莹嘴一撇，不置可否。

"她喜欢我，她喜欢我！我要继续给她写信，直到她回信为止！"我喊。

太太用袖头擦擦手，然后摸我额头。"你得冷静一点。"

但爱情如何冷静，她也忘了自己是如何从船上逃下来住在了这里，生下了豆干又碰见我这么个奇怪租客，她忘了前面的一切都是由爱的不冷静开始的。我不再跟她们讲，一路小跑上楼去，开始为我的下一封信苦恼，与语言进行难缠的交易。一个字都没写下，我想起一件事，又风风火火地冲回楼下，杉树嫩枝折断无数。

"莹莹！"我冲进客厅，三位姑娘正在喝茶，豆干是果汁，她们纷纷放下杯子。

"怎么？"

"告诉我她的事，比上次多说一些，求你了。"

"无可奉告。"

"我知道自己很失礼，对不起，请再跟我说说吧。"我就势在她身边席地而坐，从下往上看着她，她把头扭到另一边去。

"你一点儿也不了解她，还敢说爱她。"她这么斥责我，脸再次因一个拥抱的愤怒而赤红。我默认了她的所有指责，我为自己的唐突深感歉意，也是出于礼节，而且我更明白，她的故事就要开始。

有一首诗从见到第一行我就明白了它的妙处，是这样的："他的曾孙正在奋笔疾书。"

我们沿着那天清晨的路返回，在某个熟悉的蒙蒙雾气笼罩的公墓里我首先看到了太太丈夫的碑，显眼的标志是她留下的炸豆干。我沿着一位女孩留下的味道前行，像猎犬穿过墓碑，眼睛早已停在了目标上，我得到了一个以"陈"开头的名字。这里埋葬着她早逝的祖父，他们之间有个十年的断层，足以在所有人心中把祖父淡化成一个影子，她出世的喜悦使得这种遗忘加剧了。

这是一个她尚不懂得抱歉的年纪，她的出生没有伴随着啼哭，当接生婆把父亲推到床前，他看到的是一个无比安静正瞪大了眼睛看着他的奇妙小躯体，他屏住呼吸在那双眼睛中拼命找着血缘的金砂。四邻在小房间里拥攘，轮番传递着见到她的机会，在有些人的生命中这种殊荣只有出生、出嫁那么两次，而且今后她可能会变得惹人讨厌，所幸她没有。夏天很热，但屋子里的四叶吊扇不被允许打开，窗户关得很牢，娘俩都被裹得无比安全，毋宁说是邻居们的心情使屋里更加闷热。"她的头发可真好！"第一个邻居这么说。后边的邻居——都是女人，老的少的——也都这么说，这是她们共同献上的吉言夸赞。所有人，就连父亲也忘了至少该在这个时刻看一看墙上挂的祖父的照片。

六岁时她对抽屉里的一样东西产生了兴趣，一块方塑料板，暗旧的牙黄色，布满了均匀的方格凹坑，一个椭圆形的洞开在一侧。她本能地把手指伸进了那个洞里，拇指肚准确地找到了洞外天造地设的一块凸起，她按住那倾斜的小塑料块，觉得很舒服。但很快她就把莫名其妙的玩意放回了抽屉，压在一个同样来历不明的木柄小铲子上。此前和之后也不会有任何人告诉她祖父曾创作过厚厚一沓西洋画，它们分散于四处，在更多人的猜测里被搁置。

她后来简直无法想象自己是如何度过八岁以前的日子的，有段时间她跟母亲共穿同一个小抽屉里堆放的袜子，那些袜子不属于她而属于她们。她的脚很大，母亲的脚小，所以母女两双脚并不如想象中差距巨大。每次想到自己曾把那些古董花袜子套在自己脚上，后脚跟预留的位置总会被拉到脚踝后，她都恨不得把所有还记得自己鞋跟外那团鼓囊囊老花布的人的记忆统统抹消，她希望那些人们，她的父亲，她的同学们，经常来访的那些邻居统统都像那时的她一样审美尚未觉醒。这样她能为自己干净整洁的形象挽回一分。直到身体开始发育那年她才拥有了自己的一只抽屉，专门放自己挑选的袜子，每只都合脚，而且永远没有老酱油色的，永远不出现菱形格子。

她脱了精光，站在镜子前。无论怎么挪动，膝盖以下永远都有一小块夏天的阳光。她看到自己背后堆着各种各样的东西，去年的旧挂历被忘在了墙上，买回来第一天就断掉的呼啦圈缠了难看的胶布挂在门后，她甚至看到了堆积的大箱子最上面一只描绘了许多动物的游泳圈，小得只能容下五年前的自己。她觉得自己很轻盈，吸气，肚子很夸张地凹陷进去，让肋骨显得格外嶙峋，但是胸脯却不再像往常那么平坦。无论她怎么伸展，镜子里的她永远带着胸前两个别扭的突起，低下头去看时像两个带有细软容貌的小丘，像谷堆，动手把它们抻平，它们又弹回去。她抱起手臂安静地对着镜子注视了很久，突然窗外一声惊响，她飞快地从镜子前逃走，良久才裹好了衣服探头探脑向窗外望。那里没有人，父母没有回来，是两只盗食的麻雀触动了搪瓷盆。

田间劳动最辛苦的是保持弯腰的姿势。她手里捏着一枚小钢钉，挨个插进蒜苗的花茎然后把蒜薹抽出来，走到第二排的时候已经恨不得要趴在地上。她拧了拧腰，决定蹲着往前挪动，但那也是个容易疲劳的姿势。她带着怎么都不舒服的一大把蒜薹爬出来，把它们扔进小筐。筐里的每一根都完整光鲜，她扔进去的每一根都断在半截。然后她又埋身青绿色的田间，把凉鞋踩进泥里，蹬到了一块冰凉的东西，那是个瓷片，在田间显得危险又格格不入。她转身把它扔进远处一片晃荡的野草堆里。从那天开始她流出的汗仿佛也开始带有各种作物的味道。有时是豆苗，有时是麦，有时是一种特别辣的小辣椒，每次只敢吃一颗。

自行车一旦转动起来她就很难令它停下。唯一能做的就是，双手死死抓住车把，让它沿着崎岖的路面不断前进，直到遇见那个斜坡。下车也很笨拙，把脑袋摆到左边，她就能靠这一点多出来的重量连人带车往左边倒去，摔倒之前伸出左腿。脚踝一阵酸麻，她已经单脚站在地上了，车座比她高太多，但她总是不服输。

自行车是祖母在世时花的最后一笔钱。小学入学时祖母拦住其他人，坚持用自己的积蓄为她交上第一笔入学押金，这笔钱在毕业时是会被退还的。祖母一开始就安排好了用途，退还时买辆自行车，她一毕业就可以学着骑。在她看来这辆自行车早就买好被存在了学校里，不会损坏也不会折旧，就这么在尽头等了她六年，祖母生前最后的财富安全交到了她手中。可惜的是自行车并没有好好保存，等她后来终于想起它时发现它已经在初中二年级破损得不像样，不知被卖到哪里去了。

她长大得太快，以所有人都赶不上的速度。她健康得像一棒玉米，怡然自得地活在田间，这里的泥土是比清水还要干净的东西。她遇见自己的小学同桌，两人一张木桌子的年代里肩并肩三年的好伙伴。她们彼此认出了对方，惊叫着扑过去，期间没有任何联系的几年在她们之间仿佛不存在。但她们还是很快感觉到了对方的内在变化。

所有的女孩都是一样的，会用不可思议的亲密掩盖一切，她认为自己是真诚的，但关系还是微妙起来，似乎两个人再也不能彼此推心置腹。她重新与对方熟悉，重新建立起联系。女孩们孤独起来，不顾一切也要找一个搭档，有时候分散又重组的可能是，一个始终找不到新玩伴，另一个恰好又失去了。她们能够用惊人的速度重新找到共同语言，每天在一起欢笑，她们一起在田间走，田垄窄到不能允许她们牵着手时，就一前一后，一个调皮地踩在另一个的脚印里。

她们从春天的田地走上小路，我看见我正坐在太太的三轮车里，和一颗颤抖的心一起重新遇见了她们。


坐在阁楼里的小情圣告诉她，我爱她，我懂她。几乎是从上个世纪开始我每天都沉浸在古老的作曲家的情感里，为的就是有一天从清明节的公墓明白这个世界的一切。这个世界不就是爱吗，无休止的爱，各种各样的爱，和因为爱而产生的别的事物。

"奇怪的是，每当我在夜晚想起你，我就能特别准确地听到远处的火车声。但下雨时总听不到，火车是不是就像窗外的麻雀、灰喜鹊，在雨夜会藏进树叶里一声不吭？"

我不忘提到在街头与她相遇，并恰如其分地赞扬她的亲人。我真实的想法是：第一眼见到对方家人，那种异样不亚于面对玫瑰花圃外面的一圈荆条。有些时候征服荆条使它们张开怀抱比采摘玫瑰本身更为重要。我几乎是央求着莹莹，要让她珍重那张纸，因为一整个夜晚我在其中的专注使它变得不再只是一张纸了。

一个星期过去后我再在客厅见到她，一声不响看着她，她知道我迫切地想问一个问题，可就是故意不说。我终于认输了，明明白白问起小依的事，她告诉我："她什么也没说。"

我对这个回答非常不满意。我本来指望的是莹莹可以带来一个态度，哪怕是靠她自己猜出来的态度，也比不清不楚的一个如实描述好。

"依你看，她的心情如何啊？"我问。

"我怎么知道！"她冷冷地回答。

我怕再多嘴又会惹她生气，不说话了。我拼命回想着那次在街头见面时她的笑容，努力把结果往好的那方面猜，可是我越想回忆清楚，那短暂的快乐就越像是个自我欺骗的梦。杉树叶子不安地抖动，一种久违的疼痛感重现了。

我躺在床上，它则像从窗外伸进来的一只爪子死死握住我，越来越紧，越来越深，可它是我的梦想，所有的梦想都必须狠狠勒进骨肉里，榨柠檬一样攥出血。我真的很想哭，我在回想曾经在剧院演出的日子，紧接着是一根断弦，火车穿越大海，我胸口长出杉树的那天所照的那面镜子，我尚未按响门铃、太太还没能打开的那扇枣红色的门。还有我深爱的姑娘，一刻也无法忘记。这棵树要是继续这样长下去，今夜我就会窒息，再也无法一边摩挲着它一边想象它将来能发出的声音，无法自由自在地爱，无法再为那个姑娘苦恼。


　　不久几个朋友又来聚会了。

　　我们喝着一种半发酵茶，吃光了太太拿出来待客的小酥饼，讨论的内容是尖嘴猴子近来的作品。他每写完就打印五份，发给我们每个人并在市场东口的公告栏上贴一份。

　　时至今日我也依然惊奇，既对尖嘴猴子的创作能量感到诧异，又为一句话就能抹消或创造的未来而咋舌。我突然想起那个在我看完我爸爸演出的晚上，妈妈告诉他我能听懂他的曲子，因此他给我买了一把小提琴。我也有个直觉。我觉得尖嘴猴子一定能成为出类拔萃的文本创造者，无论被冠以什么堂而皇之的称号，一定有一个这样的未来等着他。

　　一番赞扬的轰炸让他沉默不语，他双眉紧皱不知在思考着什么，眼镜说这就是得了便宜还卖乖。他伸手狠狠擤了一下鼻子，然后非常郑重地说：

　　"我把这些故事贴出来给更多人看就是为了打出知名度，之后我想开一个小剧院，把一些好故事演出来。"

　　消防员就这么原地跳了起来，差点从房顶上摔下去。妞妞也高兴地拍手，说她也想表演。眼镜摇头晃脑，最后勉强表示，"这事儿听上去还算有点意思。"

"找好场地了吗？"我问尖嘴猴子。

"还在找，不过我想开始可能简陋一点，在广场上搭个简易平台就能演，还能随时拉走。如果大家觉得可行，明天我就试着写一写剧本。"

"支持，我要演！"消防员显得非常激动，把自己的帽子都碰歪了。他说奶奶是个裁缝，可以帮忙做演出服。剩下的大家也纷纷支持，好在我们中几乎没有害羞的人，除了眼镜同学。"我，我做幕后吧？"他挠腮帮，腮帮上有个小痘。

消防员告诉他，一直做幕后很快就会心痒的。大部分幕后工作人员都心思活络。

一通茶水之后我得到机会对大家讲了自己的事。

妞妞煞有介事地站起来帮我拨弄头发，一边说："怪不得你最近精神了，爱情是能滋养人的啊！"

她才几岁，懂什么爱情。不，也许爱情不论年龄，有的人天生就比我懂。

我还说了自己写的情书始终没有得到对方的有效回应。这似乎难倒了众人。我们几个男人去猜姑娘的心思，花上一辈子也猜不出来。而唯一的女孩就只有顺势坐在我怀里的这小机灵鬼，她的头发比上次见时又长了，不再是那个短头发的假小子了。

"唔，可能那个姐姐比较害羞吧？"

几个男孩想了想，不置可否。

"那，那……我不知道……"小姑娘也放弃了，"反正要是有人跟我说爱上了我，我就要亲眼看看他，看是个什么样的人，然后再告诉他我是否喜欢他。"

"妞妞说得对，也可能是你只顾着写情书，却没有让她了解你认识你，她也就谈不上答应或者回绝。"

消防员的回答得到了我们的肯定，可是我该怎么出现在她身边，怎么表现自己呢？我连她住在哪儿都不知道。或许我还得继续求着莹莹带我去见一见她。

"不过这种解释是我们假设的。我的老师曾经说，要在舞台上塑造人物，得让人物的行为可信。假如人物很古怪，就得想方设法自己作出解释，一切都要以使观众信服为基础，否则人们会觉得你演得不真。如果把我们帮她做的解释拿掉，就还有一种可能——这里边有不懂得怎么设计的新演员露了马脚。"消防员一口气说完，我却要花上时间消化。尖嘴猴子马上表示赞同，他说演戏中塑造人物与写作中塑造人物是相同的，老师的这番话他要带回去写到小本上。


近来我一直在思考着各种假设，每种都能勉强成立，却不知真相到底如何。

某天吃晚饭时豆干突然对我和房东太太说："莹莹姐姐每次来都会不高兴，她跟我玩也不开心，却还非要跑来玩。"

我想了想好像确实如此，她几乎没有一次是开心着离开的。我发现太太在这之后一直看着我，她像知道些什么，我不好意思问。莹莹的事，说一句冷冰冰的实话——跟我没太大关系，我只想哄着她能给我传个情书就行了。在这些事情上我总觉得愧疚，却又无力改变，我将永远是个怀有私心的势利眼，也许太太看我的意思正是在谴责。

第二天豆干不上学，太太一大早出门没有带上她，我早上起来看见她正抱着稀饭碗独享两份煎蛋。她看见我进餐厅，把另一个盘子推过来，里面是第三份冷掉的煎蛋。

"你吃了吧，我不饿。"

"不客气了。"她毫不推辞地把煎蛋夹进自己碗里。

"今天咱们出去玩吧？"

"唔？"

"就咱们俩，去找莹莹姐，到她家去。"

"为什么找她，她见了你就会生气，莫名其妙。"

"为了让她以后不生气啊，你得帮我说说好话。"

"她不一定在家。"

"现在打个电话问问。"我说。

豆干就跳下椅子跑出去，不一会就回来了。

"莹莹姐姐说，我们要是去的话，她就不出门了。"

豆干软软地捏住我的小指和无名指，嘴里吧嗒吧嗒嚼着最后一口煎蛋，突然停下来站定。我猜她可能是忘了什么东西。她果然跑回客厅搬来了小凳子，爬上大柜子，小手在最上层翻找着，等她跳下来时已经拿到了一把亮闪闪的钥匙。中间那只抽屉上的锁应声而落，拉开时我看到了满满一抽屉糖果，花红柳绿的糖纸就是为了在这一刻照亮我们俩的脸。

小姑娘冷静地面对着一抽屉糖，挑了两颗，一颗塞进嘴里，另一颗给我，然后抽屉又安然锁上，神秘的钥匙回到了本来被藏匿的地方。时间给我们的恩惠就是每天一颗糖果，绝不是一股脑倒出来给你。小姑娘冥冥中懂得一种生活的保泰持盈之道，因而我猜测她那尚未到来的青春将会更加持久，她的美丽不会像有些姑娘那样急剧衰变。至于这个家里什么时候有这些糖果的，它们又是怎么被藏起来的，我一概不知，只有真正的主人才知道。


豆干永远都在我那杉树的影子里晃着，书包变成了暗黄色，用来扎小辫子的装饰小球一个更加绿，一个粉色不再鲜亮。我转了个身把影子抛在身后，她就跟着徒劳地原地转半圈，而今年夏天第一束阳光终于映红了我的眼皮。这无常的君王，每当我看它，它就变得严厉。我想起艾萨克·牛顿在1666年那个遥远的晴天举起三棱镜，告诉我们这光怪陆离的世界之所以美的原因。

我和豆干走在路上，因为她那种躲藏阳光的游戏，我们是一个大影子，时而会分裂又重组。她很快就执著于玩更有趣的游戏了。地上的我们是经过一串数学公式的恒等变换而忠实可靠的反应，但另一个豆干把手指伸向另一个我，无限接近却始终没有戳到，地上的我们却迫不及待地粘住了。

我依然记得自己小时候第一次注意到影子会产生黏连时的恐惧，我站在灯光昏暗的小广场上一遍又一遍让自己的影子和电线杆连在一起，世界开始不可信，这永远跟着我的可怖的玩意只在灯光下出现，我却完全失去了走进黑暗——回家的必经之途——的勇气。

自小我就可以不借助痒痒挠摸到后背上任何一块蚊子光顾过的地方，而恐惧感好像发自后背上一块我总也挠不到的地方。借此我也得知，好奇是永远都能战胜恐惧的。豆干显然比我大胆得多，或者早有人给她讲了这个原理，或者勇气来自灿烂的阳光，她兴趣盎然地戳我的胳膊，然后地上的我俩消失在铁路桥的一片更广阔的影子里。

仍是我见到过的那片麦子，曾经先后跳出两个姑娘，它们用安静悄然的方式成长，无人察觉。豆干不再玩影子游戏了，她跟我说起班上的男孩。这个题材令我惊讶，她自觉需要做出一点解释，于是说："我不喜欢他们，他们太吵闹。"我告诉他他们的吵闹如寒蝉，小姑娘长大一些仍然可以肆意吵闹，男孩们则是往沉默上靠近。总有些年纪我们会以能够哗众取宠为荣的。

在我八岁或者九岁那年的珠算课上永远有两种声音：算珠在盘上的来回敲打声，坐在第二排的一个男孩声嘶力竭地背诵珠算口诀的声音。这种不可理喻的狂热总有一天你会在足球篮球场上遇到，而这种释放情感方式的最好的回报就是——得到更多关注，特别是女孩们的关注。这两种声音持续了整整两个学期，男孩的吼叫式背诵甚至经常影响楼上班级，对此早已放弃干涉的数学老师装作不知情。

神奇的是，第二学期某天我们突然发现男孩没有来上课，第二排有一个空缺，于是这天珠算课口诀就消失了。第二天他依然没来，我的好奇心发作，突然就从最后一排发出吼声，响亮地背诵口诀，所有的男孩女孩都惊讶地看我，不知为何我就想把无形的大旗接过来扛一扛，好了解这被众人关注的滋味。数学老师惊恐万分，坚决制止了我，她已经忍受了将近一年，绝不能容忍第二个珠算课魔王的诞生。一个星期之后元魔王终于手缠纱布回来了，又坐回第二排那个空位上，发出响亮的口诀背诵声，以此显示自己的健康和活力。我们很快得知，能打断这坚决声音的大概只有上学路上的一次车祸，好在没有使它永远停止，反而在短暂的休息过后，使那个声音更加热情逼人。万幸我们的珠算课第二年终于从课程表上消失了。

就在晴朗的小路尽头将要出现莹莹家时，我们决定谁也不声张，悄悄溜进去看一看莹莹不为人知的样子。据说独处时的人总是另一幅面孔，谁也不知道，连自己也不知道。面对镜子时我们就不再独处。我甚至想如果在偷窥中看到别人变成意料之中的怪物，是否就心满意足了呢？但我怎么偷窥世界？

这件事并不难，她家院子敞开着，我们两人无声地穿过大门，门安静又乖巧。一只公鸡在院子里踱步，一声声咳着，永远像嗓子里有痰的酒鬼般令人难受。我们事先得知只有莹莹自己在家，所以这样的玩笑是开得的——沿着墙边缓缓接近那只敞开的窗户，那是莹莹的房间，她十有八九在里面。

杉树在身，我要潜伏非常不便，而且还要小心不能把树枝露出窗口。我觉得那窗口仿佛是露头换气的海豹，或者含羞草，或者别的什么一旦惊动就会溜之大吉的东西。走到足够近的地方我不得不转身用后背前进。我已经听到了纸张的翻动声，听到了主人正在窗子里面的秘密。豆干正跟在我身后，我绷紧了全身盯住她，她也一动不动趴在墙边盯着我，阳光把半个院子照透了，连只麻雀飞过的痕迹都没有。公鸡朝我们踱过来，保持着一定距离侧过身，用一边的眼睛瞪我俩。

我慢慢转动脖子往窗子里瞅，突然看到一双手就搁在窗口，瘦得骨节分明，静脉无声地爬动。我已和她熟悉，但从未认真观察过她的手，也从不知道她的右食指内侧生有硬茧，左手背向我，我猜那与她不相称的茧也同样藏在左手内侧，有着可以把纸张刮出声响的粗糙感。她的手指每动一下，相应的掌骨就从手背上凸显，看上去惨白而冰凉。不知是不是我自己那整日摩挲琴颈的手太大的缘故，我觉得她这双手不仅瘦，而且小得可怜，颤抖着畏缩着，小得毫无自信。

有人从偷窥中获得乐趣，有人获得机密，有人只为好奇。但毋庸置疑，偷窥中我们看到的是别人不想被知道的，这一定是灾难的开始。我留神想看清她手中的纸，随着阅读的前进，纸上一个奇怪的斑点从她的虎口露出来。那块稻草经过漫长的切割道，逃过了蒸球的高温熬煮，也没有被烧碱和液氯漂净，藏在雪白的纸浆里被烫干，切割装订、旅途颠簸，不久被一个忧伤的年轻人展开摊平，写下将要送给心上人的每一个灼人的词语。我认得这个纸斑，我也知道它背面写着什么，无需再偷窥。这个世界终于以这样的方式向我展示了它的狰狞面目，如果没有这次伏在窗外的偷窥，我何时才会知道，自己的第一封信被递信人扣了下来，有可能我的每一封信都被她私藏，从一开始我的心意就没被传递到美好的姑娘那边。

所以街头偶遇那次，她的笑容不包含笑容以外的任何意义。

我再也不用把自己绷在一扇窗下了。窗口蓦然升起的杉树枝，抖动着掉落着针叶，院子里的公鸡终于在我身后高声鸣叫起来。可用不着它提醒，窗中人已经抬起头来见到了那个逆光的树影。

她从惊吓中恢复得很快，一个更惊心的消息，她看到那张阴沉的脸，语言再次失去了功效。我把阳光挡在窗外，她像被逼近死角的小鼠一样迅速无征兆地哭起来，那封信随着手指卷曲着，第一滴眼泪落在那双骨瘦嶙峋的小手上时我就知道自己已经心软了。

我远远看着她哭，这天她就连哭都不敢发出太大声响，只有眼泪不住地流，滴在手上又染到信纸上。我突然发现自己已经不太记得第一封信写了些什么了。可能有"我"，是我自己，一定有"你"，是小依，但绝对没有"她"，可我们正在被她的眼泪慢慢浸湿，这张纸再也不能恢复平坦自然了。

豆干已经从房门冲了进去，那个扣留我的信的人把她揽在怀里，我仿佛就回到了那个播着电视剧的阴天里，女孩哭，我看着她哭。造物主是如何奇思妙想，设计了潺潺流水来表达绵绵不绝的伤感。

豆干对我说："连我都知道，莹莹姐姐爱你。"

她听了豆干的话，再次把她搂紧，用十五岁那年面对一只娃娃的孤独感尽力哭泣，不长的人生中所有伤心事都被回忆起，用来在这无声无息的晴天把泪腺挤干。我看到她身后的墙上一张挂起来的黑白照片正用一副奇怪的表情看着我。不知为何我肯定那是她的祖父，她找到了一个被许多作家隐藏起来的秘密，所讲的小依的故事全都是她自己。她从椅子上滑落，一只很粗糙的小兔子手链从她身上掉下来，但没人想去捡起它。我宁愿承认比起姑娘执著的伤心，自己实则是被随意弃置的小玩意打动的。我永远不忍心丢掉任何曾经陪伴我的小东西，即使丑陋、无用、损坏了的，我也总想永远摆着。我不想让两个女孩看见，就重新蹲回墙下，然后就地坐下来。

今天非常晴朗，到了晚上将能看到满天星星。这里的星星与我家乡如此不同，多且明亮，坦诚，直率，看上去更遥远。当夜晚能看到夏季星空时，冬季星空就在白天面朝我们。我知道现在看不到它，但今天是怎么了，那令人伤

175

心的宇宙，六千光年近在咫尺，在太阳的遮蔽下，蟹状星云永远在我眼角晶莹闪烁。

公鸡不再叫，摆动脑袋看我，它不需要明白今天家里这几个人是怎么了，因为它是机灵的昴宿，永远不会像我们这样愚蠢。

我不要求莹莹交还信件，但她必须把豆干还回来。豆干说："我不走，我陪陪莹莹姐姐。"于是我就一个人回去。

有可能的话，我再也不想走这条小路了。


我敲开消防队值班室的门时，村里最年轻的消防员已经睡了。他从门后露出脑袋，只穿着一条裤衩，肋骨分明。

我说："能让我在这儿住一晚吗？"

他揉揉眼看清是我，然后把门推开。

我慢慢摇晃着进去，弯着腰走，熟练无比地把杉树从打开的窗里伸出去。然后就开始在怀里摸，摸出一小瓶酒来竖在桌子上。

"你怎么跑我这儿来了？"消防员问。

"睡不着。"

"被赶出来了？"

"真是睡不着。"

"算了。不过我不会喝酒。"

"我也不会。"我说。

"那你买它干嘛啊……"

"借酒浇愁。"

"什么愁？"

"……没什么。"

"你有事儿。"

"没事。"

"说说看，你还能瞒得了我？你这破演技。"他慢慢来了精神。

"我身心疲惫。"再找不到别的话总结几个月来的一切了。

于是瓶盖被拧开了，搪瓷茶缸只有一只，他拒绝了两次，待到钟面上时针跳过 12 点我们才喝下第一口。伴随着五官的剧烈抽动，他的第一句话是：我也身心疲惫。

"这是真的，每次的短剧练习都会耗光我的精力。"

"这玩意哪一点好喝了？"我像条狗一样吐舌头，对茶缸中的无色液体深表遗憾。

"听我说。"消防员命令我。

"嗯。"

"真正费劲的不是动作，不是上蹿下跳，不是那个。费劲的是在角色中投入情感，理解他的心理，动用精神。我觉得爱情这事是一样的，投入感情，消耗精力，会很快让人疲倦。"

"爱情需要的是体力。"

"对。但这么粗暴的总结，会让人往交媾上联想。"

"呸！"我把茶缸递给他，他被迫又灌下一口，一口有多少，不是按毫升算的，是按他鼻子上浮现的皱纹来算。那这确实是很大一口。跟着我也灌了相同的一口，呛得自己咳嗽起来。

"你太累了，累得都忘了另一件很重要的事。"

我张大了嘴喘气，他坐在床上，床垫得很高，我得仰视他。

"自始至终小依都不知道你喜欢她，你也不知道她究竟喜不喜欢你。阎王好见，小鬼难缠……"他又开始说胡话了，茶缸又端到他面前，他把那奇妙的液体含在嘴里来回漱着，让它们一点一点从漏斗中流下去。酒是种高温的液体，表面冷静，但一进到肚子里就开始沸腾，正是这种能把人点燃的沸腾令无数人欲罢不能。当我也喝到第三口就知道，以后应该怎么向别人描述酒的感受了，"就像爱情"。

我告诉消防员除此之外另有一件事，是被我和他、莹莹、豆干，我们所有人都忽略的，就是我这副丑态。

"你告诉我，"我指着桌子上那只可以转动的小圆镜，我的脸被奇妙地装进了那只有巴掌大小的空间，"如果你是个大美妞，你会放着追求自己的少年们不管，而喜欢一个身上长着树的小怪物吗？"

第四口他是主动拿起来喝下的，我知道今晚那种奇妙的沸腾也令他重换新生。他裹住了毯子横躺着问："你看过《大鼻子情圣》吗？"

"电影？"

"老电影。"

"我只听说过。"

"西哈诺爱着自己的表妹罗珊。他剑法超群英勇无比，才思敏捷出口成章，可他鼻子巨大，奇丑无比。"

我突然打断他："后来他表妹还是爱上他了？"

"对。"

"电影都是这个调调。那些古典作品都是，理想主义，胡扯，狗屁不通！"我瞪着小镜子，小镜子也瞪着我。

"有不是的啊。你读过王尔德的《小公主的生日》吗？"

"读过，但王尔德矫揉造作地站在那个心碎而亡的小怪物那边，他想要所有人都同情他，但这改变不了那娇蛮公主冰冷的心。她不变，一切毫无意义！毫无意义！！"我把小镜子打得飞转，我看到我自己反复消失又重现，于是怒视的眼神也重现，丑陋也翻来覆去地加倍演练。

"你喝多了。"他说着打了个嗝。

"你也是。"

"还有多少？"

"足够一人一口。"

"那就行了！"他在毯子底下发出拍床铺的噗噗声响，就像个神经病。我明白了，酒确实像爱情，爱情确实像酒。爱上一个人我们就变样，喝了点酒也是。我们至少有三条灵魂，平常一条，爱情中一条，酒后又是一条。灵魂就像秋裤，平常穿最耐磨的以防日子琐碎的玻璃碴嵌进我们肉里，爱情中穿最鲜艳的以配合手舞足蹈大声喧哗，酒后穿最随性的，稀里糊涂，爱咋咋地。

我先把我剩下那口喝了，然后给他。可他的鼾声已经从毯子底下传出来了，全身蒙在里面，像个茧。我就记着这茬，把最后一口留给他。坐在椅子上半夜醒了一次，一看，茶缸里那口还在。我估计等他睡醒一定不会记得谁喝了多少，我无数次见到我爸和客人在饭桌上算来算去，算到最后也没人能算清。于是我背着他把最后一口酒倒进自己嘴里，没人知道。那要命的小东西又在燃烧着我的胃，就像田野里的两个姑娘，手牵手往前走，田垄窄到无法并行，就一前一后，一个踩在另一个的脚印里，直到走上小路，那里一个人也没有。


五点钟又醒了，头痛欲裂。这晚我终于体会到了人生中另一种经历，曾经觉得不可思议——睡眠的痛苦。天已经快亮了，我终于从这种痛苦中解脱，进而要用白天的时间反刍黄连：腹胀会持续到再次入睡前，而疲倦则在午后达到顶峰。然而这些都不够挫败我，它们远不及爱之苦。

消防员的脑袋终于露出毯子，我把身子往床边挪动着，在黑暗中辨识着他的五官，确信那里正在呈现沉睡的安详。我不打算叫醒他，于是拿起桌上的圆珠笔，在小台历尚未被翻过去的昨天那一页上飞快地写："我走了。早安。"

如果要准确地感受清凉，请把初夏的早晨混在薄荷油里，蘸在指尖抹到耳郭内侧。

从消防队出来我想随便找个地方，在路边坐一坐，然后我就远远看到那个掉了漆的公告栏。尖嘴猴子把自己的作品贴到上面，好让更多人知道他，为将来那个新剧团赢来一点熟悉和信任。现在那上面又贴了新作品。我猜他已经照旧一式几份寄给了大家，但我没收到，我没回家去。光线不好，我差点要趴上去才能看清那些字。这是一个国王的故事。

国王还未成为国王的时候就有个怪癖：爱扔东西。把飞镖扔到靶上已经不能满足他了，他把身边能摸到的所有东西都拿来朝别人投掷，包括果盘里的香蕉和橘子，特别是葡萄可以一颗颗摘下来扔个够，把袜子扔向奶妈，把衣襟上的小宝石珠子扔出去砸一个侍女，小宝石落空后弹跳着消失在立柜底下。后来在他的加冕仪式上，他要求礼官站在三米外，像套圈圈一样把象征王位的皇冠扔到他头上来，为了这件事，仪式比预期的多出整整一个半小时，可怜的礼官已经累到虚脱了。

国王沉醉于丢来丢去，他沉醉于观看物体飞行滑落的弧线，为此发明了一种游戏。两个人骑在马背，各自用手中的染色小球投向对方，同时躲避对方扔来的球。在三回合激战后按照双方身上的击打部位判定胜负，击中对方胸口得5分，肩臂腿得3分，面部得10分。最后还有一种更为荣耀的取胜方式，把对方打下马背，直接判胜。这个游戏迅速在贵族中流行开来，而国王既是发明者，也是无敌的高手，每每上阵总能把对方砸下马背，当然一定有人是自愿跳下去的。

一次教育大臣得了重感冒，国王却执意要跟他较量，他不得已让自己的仆从代替自己出场。"看准时机从一侧摔下去，注意护住脑袋，注意马蹄。"他吩咐道。

但仆从一上马就表现神勇，与国王打得难解难分。在场的所有人都目瞪口呆，那真是一场旷世决战，两个人一直打到身上的衣服被彩球染遍，再也无法计算得分。打到傍晚日落，国王的心情已经渐渐从棋逢对手的惊喜转变为竞技中不怎么真切的憎恨。他扔出了无数凶狠的攻击，但那个仆从皲裂的手就是死死攥住缰绳不肯倒下。再有一球就结果他。国王想着，然后一头栽了下去，扬起一片安静的尘土。

自此国王大病一场，再也不提游戏的事，不再投掷物品，也不再关心国家政事。国家终于在战争中落败了，侵略者闯进来，国王摘下王冠向他们投去，王冠上的尖角刺瞎了敌人的左眼。

"再没人比我更理解你了，"我对纸张上的国王说，"他们不知道天才如何夭折，信心如何毁灭，最重要的怎样变得一文不值。"

我做出了个决定，永远不告诉那位姑娘我的爱意。我将要求所有的知情人守口如瓶，这个爱情就永远暂停在送信的路途中，在那里如何变质发酵都不会被她得知，尽管外面狂风暴雨，避风港却安静得像在另一个世界。我可以凭这点冷静为自己换来丑陋者的尊严，不会发生好事，但也避免最坏的情况，我不再有被她取笑鄙夷的可能。

世界上最可怕的事一定是心爱之人的嘲笑。

这棵树最开始是加拿大漂洋过海的一只盒子，而后化成一阵咳嗽、一阵窒息感，很快变成揪心的疼痛。我倍加干渴，我用生命滋养它，火车上的镜中人随着铁轨轻微颠簸，它是破胸而出的惊喜，一夜间摇身成长为纤细的小桅杆，它不仅汲取血液，还吸收思想，它带来麻烦，它惹祸，但我从来不曾为它感到后悔或失望。就像所有的母亲不为自己儿子失望。但唯独今天，它开始用另一种形式困扰我：杉树和爱情上的自信，二者不可得兼。爱情可以大于一切，所

181 ♪

以我必须为它后悔。

我就地在公告栏下盘腿而坐，杉树也斜倚在公告栏上，与单薄的金属遮板刮擦着，一阵音乐应运而生。古早的音乐，板起面孔的音乐，人类历史上第一次出现的无关道德的音乐，痛苦的音乐，我开始能够理解了，它们将响彻骨髓。

我反复琢磨一件事，尽管痛苦，人们还是在歌唱，或者书写、表达，因为痛苦中却还存有一线希望，活生生的希望像菜市场枣红色大盆里拼命扑腾的鱼。

完全心灰意冷的人是不会去做任何事的。因绝望而自杀的作家却会留下临终的作品，热爱投掷的国王也要用最后的力量怒击敌人。二十世纪黑暗中等待被处决的作曲家，三个世纪之前被夺去听觉的音乐家，更多在黑暗中等待光明的人们……没有任何痛苦可以阻碍创作者内心的自由，这种自由推动了生命之旋、星尘吸积、空间破缺而赋予一切质量，甚至催生了宇宙诞生之初那阵耀眼光芒的出现，这就是可以改变世界的心。我仍存的一线希望要放在将来这首乐曲中，从今天我开始谱写它，第一段旋律如今已经在我脑海中。不知道何时才会完成，甚至不知道是否有一天会完成。

我惊讶地发现杉树枝条失去了颜色，我自己也跟着染上了这种基因缺失。这是未来的一个色彩之谜，我和杉树彻底变成了灰度物体，在这几个月里积极热烈地把彩色烧光了，仅剩的种子要从现在开始封存。经历时间公式的演化推进，将来一定会得到复杂又美丽的展开，重新还我以颜色。不然我就抽打它，直到它还我。

7

历鱼、鸟蛋和国王的宝石

她怀着秘密步行，秘密是个重物，所以她不自在。

去年她坐火车到省城去，她的一个姨妈住在那里。她每年正月都会见这个姨妈一次，但每次都记不得她长什么样，就像她在自己姥姥的故乡对更多沾亲带故的长辈的印象一样。对方在电话里的一番盛情，使妈妈决定跟她一起坐上一天火车，绕过几座山到看不见海的繁华的省里去。她口袋里被塞上了两张崭新的百元钞，整个旅途中她始终用手指捏着，与其说怕丢，她更怕那上面的温度消失。温度来自她妈妈的口袋，而且正在逐渐褪去，这让她害怕，尽管妈妈整个旅途中就坐在她右边一步不离。

她们住在姨妈家的客房，一切都务必小心谨慎。到来的第一天晚上她就想悄悄地从客房出来，穿过无人的走廊和客厅到卫生间去，但与姨妈家那温和的姐姐不期而遇，尴尬又不知所措。每次她从客房窗口往外看，就会看到城市拥堵以十八层的高度递减，她在田野里的活力荡然无存。

接下来一星期里比好奇更重要的是，她拼命要记住一些可能这辈子都不需要的常识，与她回到家后的生活不搭的常识。网络横行使得即使在她相对闭塞的家乡足不出户，一些时代的新玩意儿也能如数被介绍到她面前。但这些信息不能教会她细节，那些细节正是把人从一个环境中区分出来的重要标志。她用吞咽的方式默默地学，在那个姐姐身后观察模仿，安全且快捷。

在那里她见过剧院演出，一出著名的话剧，剧名《喜剧的忧伤》写在大海报上，她至今还牢牢记得因为一个戴独眼面罩的人从这几个字上面露出来，用不苟言笑的脸占据了整块海报的上半部分。这让她紧张起来。两个大人，她妈妈和她姨妈到别处逛街去了，温和却陌生的姐姐带她来看话剧，其实更多的是照顾了自己的喜好，而她之前对话剧的概念只是书本上几张捉摸不透的照片，《雷雨》或者《茶馆》。

她在鱼贯的人群中紧紧跟随姐姐，一旦姐姐那身暗红色的衣服有了一点要消失的苗头，她就心急地加快脚步。姐姐真是个温柔的人，她想，她将来一定能嫁个好人，成为幸福的妻子和贤惠的母亲，这无疑是一个女孩对另一个女孩最美好真挚的祝愿。姐姐对这个突如其来的乡下妹妹极尽体贴，却始终保持着莫名的距离感，她给她留下的更准确的印象是永远不咸不淡相敬如宾。这种隔阂使她尚无法牵她的手，就像在乡下学校中和永远相见恨晚的新认识的小姐妹那样挽起手。所以她必须牢牢跟上，眼睛永远盯着姐姐上衣的颜色无暇旁顾。

那天去了很多人，大剧院的规模令她吃惊，观众多到能把它装满更令她吃惊。两个人顺着人群缝隙找到了遥远的座位，舞台遥不可及，她怀疑这里能否比看电视更清楚地看到演员的表情。但来这里的人可不是纯粹为了看清楚。就座之后姐姐悄悄告诉她，头顶上那些包间里就座的人事实上比我们的视距更远。虽然他们看来只是一些同样无奇的黑发，但那脑袋里面可装着足以改变社会的能量。换言之，他们是名流，他们既要看剧又要交游，别人一边看剧一边看他们。

很快他们就和普通人一样被熄灯的黑暗吞没，舞台亮了起来。报幕，音乐，灯光，幕布起落，她看到一个人孤单地坐在椅子上，明亮的光从舞台上的窗里照进来，照亮了他和对面一张桌子，她不由得在暗处为明处的他紧张起来，不知道他这是要做什么，也不知道对面那张桌子为了等待什么而存在。

趁这当口她再次环顾观众席。规模庞大的观众只能被舞台光稍稍勾出轮廓，于是那轮廓涌动着，渴望又紧张地呼吸着。侧面她看到了专注的姐姐，再往身后扭去她突然发现无数双眼睛，没有一双是看着她的，每一双都被那远远的舞台打出了两点亮晶晶的眼神光，似乎只有她格格不入的紧张在阻止着自己与戏剧的融洽。她回过身去，海报上那个严肃的独眼的人从黑暗中走来，经过前一个人身边时脚步及其恰当地一缓，然而期待中的对话没有立即发生，独眼的人头也不回走到桌后去了。

舞台上的人终于互动起来。在她看来，他们互相言语着，起立又坐下，椅子到桌子不过五步，两个人却有着凭只言片语把除她之外全部观众的注意力都集中在这五步之内的神奇力量。人们开始突然发笑，又突然迅速安静，与台上两人的言语空档互相吻合，就像舞池里男鞋与女鞋默契地共同进退。

她起初没看明白这出戏到底是怎么回事，但还是靠着一点儿想象力很快跟上了节奏。桌子后那独眼的人，趾高气扬的态度来自于椅子上的人有求于他。他们的语气一刚一柔，一强一弱，他们在用两根完全不同的毛线针一起织着舞台上的小世界。别的她不太懂，但直到灯光再次亮起，两位演员在人们的喝彩中谢幕，直到她从姐姐脸上看到心领神会的笑容时，她就明白这是出好剧。

她记得尤其清楚，那天从剧院出来，人群散去之后刚好有个穿着脏兮兮工作服的人从她们面前经过，横穿马路，肩上背着一截将要架起来的电线。电线越过众人的头顶，从盘线器里穿过，另一个人在他身后传递着更多线，他负责一步一步把线头拉过马路。于是他倾斜着向前，迈着沉重的步伐，就好像在这都市里列宾又作了一幅画。

那深刻的印象时时灼烧着她，可能是体内隐藏着的书画的血统影响，她的步伐就这样越来越像那天见到的劳动者。但她不是被压得佝偻，而是每走一步就对下一步心怀畏惧。她自己都说不清是不是该去见那个人，但来不及想清楚就已经走在路上了。她知道他和他的朋友正在空无一人的露天剧院里演出，露天剧院穿过下一条街就到。一开始是好奇心占优，她迫切想知道他在做什么，他们的剧场究竟是个什么样，他们又在演出什么故事，现在她感觉到越来越强烈的懊悔在与好奇抗衡，但仍不足以让她停下脚步，她觉得这简直就是跟自己过不去，但此刻她已经疯了。

从小音像店的遮雨棚后走出来，她一眼就看到了广场上搭起的平台，铺地板的绿色毡布下面露出了粗糙的脚手架，几个人正穿着戏服——几件有点别扭的衣服，她不知道其中一个男孩的奶奶眼神已经大不如前——忘情而投入地念着安排好的语句。

她一眼就看到了那棵摇摇晃晃的杉树，被一个瘦弱的男孩用胸膛勇敢地举着，他有点营养不良，而它则健壮拔硕。男孩儿为了自己的角色声嘶力竭，他颤抖着，杉树就颤抖着，她没感觉今天有风，但杉树枝在高处呈现被吹动的令人遐想的弧度。她想，你不要再这么长下去了，长到他都为你枯萎了，你只要这么挺拔着显示出他的精神内在，而不要摧毁他的健康，这就是梦想最好的状态：赋予他美。可能很少有人能欣赏这种美，但这就是打动了她，一直钻到她骨头里去了。

在她看来，这群人搭的简易舞台缺了太多东西。没有扩音设备，他们所有的话都藏在树上，她只好悄悄走近一点，再近一点，再近一点。如果有更多观众的话，她觉得凭她的性子一定是藏在最角落里永远不被台上人发现的一个，她可以在人们背后，在两个人对话的夹缝里猫缩，不被察觉地看他们表演以得到那种习惯的欢乐，暗自欣喜。或者他们的舞台确实按照演出标准精心布置了灯光，只允许台上敞亮着，观众们无暇旁顾，与此同时演员们也不会被情节以外的东西干扰，她认为那时他们不得不卖力投入，她也可以安全地被黑暗遮挡。

　　然而全都没有。那个舞台简单到就是板子铺在架子上，把众人抬高出地面一截而已。于是她任由好奇心一步又一步把自己拉近，直到台上所有的人都发现了这唯一的观众，他们如获至宝地用眼睛瞄她，两个人除外。一脸不快的树先生把自己的台词念得铿锵有力，为了中和一点舞台上下无形的尴尬；而另一个专注的男孩儿，他大概是唯一一个能让自己全身心投入的演员，标志就是他旁若无人地演，眼睛只看着对手，他当然第一时间察觉了伙伴们的异样，他皱起眉头以示对他们无一例外走心的责怪。

　　一块小黑板挂在舞台一角，白色粉笔从右上起把版面对角着一分为二，上面写着演出的内容。简陋的戏剧前半是果戈理的《钦差大臣》，人物众多，他们有时要分饰几角，看得她摸不着头脑。但唯一的观众还是带来了不同的东西。演员们欢欣鼓舞起来，台词逐渐有趣了，人物慢慢清晰了，这在面对空无一人的广场干巴巴演时是完全体验不到的。此前他们缺乏一丁点关键，而她就是这个关键，她也是第一次扮演如此重要的角色，仅仅站在台下就已经天然地成为了戏剧的一部分。

　　前半场在她到来之前已经快要结束了，如果不是这场戏过于经典，观众早早就读到过，也许根本就不知道乱糟糟的一群人（而且最重要的，演到忘情处

♪ 188

任由自己背对观众）究竟在干什么。谢幕之后那个演戏最有派头的男孩站出来说："完全不行！你们还没能力演这么多！"然后他郑重对观众致歉——鞠躬，久久不愿抬起来。这让她不知所措，但她一句话也没说，害羞地躲着。其实她觉得演得还好。绝不是因为有个她很在意的人出演了。

黑板上写的第二出戏是契诃夫的《天鹅之歌》，只出场两个人，演得最好的男孩和两个较小的孩子中非常瘦弱的那个。剩下的人，一个戴眼镜的小孩，一个更小的小小女孩，还有就是身上长了一棵杉树的"那个人"，全都走下台来远远看着她，他们都在看她，这让她非常不自在。但她逃不掉，自从跟随省城的姐姐看了第一次表演她就明白了，人生中需要有一些逃不掉的喜好，这就是其中之一。

每年夏天她都会在院子正中，自己单独辟出来的一小块地里栽上辣椒苗，用篦子结实围起来，把到处撒欢的鸡隔在外面。她给自己留了个门，每天进去关照那些小苗。她种得不多，三步远的小栅栏稀稀地点几棵，宁缺毋滥。最重要的是，她需要把有限的精力平分给它们，在最开始的时候它们甚至有各自的名字。

它们都来自最开始的同一株，那是她印象里自己第一次独自栽种，在日复一日浇水之前要做的第一件事是取名。她耐心看护着那株辣椒，并坚持着不允许任何人碰它的孩子——三颗经历了许多时日后悬挂在小枝间的辣椒果，它们也同样有着自己的名字，直到最后才被小心采摘，擦洗过后精心收藏。

第二年辣椒就有了几何数量级的增长，每一颗果都提供了丰富的辣椒籽，她把它们悉数栽培，整日为它们奔波忙碌。很快就能清点它们的家庭了，每一朵花都是将来可以无限自我复制重演的小世界，只要大的世界不毁灭，植物就可以生长到宇宙尽头。新的辣椒果挂起来时她的操劳才真正开始。每一个潜在的危险都会夺去她引以为宝的果实，时常呆立的鸡和它不祥的角质喙，永远打游击的各种各样的小鸟，但最终她却一不留神败给了自己父亲。他的长腿无情地迈过小篱网，老练地从绿茸茸的辣椒株上掐走了一小把椒果，剁碎之后扔进了晚餐的面条里。

　　这给她提了个醒。经历过一番哭闹、冷战和绝食后，她再也不试着给辣椒取名了，不仅辣椒，家畜家禽更不行。她必须培养一种疏远感，这简直就是最后的一点儿自我安慰：她并没有亲口吃掉自己的情感，因而还能保证内心的善良仁慈。

　　后来她又发现一种新的慰藉。她发现除了结果数量越来越多之外，她根本无法区分现在的辣椒和最开始那棵。它们是它的子孙，然而每一棵都像是那一棵本身，这是生命延续的另一种形式，这就是亘古的永生。想到这里，灌溉新辣椒株的已经不再是壶中水，而是她不被任何人察觉的热泪。她觉得今后无论辣椒再被采摘多少，只要剩下一粒种子，她都能凭借自己的信念令它重生！

　　所以如今她施用的情感不再热烈，而变得温和而自信，她这么软弱的人也终于找到了令自己强大无畏的方法。

　　辣椒与夏天是互相贴切的，辣椒并不总是火热直爽，夏天也会偶尔出现连绵阴雨。下雨的第一个晚上很奇怪，她再也没有被几个月以来的曲折感情困扰，下午所看的那场戏剧的后半场却反反复复出现在她脑中。她想后半场演得可真好，史威特洛维多夫的苍凉透在每一个词语、每一个动作里，他骄傲地念《李尔王》，昂着头，面对黑暗的剧场（她已经被演员们而不是舞台布置说服了，坚定不移地相信他们营造的不存在的情景），朗声念，久久地不能忘怀。雨则越下越大。

阴雨天，读书天。

我正在无聊地翻一本杂志，插页彩图照映着我，我却无法被任何一页打动。杉树在窗外淋着雨，雨溅进来时我才用脚把桌子上乱七八糟的东西往一边拂，稀里哗啦地驱赶着它们。钥匙啊，硬币啊，就叮叮咣咣从桌子另一侧挤掉下来。有那么一瞬间我是愿意费劲儿起身去把它们捡起来的，但这种念头稍纵即逝，世界终于还是回到了应有的无聊、冷漠和疲倦上来。我把杂志扣在脸上，任由鼻息热气吹皱最下面一张纸。

整整三天雨，从来就没停过，于是我们的剧场演出暂停了。

一开始我什么都不知道。妞妞不可能再跟着他们到处乱跑了，眼镜同学似乎被将要来的考试困住了，而我也渐渐变得更加不愿挪动。疼痛偶尔还会发作，但已经习惯，现在它已不是最大的问题了。

杉树的枝条愈发繁茂，即使我从屋顶那条春天才被开辟出来的新路上下，也很难做到毫发无损地从屋外回到床上——首先天窗那儿就会打绊，我令自己倒退，一直退到楼梯拐角，树枝也没能完全从天窗外收进来。太太响应呼唤后抛下手里的活从屋外重新上到屋顶，动手帮我把树枝收好，并引导着它小心翼翼穿过整间阁楼。

从阁楼里的窗口穿出去是第二个难题。桌子就在窗边，我舍不得丢掉的零碎家当全在上面，杉树会毫不留情地把它们一扫而空。即使为它誊好了空间，窗口的狭窄也不允许我任意地探出，第三次后我才找到了一个奇妙的角度，刚好可以让最宽的地方从容穿过对角线，倾斜，保持身姿，然后累倒在床。我有时一连好几天都不想离开房间，甚至连床都不想下，以逃避那些难以置信的麻烦。

所以安排剧场的工作只剩下消防员和尖嘴猴子两个人能做。我坐享其成，就好像让别人演奏出音乐，我只要购买碟片就能轻松拥有旋律。一天早上我被叫醒，睁开眼朦胧看见消防员的半截身子从天窗倒吊进来，头盔摔落在地板上。我眯着眼睛，他却很精神，冲我喊："别睡了，跟我走！"

瞌睡病人用仅有的力气望向桌上的闹钟，还不到五点。然后我又躺下，嘴巴干渴得张不开。他已经跳了下来，一只冰凉的手碰了我脖子，我一哆嗦，但已经来不及制止了，另一只更加冰凉可恶的手直接从颈后穿下去，捂在我那好似滚烫的背心上。我准确地牢记住了夏天清晨在街道上挥舞了不知多长时间的寒冷，仿佛那五根指头已经在我背上嗞嗞作响，一瞬间我简直要从床上跳起来飞出太阳系。但在他的示意下，我还是没能叫出声来，太太和豆干还正睡在楼下几公尺之遥的梦中。

"穿袜，穿鞋，带你去看我们的杰作。"消防员说。他捡起掉在地上的头盔，重新按在自己脑袋上，大小合适，很好看，我不记得原来见他戴过这顶头盔。从天窗爬出去时我发现，有一道梯子直直地架到了屋顶天窗入口，穿过楼下厨房的窗外，穿过院墙，穿过路边花圃，在梯子延伸结束的地方一辆令我心潮澎湃的暗红色消防车正无声地等在黎明的天色里。

我这辈子第一次坐消防车，而且是坐在车顶。他启动车子的时候我突然想，应该爬下去站在外侧，拉住扶手挂在车外，这才是最潇洒漂亮的乘坐方法。没等我爬下来他就起步了，慌乱中我抠住一根栏杆，惊叫着驶向我们的广场。

国王广场本来是为国王预留的建筑地，但某位遥远的国王执意要建一座塔，把空间都叠起来，一直往天上叠，谁也够不着他。于是地面就空出广场来。像所有装模作样的人物一样，国王拥有广场，但从不会使用它，或者他对它的使用方式早已超出了我们塔下众人的理解。

我们的戏台要搭建在国王广场，没有人出面阻止，但我们还是礼节性地跟卫队打了招呼。消防车呼啸着从太太家的东边来到广场西，穿过了整个村子的清晨，我看到广场上多出了一块台地，形似尖嘴猴子的身影独自站在台上瑟瑟发抖，然后看到我们，跳起来挥手。我看见不远处一列卫兵正在操练，看见杂色山雀混在几只鸽子中间飞，阳光把塔分成明暗两截，尖嘴猴子在消防车停稳之前从台上一跃而下，寒冷麻木的踝关节瞬间刺痛了他窄瘦的脸。

在消防员的强烈坚持下，剧场并没有一开始就上演尖嘴猴子的原创剧本。他认为我们这些不入流的演员（现在所有人都来了，就连妞妞也独自乘车赶来）应该从学习经典入手，那些被前人反复提炼琢磨的本子对我们更有裨益。

我们还缺音乐。这本该交给我，只要给我一把小提琴，我就还大家一切想要的。我已经来到这里一年有余，期间一直没有碰过小提琴，说实话心里已经痒得不行，用手指直接去感知每个音就是我认识世界的有效手段，如今我被阻绝在自己的意识之外。但我拼命克制住了。我没办法演奏，起初因为我必须跟自己较劲，现在不同，这棵树完全阻挡了琴弓的去路，也阻碍着我重新变回那个骄傲冲动的年轻人。我必须设法继续把这种冲动封存，一直到我砍下这棵树，到我真正强大无比的时候。于是我们又度过了几个星期没有音乐的日子。也只有这时候大家才会深刻意识到，无论是生活还是戏剧，没有音乐就是地狱。

将我们拯救的是妞妞。一次排练休息时我发现，妞妞在哼唱着一首小歌，她注意到我在听，马上闭嘴。我把手里的热饮料递给她，要求她继续唱，大声唱，她拗不过就重又开始唱。她的童声一定是深埋在雪下的惊喜，而且有些音乐的道理她似乎天生就懂。美都在于控制，在于紧绷自己的艺术，歌唱或朗诵时对声带的掌控力说白了来自腰腹，我们每个人与恋人拥吻时就会很快明白。我们当即决定，以后让妞妞演唱，其他人闲下来时会帮忙敲打木鱼。

看上去一切都能按部就班地继续美好下去，但大风预警的前一天我们被迫停止了所有活动。租来的脚手架被拆掉，放在消防车上拉回去。我们这帮老弱病残，干体力活时才显出巨大的劣势。小孩们根本帮不上忙，我要照顾自己都很困难，剩下的劳力只有消防员一个人。他既要负责搬动钢管，又得开车，称为"劳力"名副其实。就连消防车也是得到了队长允许后，从搁置的旧车库里推出来自己修好的。

下午情况好了一点，因为我们那唯一的观众莹莹冒雨前来。之前她来看演出，我据说变得"莫名其妙的暴躁"，后来所有人都知道了在我讲述的故事里，我们这可爱的观众扮演了一个什么角色。她坚持每天来，我就坚持每天烦闷不快。后来老天又不停地下雨，这简直就成了唯一能解释我为何久久不能回到自信有力的生活中去的原因。

后来我逐渐想明白了，与其这样不如让自己接受一点更大的考验，就是学会怎样恰当地面对隔阂，在舞台上时抛弃一切台下的关系让自己属于且只属于人物。她冒雨前来帮忙，开始我们没好意思接受，直到她说："我来不是为了其中某个人，而是为了我自己。我喜欢戏剧，虽然你们演得不能说好，但我看得很满足。我喜欢你们。"因着相互间的大方，我觉得似乎就从这时候起，所有的隔阂可能终于要消失殆尽了。


依靠窗外的小天线，我们能收到的电视信号不多。但所有能收到的电视台无一例外都在插播大风预警。我和太太、豆干坐在一起，从屏幕上看到那团象征灾难的云气螺旋如何移动，用上了"过境"、"登陆"或"强对流"，哪怕是整天足不出户的人也能感受到一种由轻微恐慌和较严重的压抑沉闷糅合而成的小村气氛。

电话里消防员告诉我，海防大堤可能有危险，最近他们每天都要在大堤前线忙碌排查加固，在所有人睡着之后才打着小手电冒雨回家。

"国王卫队也在忙。一些志愿者也来了。每天都很累，粘床就睡。"一天夜里他说。

"我也去帮忙吧？"我提议。

"别，估计你会被刮走。"我笑了，可他紧接着说："我可没开玩笑，你最好别出门。最好连窗也别开，老老实实等这阵过去。"

同样的嘱咐他在第二天又讲了一遍。吞咽的紧张感似乎预示着，这次的风雨绝对不同寻常。我知道他挂上电话后还要依次打给我们其余的伙伴。上次我得到这样关心的通知后，一场暴风雨就来临了，我不幸亲历了它，直面了它带来的痛苦。此刻我在想，难道这次拼命摇动窗户的风，比人心的动摇更加可怕？

当天晚上我们三个人，我、太太和豆干，非常耐心地把杉树枝修剪了，好让我能安全躲进阁楼窗后。即使这样也必须把床重新挪个位置我才能躺下，任凭树枝刮擦着房顶，久久无法投身那与狂风暴雨毫无瓜葛的梦境。

第二天我被冻醒时，床摆在楼梯口，杉树从我的胸口出去横跨了整个房间，窗外不见黎明的踪影，但楼下有光传上来。朦胧中我听到太太和豆干惊慌失措的喊声，心底一冷，瞬间恢复了神智。

我挣扎着爬起来，腰狠狠撞在楼梯扶手上，疼得喘不上气来。但母女二人的叫声使我失去了与疼痛较量的耐心，我直接从扶手上跨了过去，一边冲楼下呼喊她们的名字。这个动作使杉树绊在了楼梯上，剧烈地一抖，黑暗中发出一声惊心的碎裂声。能发出这声音的只有书架上豆干的小猪存钱罐，它一定已经和一把硬币——豆干每星期都要投进去一枚——碎在了一起，不分彼此。她们没有回应我，除了楼下一丁点光亮照到的地方，周围一切都是黑洞洞的，窗外仍然狂风大作，隔着玻璃也能感觉到呼啸，或者疾风吹着我们，或者我们在每一阵气旋中快速穿过。

我决定直接跳下去，楼梯下面的台阶不高。我一边继续喊着她们，一边继续挪动着屁股，然后纵身一跃——杉树剧烈地刮擦着楼梯扶手，我这头坠下去了，但另一头被压了起来，重重敲在门框上停住了，而我的双脚还没碰下面的台阶。我被卡在了楼梯间半空，上不去也下不来，甚至双手也摸不到墙壁或者扶手。这下可好，我不但没能帮到她们，反让自己陷入了另外的困境中。

"冷静！太太你们还好吗？"我继续喊，太太终于回问我："你在哪？"

"在楼上……在一楼和二楼中间，我卡住了！"

我在半空中试着靠挥动双腿的力量滑下去，一开始似乎奏效了，杠杆失去了平衡，我继续朝楼下滑动，楼梯扶手上朱红的漆被刮掉，露出木材的微黄。我继续挣扎抖动，但下滑终于还是停止了，突起的树杈绊在楼梯缝和门框之间。

"你能下来吗？"太太喊我。我告诉她得稍微等会儿，或者她能上来像摘风筝一样把我摘下。

"这可是个难题！"她说。

至少我听到太太的语气恢复了冷静，我太信任她，以至于相信只要她振作起来，母女俩就断然不会出问题。可她为什么不把发生的事直接说出来呢？不会是强盗，只要母女俩一停下房间里就立刻恢复的安静把入侵排除了。也不会是蟑螂老鼠，太太从来都不怕她们，她能独自一人养活一个家，拉扯大一个孩子，面对爬虫时的勇气是必须的条件之一。那么楼下发生了什么？尽管刚才的挣扎只令我下降了一点，但足以看到楼梯更底下一点的情况了。

在我身后，拼命转头能勉强瞄到的视线一角里，她们房间里灯光那种特殊的暖色，是以晃动摇摆的姿势透过植株穿到楼梯间来的。如果再从另一边转头过去，摇曳的金光终于能让我明白点什么了。不是强盗，不是爬虫，是水！现在楼下充满了水，约莫已经能漫过小腿肚了，不用说，太太和豆干已经被困在了床上，四面全是水，而且屋外狂风暴雨，唯一能救她们的人又愚蠢地卡在了这狭窄的楼梯间里。

"怎么回事太太，这水，这水是从哪儿来的？"

"我不知道，我唯一做的事就是昨晚睡了一觉！"

豆干插话说："外面的水漫进来了！"

"外面的水？"

"妈妈你看窗外。"她说。

我听到了床头柜上一些杂物落水的扑通声，然后是柜子在水里挪动，窗帘被拉开了。

"妈妈小心！"豆干喊。

太太很激动，她又少有地尖叫起来，她说："窗外全是水，跟屋里一样，现在外面全淹了，我们怎么办！"

我们怎么办？我也在拼命地想，至少我得先下去再说。

太太和豆干两人安静下来，她们呆在床上，孤岛遇难起初的惊慌终于过去了，她们正要用长久静默的时间把恐惧不安细细咀嚼。

冷静之余，我发现，我那七十公斤的体重被杉树长长的杠杆施用，压在楼梯扶手上时已经有了成倍的增长，以至于树干和扶手双双互成曲度。这给我带来了新的希望，我向下坠着自己的身体，蹬腿，这次不是为了侥幸滑落，而是希望树干或者楼梯其中一个在重压下断裂。最好是楼梯扶手断。杉树弯曲着，树皮刮擦后裸露出新绿，可以肯定地说，令我难受的绝不仅仅是每一次蹬腿时胸口坠裂的疼痛。杉树是我的希望我的一切，然而此刻面临这种大灾难里的小灾难，如果只有把它弄断才能救出太太和豆干，我就毫不犹豫地弄断它。

我的努力卓有成效，楼梯扶手很快发出欣慰动听的断裂声，微微发黄的木头纤维从枣红漆面里破土而出，逐渐地，我的身体又下沉了，踮起脚尖可以稍微碰到楼梯台阶了，借着蹬地的力量起跳，然后重重落下，几次之后楼梯扶手彻底崩断，用狠狠一跤报复了我。我和杉树终于挣脱了楼梯间的束缚，顾不上心疼屁股和杉树，我立马转身下楼，楼梯最后三阶没入水中。

待下到客厅，我看到许多东西漂浮着：豆干的小澡盆自作主张从浴室游了出来，就像盆底印着的小鸭子一样欢快；母女俩房间里那只非常聒噪的塑料小闹钟，一定是刚才掉进水中的其中一样，正脸朝下漂浮着不知生死；沙发垫稍微有些肿胀，挂在一棵小橘子树上漂不走；鞋架上空无一物，所有的鞋，平底儿的胶底的高跟的布的皮的，不知在什么地方才会显现，最容易发现的是塑料凉鞋，它的黄色即使在水下也分外扎眼。

我脱下自己的鞋，挽了裤腿下水，转到太太和豆干的卧室。

我见到因房间失去温暖而瑟瑟发抖的二人，慌乱之余仍不忘把床单四围挽起来，房间中最后一片净土被保留了下来。两人还穿着睡衣，因为我的出现，豆干迅速地钻进鼓囊囊的被子里留下责备的眼神给我，太太却几要哭出来。这不道德，太太也穿得少，但她不急着躲藏，哪怕是露出一点遮挡的意识出来，也会在我们之间平添一份尴尬。

今天这大水本来就已经够麻烦的了。我见到水中一个影子。她的胴体盘坐在床头，用无数曲线和光影雕琢，长发没能完全遮挡俊美的脖颈，这美竟与那日的田间少女大不相同，但共同点是桃李不言。有那么一瞬间，我必须承认，杉树根须自我地生长，极有可能在我心里一个微妙的位置长出一个末梢，不疼不痒，但分外令人在意。

我从衣柜里帮她们拿出衣服。趁着她们更衣的片刻我在门外意识到一个问题，水还在源源不断涌入，迟早要淹没家里的电线插座，随之闸刀会跳起，我们失去这片暖黄的灯光只是时间问题。

"蜡烛和火柴在厨房！"太太说。

于是我慢慢蹚水来到厨房，在黑暗中摸索了好一会儿，开始还在寻找太太描述中的那个柜门，后来干脆寻找起厨房灯的开关来。厨房灯按下去的一刹那，我听见家里的空气闸刀咔吧一声弹了起来，太太卧室的灯光不见了，豆干尖叫一声，母女二人骚动了一阵，一切重又沉默在黑暗中。

借着窗外的一点亮光，我看见自己的手指碰倒了橱柜最顶上的一样东西，它侧滚过来，在落下之前我抓住了它。我发现这是一只手电筒，有着亮闪闪的金属壳，上面落的灰尘不知属于哪个年代，而且它没有坏掉，全力燃烧着证明自己宝刀未老。我如获至宝，在手电光亮的加持下，很快找到了蜡烛，遗憾的是唯一一盒火柴掉进了水里，再也没有拾起来的必要了。

我小心翼翼地把这两样东西拿回房间，无可使用的蜡烛，和不知还存有多少电量的老手电。太太惊叫道："这是豆干爸爸的手电筒！我几乎忘了它，现在却能用上了！"

我们都被这种惊喜点燃了，母女俩坐在床上，我裤子全湿了就坐在床头柜上，豆干从枕头下摸出小手表，此刻我们的时间已经无所谓了，塑料表盘里的时间是凌晨三点刚过。但喜悦退散得很快，我们静坐着，后来把手电也关掉了，弥足珍贵的灯光应该用在更需要的地方，而不是在茫然无措的凌晨空空地映照我们三人的脚丫，把放大了数倍有余的廓影投在墙壁上。于是在水流中虚掩着的门那里，一道订书针型的黑暗瞬间又扩散到了我们周围。

之后我们听到了遥远的呼喊声，来自四邻，来自不远处，来自相似的困境。有时我们感觉像有许多人从我们门前经过，我们因为身处寒窟而警觉，很快与他们错过了。也许有人开始组织救援了。也许村里的人已经要集体到更安全的地方去了。我们迫切需要团聚，不一定更安全，但一定更有安全感。奇怪的是，为什么片刻过后除了豆干在黑暗中吧唧嘴，别的声音一点也听不见了。我提议一起出去，看看外面究竟是怎样的情况。

"我怕。"豆干毫不犹豫地拒绝了。

"您呢？"我问太太。

"……要不，你先去看看，再回来找我们。"她最后这样说。我知道她们都怕，也许此刻这张她们无比熟悉的床真的要比陌生的屋外更安全。

我想把手电筒留给她们，但太太坚持让我带着。

"如果你遇到危险，我会自责一辈子。"她说。

大约五岁时我爸爸这样问我：如何知道黑暗中打着手电筒的是大人还是小孩？凭光源的位置判断。

五岁的我已经具备这样的能力，凭借后半夜黑暗码头上的一束光，想象出那个人的身材、衣着、走姿乃至五官。他穿着竖条纹的西服裤子，右手提着那束光，左手藏在裤子口袋，不放过路面任何一颗能踢到的石子。他逐渐从暗影里走进灯光下，于是关掉了手电。他有着和他女儿一样的宽额头、窄下巴，双眉平且直，偶尔随着表情，两端会微垂成八字，给人的感觉是顺受纯良。他沿着街区步行，穿过路灯与影子的间隔，有节奏的明暗终于在某处停止了，我看到那栋熟悉的房子，他的左手从口袋里拿出来，用早就暗暗攥热的钥匙拧开了这扇门。半梦半醒的妻子为他准备了一些呓语，那只手电筒仍被端在手里，晃晃悠悠地穿过走廊和客厅，来到厨房，他打开柜子检查着剩菜，把手电筒放在了柜子上。饥肠辘辘的夜晚他虎着腰开始直接用手指从盘子里捡土豆片吃，专注地填饱肚子，彻底忘掉了手电筒的事。静物曝光十年也依然是静物，而活动的人则会形成虚影，化为一阵烟尘，十年之后它带着所有老古董沧桑的遐想落到了我手里。

雨已经停了。屋外的水位明显比屋里还要高出一截，漫到了我的腰间。

我能仔细分辨出的只有腰以上的半个村子，房屋凭生倒影，每棵树都变短了，落下的树叶浮起来，与空的牛奶盒、塑料袋抱作一团。我把手电筒打开，向远处照去，整条街上全是相同的景象，一切都泡在水里，水无边无际。远处也有灯光在打探着天空，于是我也把自己的灯光打过去，在这危急的夜里与陌生人嬉戏。我慢慢往前走，晃动着手里的光，确信看见对方也开始在半空中画圆圈。光源的地方应该离这里不远，我决定去看看。

蹚水走了半条街，我看到街边的房子上有人正在爬动，他们上到了屋顶，并惊奇地看着我。人们逐渐把能漂浮在水面的东西都拿了出来，浴盆，游泳圈，并逐渐搬上屋顶以备不时之需。越往前走人们就越聚集，人们吵嚷着从淹水的房子里搬出尽可能多的东西，直到我看见有一户人家的房顶不堪重负，一家人搬上去的东西重新落水，孩子们哭闹着，被大人及时捞起来举在头顶。可这家有五个孩子，他们忙不过来。我马上想出了个主意，让自己横躺过来，整个人浮在水面上，带着我的杉树向他们划过去。

"让孩子们爬上来！"我对那个父亲说。

于是五个孩子七手八脚地爬到树干上，按照个头从大到小一串跨骑着，我成了一只船，小心翼翼地把他们送往邻居家的房顶。他们的父亲非常感激我，抓住了我的手，脸上湿漉漉的。

"这没什么，我能浮起来，多好啊。"我告诉他们。我要赶紧把他们送到安全的地方，然后赶回去找太太和豆干。

于是一路上每遇到落水的人，我都横躺过来让他们抓住我，然后送到就近的屋顶上，或者枝叶茂密的大树上。我越接近国王广场，就越清楚地看到水中的高塔。在这条街正对着国王广场的路口，国王的塔倒映在水里，空中的塔和水中的塔在水面接壤，于是它的高度被倒影加倍。远远看到广场上亮着灯，许

201 ♪

多人影就在灯光里晃啊晃，从一个屋顶跳向另一个屋顶。这片低矮的房顶，本来是猫的路，现在笨拙的人和他们笨拙的狗却被赶了上去，世界变成了新的样子。

忙碌的人最初只是强光里的剪影，后来渐渐显露出细节，一部分人衣着是橙黄色的，裤腿束在靴子里，头上戴有和我们剧团消防员一模一样的帽子。还有一部分人穿着黄色，袖口有两道黑边，看起来像蜜蜂，这帮人我也曾见过，他们在村里那场儿戏般的争执里驱散了械斗的年轻人。村里人在两支队伍的帮助下被安置在那些较为结实的房顶上，并拿出更多木板与铁皮瓦，忙着加固那些不怎么结实的房顶。

整个现场乱糟糟的，落难的人家里只要有一个孩子先哭醒，父母们就无法制止哭声的蔓延了，所有的婴儿都张开了嘴巴，吃力地从肺里挤出声音来与这夜晚潮湿的空气交流，那些半大不大的孩子们也在忙乱中找到了无拘无束玩水的机会。而狗们，永远精力旺盛的好事分子，也在奋力助威，这倒有好处，在黄色、白色的强光下，声音开始让我感觉到夜晚不再像之前那么寒冷。

我穿过忙碌的人群，惊讶地看到广场中央，本来空无一物的塔下竟然也堆坐着许多人。我划水前行，在足够近的地方终于发现，他们所落座的正是我们那简易舞台，脚手架和拼接板组成的台面。对了，我们的消防员一定就在这里。

我环顾四周，挑着那些橙色服装仔细辨认，重点关照了背对我的，每一个都像是他，每一个又都不是。我想，如果他不忙的话，一定会马上看到独自漂浮着的我，自从身上长了棵树，我从来不害怕缺乏关注。所以我渐渐靠近舞台，有人马上对我伸出了手，我就爬了上去，在边缘侧坐，以免太多从树枝上滴落的水溅到别人身上。

很快远处又传来一阵喧闹，一股人流伴随着闪烁的灯光，从广场另一边的街道缓缓滑过来，于是广场上的消防员和国王卫队就手持灯光跳下去加入他们，帮他们搬运着什么东西。那股人流终于走进了广场，我看到消防员和国王卫队护送着更多的人来到了。女人和孩子坐在木板上用手脚划着水，队员们和男人们站在水中一步一步推着木板，就这么一路漂浮而来。然后他们又被分散到各个屋顶。这样的营救人流前后来了三次，几乎没有人停下来，所有的男人都加入了营救队伍，我也要跳下去帮忙，但被请了回去，因为我"枝杈太多，影响工作"。

"喂！"有人冲我喊，等我回过头去，果然发现了我们那满脸汗水的消防员，正站在一片金灿灿的粼光里，灯火把他的牙齿和瞳孔都照亮了，他挽着袖子，胳膊显得又细又白。

我缓步向他走去，他也靠近我而来，然后我突然伸出两只手捧住了他的脸，汗涔涔的，我今晚唯一感觉到的温度。他很疲惫，我感觉他几乎站不稳了，身体随着水流晃动，他甚至没有伸出他的手对我的亲昵动作还击。他爱演各种各样不同的人物，水平高到，不是由肢体语言使我们相信，而是当我们看到他的眼睛时，毫不怀疑这就是那个人物的眼睛。但此刻他一定不是演出来的，我看到了无与伦比的疲倦，它们包裹着一些欣慰和喜悦，又隐约带有担忧，比这满满一池映着光的水还要明亮。

"嘿。"我说。

"嘿。"

"我看到那个舞台了，所以知道你在。"

"作为演员我应该与舞台同在，"他说，"但作为消防员，我应该与灾难同在。"

这句话就像是几个世纪以前早就被剧作家写好，曾被诸多伟大演员念出来，即使在熄灯后最庞大黑暗的剧院里也依然光彩夺目的台词。所以听到这话，我应该从他眼睛里把欣慰借来，加上自豪。

"对了，你看到朋友们了吗？"

"我看见妞妞了，她和她爸爸妈妈在一起。也见到眼镜了，他的眼镜掉进水里漂走了，我帮他捞了回来。"

"尖嘴猴子呢？"

"我没见到。"

"妞妞他们楼房的住户，不是该一起送来这里的吗？"

"应该是，应该是……"

我知道他也还没能见到他们。"我们得找找他！"我说。

我依照之前的办法，躺在水里，让他坐在树上，然后两个人滑动着往广场周围那些屋檐上靠拢。很快我看到了妞妞，她一下就认出躺在水里的是我。

"刚才我就看见你啦！你太显眼啦！"她看我们就像看刚从赛场上归来的冠军，欣喜而骄傲。

我看到妞妞的爸爸正瞪着我，就没有说话，只是对她点了点头。消防员问她见到尖嘴猴子没有，她摇摇头。

"刚才天还很黑，慌慌张张什么人都看不清。"她说。

然后我们沿着屋檐前进，见到了眼镜。他眯着眼，想要枕在一块砖头上睡觉，可怎么也睡不着。

"晚上我根本没睡，就听见大家喊着要走。"

"待会儿再睡，我问你，见到尖嘴猴子了吗？"我问。

"哇！"他大叫起来，"是你，原来是你啊，不是漂来的一棵树！"

"是我是我，尖嘴猴子……"

"没见他，他如果在这儿应该不会让我安生睡觉吧。还好他不在。"

"那你睡吧，我们找到他会把他带来的。"

"别！"他抓住了杉树枝，要我们答应绝不把尖嘴猴子送来折腾他，不然就不放我们走。最后消防员冲他敬了个礼说："向你保证！"

我们又开始扶着屋檐往前划，瞪大眼睛寻找着那个瘦巴巴的小男孩的影子，花了很长时间把广场转了个遍也没见到他。消防员很失落，他以自己的职业为自豪，却没能保护好最重要的伙伴。

"现在怎么办？"我问他。消防员回答说："我们必须去找他！"

"我也是这么想的，不过我们得抓紧点时间。"我一边划水，一边想，房东太太和豆干还留在卧室，我得尽快回到她们那儿。

我和消防员穿过屋檐下的粼粼水波，往远离大海的街道前行，离太太家越来越远，我的担忧比树上的消防员多两倍。我们逐渐远离了忙碌的广场，人声和光亮在我们身后退去，消防员拿着我的手电筒照着半空，那里出现了电车的天线，就像多年前我上学时在自行车上看到的一样，它随着我们走，它通往远处的楼房，尖嘴猴子消失的地方。

我看到了我们曾经爬过的管道，湿漉漉的，好像那个冬天的雪到现在才刚刚融化。我早已不记得他住哪栋楼，所有的楼房都黑洞洞的，我们呼喊的声音似乎被它们吞噬了。我们绕着那些可怕的楼房走，消防员手里的灯光划来划去。我们茫然地穿行在黑暗里，四周是冰凉的水和楼房这两种可怕的东西，我感觉自己的心跳越来越厉害，仿佛黑暗中躲着我们的不是尖嘴猴子，而是死亡。

我们喊他的名字喊到精疲力竭，手电筒的光在变淡，这个夜晚也是，我看到夜空渐渐发蓝，世界想要亮起来，我们心头阴云不散。最后我说："咱们回去吧。"

消防员弯腰鞠了一捧水，把脸埋进去使劲揉了揉，说，回去吧。

"也许他被别的消防员，你那些战友们，安置到别的地方去了呢？你看村子这么大，广场周围每个路口都有很长的屋顶避难所。也许他当时并不在家，而是随便呆在什么更安全的地方呢。"

我对他的不快束手无策，当我们划了一圈重回原点去检查舞台架子时，我知道我们各自都在猜想。有好的也有坏的，但谁也不愿说。

村里所有的灯都集中到了广场，车载应急灯，手电，一些人用手机照明但很快在消防队的提醒下关掉了，因为所有人都不知道攥在手里的可怜电量会不会在关键时刻派上用场。这样许多人的五官消失了，每家人都在黑暗中缓慢蠕动，脑袋和胳膊影影绰绰。

消防队和国王卫队轮番休息，开始把散落的木板拼接起来，形成一块大的一次能够载很多人的浮板，天色快亮时人们在安排下再次爬下屋顶爬上浮木，一批一批迁往更安全的地方——穿过正北的一条街，直达村外的山脚，另有一批消防队员早在地势较高的地方安排好了许多帐篷。

天已蒙蒙亮，夜色中小憩的人纷纷醒来，带着犹如凌晨班车乘客特有的疲惫和微微怒气，开始向山脚移动，那条由灯光组成的游龙再次蠕动起来。我看到妞妞和眼镜他们爬上木板离去了，人群中没有发现太太和豆干。我寻找着人群中能落脚的地方，心急火燎，恨不得马上回到家中。

她们是不是还在卧室的双人床上等着我一身湿漉漉地再从窗口跳进去？她们有像邻居们那样爬上屋顶吗？消防队怎么没把她们从街上带到广场来？我尝到了懊悔切实的滋味，它和胃里的反酸涌上喉头的感觉如此相似，以至于我分不清哪边才是真正令我痛苦的原因。

我挣扎着往回家的那条街口游去，但人群忙不迭向我这边来，在逆流中我跌跌撞撞寸步难行。一位消防员把我拉到旁边给人群让道，他的手指粗大有力，有捏碎小提琴颈的危险。他不比我高多少，却异常结实，捏住我的胳膊，我就像被上了铐。

"让我回去，我要回家，我家里还有人没救出来！你跟我一起走，你快帮帮我！"我几乎是哭喊着对他说，但他不说话，就像水中的石像，水漫过我们胸口，他像浑然不觉。

我一直眼睁睁看着最后一批村民撤离，然后他松开了我的手。几乎是向前扑倒的，我又躺在了水里，没了命向前划，恰好遇到了一股顺流，很快我就撇开他一大截。游了不远，我看到他还在远处追赶，他终于肯开口说话了，他喊：

"海啸要来了，快回来！"

他的声音也同样孔武有力，我也用最大的声音喊回去：

"你别管我，什么海啸我也不怕，你见过怕水的树吗？我要去救我家的两个姑娘！"说完就继续奋力向前游去，一直到我再也看不见他为止。我此刻唯一的念头就是找到那熟悉的房子，找到那熟悉的窗口。


村子的街道以国王广场为中心辐射状分布，我们家就在其中一条通往海边的街上，越往前游，水位就越高，我看到本来露出窗户的房子逐渐只剩下一道窗楣，进而是屋檐下的一条排水沟。村子的整个一层统统不见了。

很快我就看到了一只牢牢附在屋顶的梯子，那是太太为了方便我出行特意安装的，如今它只剩下最上面三阶，水中的倒影另有三阶，我们的房子就在这儿，可不见太太和豆干。我心里着急，潜到水下去看。窗户敞开着，我小心翼翼地钻进去，这是太太的卧室，我躲过单脚着地悬浮着的床头柜，看到衣柜门没锁，一只白色的袖子露出来像海带一样摆动。

钻过卧室，相似的景象又在客厅重现，如果有耐心，我本应再多看两眼我们的电视、沙发在水中的新生活。但我必须急忙寻找楼梯，然后用嘴里这口气耗光的速度迅速向上游。脑袋露出了水面时我看到了半截再也没人清理的断掉的楼梯扶手，一些碎木头正安静地漂浮在水面上，在我的嘴边来回游弋。我迫切想要弄明白，我们的家，我们的吊灯、楼梯和阁楼为何一夜之间变成了随着水波摇晃的影子，一阵微风都能把它们毁灭。

我从水中爬出来，满怀期盼郑重地往阁楼门中望，理所当然地，太太和豆干不在那里。阁楼房间里到处是我的物件，凌晨黑暗中发出声响的存钱罐正碎在地上，豆干亲手塞进去的硬币散落着，失去了往日的温暖，而像极了考古发现中某个被泥土保存了的瞬间。

我此刻还有一个机会与阁楼中大部分物件告别，并选择其中一样带走。

首先我看到了钥匙串，因为它放在最显眼的地方，而且闪闪发亮，上面系着我非常喜欢的一只弹吉他的小白狗。钥匙只有三把，我遥远的那个家此刻是扁平的黄铜色，楼下储藏室里有一辆陪了我很久的自行车，无人问津的黑色时光布满了它梅花状的每一个棱角沟壑，最后一把亮闪闪的所代表的就是我脚下这个危难中的家。我决定带上它，这是我还要回来的凭证。

随后我又看到了那个发卡，它仍保持着阳光明媚那天的形状，两头翘起，在桌面上达成微妙的平衡，我知道它虽静止却敏感地时刻准备着要晃动。我自问经过再多曲折我也依然爱那姑娘，爱给我悲伤，又给我积极的力量，没有任何理由当灾难来临时不把爱带在身上。

桌上还有个小镜子，我发现在之前不久自己成了个爱照镜子的人。我知道自己是个怪物，我丑陋，我有着一种不属于大多数的悲哀，但我逐渐找到了审视自我的勇气，而且也逐渐学会自我欣赏——如果有人愿意接近这树下的怪物，就会发现他对你笑，牙齿美丽又明亮。伦勃朗和丢勒经常描绘自己，他们自尊自爱，他们的臭美造就自信。我觉得镜子也要带上，并且我要在这灾难中保持自己的整洁，这种矜持的美丽必须持续到我的死亡。

如果再环顾下去，我就会发现我不得不连同整个家一起随身携带了。我猜早上遇到的每个人，在离开自己的家时都有着相似的困扰，他们必须拿上救援浮板能允许的最大重量。我想我最应该带上的是音乐，我所珍重的每一样东西，在音乐中统统都有。但音乐的方便之处在于，它从不曾离开我们，只要我们还能张口，音乐就在，于是悲伤和喜悦就都在。这棵能让我保命的杉树就是我的音乐。

最后时分我看到了离开旧家时带来的那个包，它挂在我的床头，如今我用它来装袜子。我把袜子统统抖落在床上，挑了一双换上尔后想到我可能不再需要它们了。然后把钥匙、发卡、镜子都装进包里。

我的肚子恰好就在这时咕咕叫唤起来，我饿了，非常饿，我想吃很多东西。我重新跳下水来到厨房，搜寻着可以吃的，但一切都泡了水。不多时我就需要上来换气，第二次下去我找到了柜子里的三个鱼罐头一瓶花生酱，带着它们回到阁楼吃得满手都是，然后把剩下的花生酱和两个罐头一起塞进包里，保险起见还套上两层塑料袋，之后沿着小楼梯往天窗外面爬去。

往屋顶的最后一段楼梯使包里的罐头有节奏地捶打着背部。我站在第四阶上犹豫了一下，这种期盼如今仍然存在，我希望太太和豆干出于一些不可设计的理由藏在了屋顶背阳面，一道朱红的主脊恰好挡住了我们彼此，为的是当我搜寻过后登上屋顶，能迎来一阵属于豆干特有的尖声呼叫。

这种期盼令我迟缓，由一个恰当可信的钟表时针组成，无限接近一个重要的时间刻度，我需要长时间凝视着它才能感觉它挤压注射器般的推进，进而，那个时刻终于来临，却没有任何事发生。屋顶上果然空无一人，她们离去了，抛弃了她的装有糖果的抽屉和她的花花草草，我则失去了与她们借拥抱分享恐惧的机会。在海面上，我看到那排异样的水带正逐渐扩大，它有着呼喊的势头，却暂时没有声音的同步威力。

就在我呆住的刹那间，震天巨响袭来，这不是我印象里新年音乐会序曲上的一通近距离震动心房的擂鼓。凶猛如狮虎，即便死去空留皮毛，余威不散，而海这种怪兽，焉能有人将之剥皮做鼓？这鼓又得如何擂响，谁又能听得到、受得了，听罢站得住脚？我眼睁睁看着巨浪长大了，它被扬起来，用走兽突然前爪起立准备撕扑的架势冲来，瞬间越过了远处的树和电线杆，并继续向前吞噬着，永不知足。

我跳下水本能地逃避着它的追赶，猝不及防的水浪急忙把我掀起来，又重重拍下去，我觉得自己全身碎了，肌肤的防护散去了，从里到外像海绵般饱吸海水，什么都来不及想，什么也听不见，什么都抓不住，我的谨慎绵延的小生命瞬间被拍成了一段一段细碎的铃声，每一声都由水花组成。

我要吐了，把二十年的记忆、情感、认知全部掏干净，重新灌进去一片白茫茫冷冰冰的液体，我身上的每个毛孔都在大口漱着水，我的呼吸吐纳全都变成辛咸味道，最后的一个念头是，也许这个我要变成无知觉动物的片刻，才是我此生最接近这颗蓝色星球本来面目的时刻。我们彼此享用了一个真正的拥抱，它花了一个喷嚏，我则要付出全部生命与精力。


我见到一样奇妙的物体，它是一块漂浮的木头，却能像鸟一样张开两片活动的翅。翅被螺钉订在本体的一端，随着水流一张一翕，蝴蝶为配合凝神观察者的呼吸而做的无声小动作，但与自然相比自诩精巧的工艺终显笨拙。我伴着它游，然后在恰当的距离伸手抓住了它。一阵气泡正从我耳边滑过，无数潜藏在树上的气泡结队涌现，那些正呈现昏绿色的气泡如滴水下落的倒流。

我曾见过两个捉螃蟹的少年，一个勇敢出手，一个犹豫不决，因为他们一个对螃蟹了如指掌，一个则是平生初见。熟知螃蟹的少年可以一边做指导，一边悉数它的吃法，另一个就瞪大眼睛听，然后第一次用食指触到了甲壳保护下

♪ 210

的青灰色的陌生生命，那只蟹已在另一只手的钳制下动弹不得。那只蟹（它有幸在下午的个头比较中赢得胜利）后来被装在了透明罐头瓶里，在三天后终于和狭窄、光滑、一点勉强的水一起发出了夏天的腥臭。

我把那奇怪的物体从水中捞起，抓住了它的双翅，努力把它们对接到一个平面上，于是本体部分巧妙地交叉成了十字形，在它们刚好吻合在一起时从下面托住了底。这是一张折叠桌子，如果想象它的来历，则它有着和我相似的不幸。我顺手把它挂在了树枝上。

一只小笸箩倾斜着倒在桌子上，流下的是土麦，夹杂着灰尘沙石的碎麦粒，这是某种工业原料的特殊副产品。两男两女围坐在桌子旁，年纪不大，眼神统统好得很，开始了一项需要细致耐心的工作——把麦粒从沙石中分拣出来。

笸箩复笸箩，整整一袋子才是完整的工作量，四人需要尽早完成，追赶着天黑之前的时间，心已经不在家里了。这间屋子小，土麦的味道差，却难以置信地容纳了庞大的全家，他们是我的大姑、二姑、大伯和父亲，当下一次他们再有机会围坐起来时，我手中的相机发现二姑的手皱纹多且深，大姑则有消瘦了的奶奶的模样。这样的记忆稀少又昂贵，因为它们距离我之远，正像这海水茫茫。

我的漂浮不以时间计数，而是失去一切概念的任水摆布，自此我才理解我们遥远的祖先为何开始挽起绳结，记录就是为了逃避浩渺无知的恐怖，有自觉的意识面对大面积纯色无垢的恐怖。我此刻看不到村子，也看不到山，大概是随着浪潮的褪去，我被带到了这大海深处。少有的，这独处的空间四面全是海洋，水蔓延到天边，天空只有远航的水鸟。实则这广阔无垠是一间狭小的自我封闭的罐头，我感到无限自由，为自由欣慰，又为无限所束缚。

从平面环顾是如此，从纵深的角度，我亦无法像海鸟飞往天空，又对这深海一筹莫展，如果没有得自杉树的幸运，我此刻早已葬身水底，永远无人知晓。

我平躺在水面上，杉树有一半没入水中，雨休放晴，天空如洗，我的眼睛甚至找不到一处可以停留的地方，这片海被长时间静置着，晾晒着，连一丝云都没有。阳光安静地照射着海面，在波纹上形成无数光点，光点又组成长长的弧，美丽又炫目。那些光仿佛正在怂恿什么事物般揉动着，一切都像停止了，只有呼吸和血液的奔流在不可避免地继续，我唯一的动作就是随时保持脑袋的竖直，以免海水进入耳朵。

我的父亲曾在这上面吃过亏。他那大八岁的哥哥为了让他学会游泳，采用了最简单粗暴的方法——直接把他按进了门口的小河里。这在一定程度上是有效的，因为人总有求生本能，一些应急措施总在危险关头学会，但河水同时灌入了耳朵，从此他的耳中时常发炎化脓。自此我又一次回忆起父亲的事，觉得凭记忆远观是有效的美化方法。

到了晚上，星空升起。

我平生第一次完整而平静地看到太阳逐渐隐去，当这个世界的光亮消失后，那些遥远的世界遗落的光才从缝隙里透过来，最后我发现我们这个世界简直就是个布满密密麻麻小孔的筛子，银河横跨在黑暗的海洋上，我意识到自己已经整整一天一夜没有开口说话时，就再也说不出任何话来。甚至也不困不饿，就像死亡提前到来。

也许照这情形，它应该就在不远处向我张望，不擅自走近，也绝不离去。它是极有耐心的狗。我想到消防员应该已经把村民安置在高处，他们此刻也许拥挤在大帐篷里，担忧着一切，等待着可以回家的时间。但尖嘴猴子不在其中，太太与豆干也不在其中，他们不小心与救援的队伍错过了，但再也错不过海啸了。

也许他们正像我一样被卷走，又被甩到了海上，却没有赖以生存的树。也许这个世界已经失去了他们。我明白消防员的自责，我们永远也无法接受为了救助他人而使亲友遇险，这种悲伤无法被任何东西化解，这就是我们内心最顽固的一点无害的私心。

此刻我极愿意饱含泪水死去。恩底弥昂曾得到一个机会自由选择死法，但过分的留恋使他放弃。我想要得到这种死亡：在最悲伤的时刻，永远融化在夜晚的深沉嗓音中，追随我深爱着的人们而去。

第二天一早黎明毅然到来。一只巨大的水鸟落在杉树枝头，全身通黑，却生着个红关公脸儿。它似乎很沉重，卧在哪根树枝上，哪根树枝就被压弯了。

我不驱赶它，它也不怕我，我们和平地共处了一段时间后，它干脆在树枝上睡起觉来。也许它把我当成了海上的一棵枯树。我想我现在一定就像《西游记》里的那个镜头，石猴前往斜月三星洞学艺，途径千山万水中的一个片段，划着枯树在水面上前行，只有指甲盖那么大。

后来它睡醒了，就在树枝间跳来跳去，时而跳下水去，再浮上来时嘴里叼着条小鱼。它沉默而害羞，短暂相处的时间里它一声也没叫，这与我熟知的雀们大相径庭。后来它大胆地沿着树干下到我的肚皮上来，衣服敞开着，我的肚脐露在外面，它就刚好窝在上面。它的团卧一开始凉丝丝的，它没把身上的水珠抖净，后来在我们共同暖化了那些水珠以后，它变成了一团奇妙的温度。我只消活动眼珠就能瞅见，它又闭上了眼，悠闲的回笼觉越睡越暖，直到我也第一次感觉到了倦意。

再次惊醒时我发现它不见了，我的肚皮凹陷着，一枚惊喜的卵正巧妙地放在我的肚脐上，醉人的珍珠白色使我的肚子感到沉重，比它妈妈的重量更甚，一股喜悦正从肚子以下传来，颤动着，颠簸着尚未出生的它。我得拼命抑制住自己，因为这枚鸟蛋处境危险，随时有可能从我肚皮上滑下来。

我第一次有了动弹四肢的动力，轻轻抬起脑袋，小心把两只手往肚皮上合拢而去，一个漫长的过程，我的手掌带着两股海水的湿润从左右安全地包裹住了那团白。直到这时我才放心令自己开怀，我由衷喜悦，永恒的繁衍仍在这星球上继续着，捧过头顶，阳光肆意地照射着鸟蛋，我感到有美好的音乐正在觉醒。经历过希望渺茫的一天一夜，这段短暂的不知死活的漂流结束了，我必须从此活下去，我非要看到这只小鸟出生不可，我非得把刚才这段音乐演奏出来不可，我要大声嘶吼，我与这天地同在！

我想起背包还一直挂在身后，就翻身把它取下，摸出鱼罐头打开，狼吞虎咽地吃掉了一半，又摸出镜子来仔细照了照自己。我真是狼狈，头发很长，飘散在海水里，胡须不知从何时开始繁茂，脸色灰暗，一点也不比下水道里住了几年的人更整洁，捧起海水来洗也无济于事。看着看着我就笑起来，不知是否因为脸上太脏，我看到自己的眼睛很亮，牙齿也非常洁白。令我奇怪的是，鸟妈妈一直没有回来，也许她抛弃了它，那这可就是今天的喜悦里令人悲伤的夹心，苦味厚重浓郁。

晚上我不再茫然地看着天空发呆了，我要悉数每一颗我认识的星星，我需要了解方位，告别原始而无知的痛苦。要确定北方非常容易，我有无数种方法辨认北极星，从大熊座方向、从天马座方向，从现在隐去的仙王座仙后座。

我看到历经磨难的赫拉克勒斯，他身边的牧夫座，曾在黄金的时代与人类共同作息的阿斯特里亚，以及远在天边的涅墨亚雄狮。每个夜晚观星是种奇妙的体验，心胸会随之广博璀璨。我一边看着这些熟悉的人物与故事，就像翻动古老的儿时读物，一边细心调整着自己的方向，头冲向北极星，脚慢慢蹬水滑动，双手捧着沾满我体温的鸟蛋，就这样我开始向遥远的未知的北方逐渐前行。那里依然是一片漆黑的夜与漆黑的海，但我已经充满了勇气，这件事如此奇妙，值得我用一生歌唱。

　　我猜村子应该是在北方。村北是山，南面向海，退潮的水不出意外，会把舔下来的乱七八糟的东西带到南方去。或者至少北方应该有陆地，至少我得把这未出生的小鸟安置在稳当的地方。我不清楚它和它妈妈是哪种鸟类，不清楚它们本应有的生存规律，我只有按照自己的设想来办——设想又来自电视纪录片里的海龟，它们应该拥有稳妥的出生与成长，某天在冥冥之中会有声音告诉它们去寻找海洋。于是我携带着它前往北方。

　　蹚水前行相对游泳来说省力不少，但也慢得多。我蹚蹚停停，累了就闭上眼小憩，然后撩起水洗把脸继续前进。由于前进的方向上枝叶浓密，我还要随时转过身瞭望，以确定前方没有阻挡，或者看是否已经找到了陆地。不久之后我在一次瞭望中发现远处的海面上出现了一个蠕动的黑点，眯起眼睛仔细看，它上上下下，像是个有生命的东西。黑点逐渐变大了，它正奔我而来，在我发现它的同时它似乎也发现了我。它越来越近，一个轮廓逐渐显形：尖耳朵，黑鼻头，巴掌宽瘦长的小脸，舌头吐在嘴外，那是条狗。

　　我好奇地看着水中笨拙刨动的狗，它来到我身边，前爪一扒就爬上树干，拼命地抖水，抖得水花四溅，抖得整棵树都跟着它来回晃动。我认出它来了，春天我随太太上市场，还经常给他喂食来着。我很高兴，就喊了一声，它却吓一跳，狂叫着往后退缩，藏在树枝里。我明白了，它也只道这是棵树，却不曾想树下还长着个人。我伸出胳膊抬起头，这回它也认出我了，摇着尾巴来跟我亲热。它舔啊舔啊舔，好像要从我脸上舔出点什么不存在的东西来。它还是那么瘦，无论在市场上还是在此刻，永远都在苦难中，永远都在傻乐。

　　我终于制止了它舔下去，摸着它的脖颈，突然想到，这狗经常跟在蓝围裙身后，莫非他如今也在附近落难了？于是我向四处张望，果不其然，远处另有一个浮动的小点有一种独特的藏蓝色，我也向他划去，不多时他伸出了手抓住树枝，带着一身依旧的古怪、神秘爬上了杉树。

狗在我们两人之间兴奋地来回奔波，他终于发现这棵漂浮的树是我，很惊讶，把眼镜片搓了又搓。

"有什么吃的？"他问。于是我把背包从水下捞出来，给他罐头和花生酱，他把两只袖头从胳膊上剥下来拧干挂在杉树枝上，两只手抓起罐头里的鱼干嚼巴，狗就在他下巴颏那儿接着零碎。吃花生酱时粘了满脸，狗就趴上来舔了一遍，之后他们洗了脸，他一句话也没再多说，倒头就睡，它则茫然地看着他睡，然后走过来蹭我，在我的抚摸下也安静地闭眼了，不清楚究竟睡着没有。阳光很好，把我们周身全都晒得金灿灿，我们本来黑色的头发都带了金稍儿，蓝围裙脸上的眼镜片呈现七彩，也许是种高级玻璃的特征。

他打着鼾，仰面躺在两枝树杈间，让它们刚好把自己的胳膊架住，这样就不会在沉睡中掉下去。期间我一直没闲下来，孜孜不倦地在往北方航行，用我简陋的双脚，艰难地做着北方梦。他身上的水从树干上淌下来，身上渐渐干了，风一吹过，两只剥下来的袖头就像小旗子一样摆，漫不经心地和这阳光一样慵懒。

随着一声饱嗝，他醒了，第一件事是用指头抓捏检查袖头是否晾干，然后重新套在胳膊上，这比较花时间，因为他两只眼睛睡得朦朦胧胧，看一切物体都带重影。他用海水揉揉眼，酝酿了一口痰，吐得远远的，望着它直到确信它没有飘过来而是被海水吞咽到了远方。这之后他沿着树干往低处走，往我这边来，张开两只手保持平衡，驱赶着狗以免绊倒自己。他蹲下来看我，我就冲他笑。他的脑袋在我看来是倒着的，太阳刚好在他耳朵尖儿上。

"你也……"谈起处境，他有些尴尬。

"对。正如你看到的。"我回答。

"还有很多人也落水了。"他告诉我。这真不是个好消息，我的心再次揪了起来，积郁难平。他说消防队把人们安排在离山丘五公里的开阔地，在海啸到来之前另有一部分人没来得及送到，整个村子全淹在了水里，之后被卷走的人就什么也不知道了。

直到刚才我还在想，至少妞妞和眼镜他们安全，他们不会成为我悲伤的那部分，或者在我见到他们之后成为我最悲伤的部分。结果现在他们的安危又成了个疑问。我想灾难最严厉的痛苦不在于自己的磨难，而在于你不知道那些你心里重要的人们是否也同样在经历磨难。人类用了百万年认识又改造自然，建起文明的村落，一场天灾就让我们回到了原始，我们在文明中培养了彼此紧密、亲切联系的习惯，突然降临的分隔断离就会产生严重的不安，我们永远也无法回到较低度的集群，回到个体也可以独立生存的时代，死都不能。

随后他发现了树枝上的小桌子，取下来在树干上摆好，岔开的桌腿刚好钳在树上的不规则凹陷里。他盘腿坐在桌上，狗就蜷在他身边，我问他现在前进的方向对不对，他说自己也被冲得晕头转向，对不对听天由命。我觉得我是对的，因为很快我们在前进的方向上遇到了另一个在水里被淹得七荤八素的家伙，我们费劲把他捞上来时他已经喝了一肚子海水了。

这个人奇怪在，他被捞上来时穿着一身燕尾服，除了两只脚上不见了鞋子，这身行头倒是十分绅士地一丝不苟，就连被圆滚的肚皮撑起的白衬衣也服服帖帖扎在裤腰中，粉色的蝴蝶领结让他更加滑稽可笑。他平躺在树干上一动不动，我突然觉得这是一只大号企鹅，我猜我们的狗也是这么想的，因为此刻它正对着他狂吠不止。

蓝围裙先生小声嘟囔道："我知道这家伙。"

我就问他的来历。"认不出他的脸，但我认识这身衣服。"他一边给"企鹅"

掐人中一边说，"他小时候过生日得到了一身燕尾服，自打穿上身起就再也没有脱掉过，据说就连睡觉和洗澡也是。大家都知道村里有个穿燕尾服的人，看看他可笑的衣下摆，走到哪儿人们就笑到哪儿，后来他干脆不出现在人们面前了。他跑到海边去，拿起鱼竿来，日日夜夜钓鱼。最开始偶尔还有人在海边见到他，后来他沿着入海的河流往上游跑去了，越跑越远跑得所有人都快忘掉他了。"

说着躺在地上的他吐了几口水，渐渐睁开了眼，一个激灵坐了起来——又差点落回水里去，狗从后面咬住了他燕尾服的尾巴。

"你干什么坏东西！"他马上暴躁起来，对着狗扬起手掌，怒目而视。

"他救了你！"蓝围裙先生说。

"这是两码事！救了我我很感激！但咬我衣服我忍无可忍！各算各的，不能掺！"他扭过来检查自己的衣服，努力要找出一针一线的破损，尽管挑剔如针但失败了。

蓝围裙就把狗藏在身后，护住它。

"那是你的狗？"燕尾服问蓝围裙。

"不是。"

"哦。要是你的狗，这账可要算到你头上。"他说。

我觉得这个人怎么如此可恶，言语恶劣不说，他那肥硕的体态简直能加剧浑身弥漫的臭味。

"那救了你是不是也算在我头上？"蓝围裙问。

"算在狗头上。"

这下我们真的有点恼火了，我想翻个身把他扔下海不管了，蓝围裙先生倒是捏着袖头上的松紧带，不紧不慢地说：

"那好，你来给狗磕三个响头吧。"

那人眼珠转了转，说："狗要我磕我才磕，它没让我磕，我就不用磕呗。"他背对我盘腿坐在树干上，屁股上两团滚圆的肉让人想上脚踢一踢，一转头，厚实的腮帮就扭出三道肥腻四溢的褶，我真不愿多看他一眼。

"救命恩人让你磕，你就一定会磕？"

"更正，是救命恩狗。"

蓝围裙先生冲我喊："你就让他磕上三百个头吧！"

我马上回答道："呸，这家伙把我的杉树磕破了，我觉得不值！"

他吓了一跳，笨拙地在树干上爬动，换了个方向坐，一对硕大的鼻孔直冲着我，小眼睛眨巴眨巴看着我的肚皮在水里起伏。

"……是个人？"

"是棵树。"我说。

"树……树……"

"修炼了五百年，成精了。怎么样！"

"别胡扯，你这点把戏……"他说着站起来就要往我这边走，我却一点儿也不想让他碰我，急忙一翻身，整棵树在水里转了个个，上面晒得有点蔫巴巴的树枝拍进水中，另一面湿漉漉的枝叶抖动着钻了出来掀起一片水花。两人一狗站不住脚，也被掀进水里。蓝围裙先生和他的狗手脚麻利，很快抓着树枝爬起来，把正在挣扎着浮出水面的那穿燕尾服的人按回水里。

他在水里拼命扑腾着，把水溅到我们脸上，在他快要筋疲力尽时我们再次动手把他捞上来。这回他不说话了，把水珠从头发上抹掉，又攥着自己衣摆拧出不少水，最后把袜子脱下来就近挂在树枝上晾。他一言不发，我们也一时不知说什么好，我自顾往北方划去，一直到夕阳快落下。

燕尾服最初偷偷看我，也许想弄明白我究竟是个什么怪胎。我偶尔发觉，他就装作看别处，掩饰得仓促拙劣。我真想告诉他咱们这一条船上都不是什么正常人，互相打量简直犯大忌。后来他站起来仔细盯着水面看了一会，从上衣内袋里摸出个小铁桶，打开来倒出一样东西，同样是个铁家伙，更加细长，竟能一截一截推出来变成一支两米余长的小手竿来。他在我们的注视下整好线，从口袋里摸出一小疙瘩黏糊糊的东西，沾了点水挂在钩上，然后扔出去——线卷曲着，扔得不远，但我们往前一走，竿就展开了。他坐下来，全神贯注地看水，仿佛那水是有表情的，他在看它，它就能冲他笑。水是个美人儿啊。

不多时燕尾服突然站起来，脚下不稳摇摇晃晃，但手腕一抖，一条巴掌大的小海鲫鱼被挑了出来，他向后跌倒，手在慌乱中抓住了摆在树干中间的小桌子腿，小鱼就蹦跳着拍在他脸上。鱼线在空中左右乱晃，他的左手迎空抓去，三次挥空，最后终于握到了活蹦乱跳的战利品。他腋下夹竿，把那弯曲的锋利小金属从鱼嘴里捏出来，然后手指抠紧了鱼鳃向我挪过来。

"献给你，我的恩人。"他说。

我说我不要，他也不强求，蹒跚地转身挪步回去，把鱼扔在小桌子上，继续抛竿。不多时他已钓上了七八条，拍死了堆在桌子上，狗跑过去嗅嗅，他就驱赶它。

蓝围裙突然问我可不可以借一根树枝，我开始不知道他要干嘛，就同意了，他却三下五除二地从树干上折下一条长枝，让我心疼不已。他把那根树枝剥干净放在脚边，从袖头上捻出一根丝线，拿到树枝上比了比，然后又捻出第二根。他就这么捻了三五根，把它们搓成一股，一头拴在树枝上。

我明白了，他要做根渔竿出来。但他没有渔钩，也断然不会向燕尾服借。他的手又放进围裙口袋里摸啊摸，摸出一块亮闪闪的表。他把那表卸开，倒出许多零件在手掌里，从中挑了一片很薄的空心齿轮，一咬牙，把它从中间一掰两半，掰成了两片带倒刺的半圆弧，这就是他的渔钩。他把渔钩也绑好，扔进水里——扔得很远，他那手搓出来的渔线瞬间绷直了，直钻进水下。

燕尾服看着他乐呵呵地笑，把眼睛给笑没了。

"你那玩意儿也能钓鱼？"

"钓给你看。"

"你连饵都没上。"

蓝围裙听了这话，耳朵根红了，但他偏偏嘴硬说："我这钓竿不需要饵。"

燕尾服又自己乐呵起来，不再跟他搭话，但转了转身子面冲蓝围裙。我很清楚，只要他在看着，蓝围裙就再不好意思把竿从水里捞起来，他那空钩就只好在水下为他钓一点面子上来了。蓝围裙将错就错把自己的简陋渔竿搁在树枝间，又掰了些软枝当绳子（我全然来不及阻止），把它拴好。我们的疲倦竟是以这样的方式升空的：太阳色调逐丝剥离，等我们察觉到其下掩盖着珠宝时，它们已经灿烂到不能用手指触碰了。


第二天早上天还没亮我看见蓝围裙蹑手蹑脚把渔竿捞起来，他别出心裁的渔线隐藏在海面下的部分已经不知去向，水面只留给他上半截一个假象。他蹑手蹑脚地从树枝上把绑好的渔竿解下来，余下的时间全用来对付自制渔线那个牢牢绑在渔竿一端的死结。一边正忙碌着，我看到燕尾服也不声不响地醒了，他小心翼翼地向蓝围裙身后挪动，在树干上保持平衡对他来说格外困难。现在那只大号企鹅挡住了我的视线，他从口袋里摸出一个小纸包，拍了拍蓝围裙。蓝围裙被吓得哇哇大叫，整棵树都在水中晃动起来，睡作一团的狗也蹦了起来，在我们三人之间来回奔走，不经意间看到了那副被燕尾服挡住的窘态，用一阵欢闹的吠声迎来了清晨。

燕尾服的纸包里盘旋着半透明的细线，这种奇妙的化工纤维曾在数百年前代替了小提琴上的羊肠。现在这些亮晶晶的线失去了爱抚，行使引诱与索取。

两人在渔竿上换了真正的线，绑上浮漂和齿轮尚未丢失的另一半，重新丢回水中。这赌气的垂钓谁也没有对渔获抱有希望，但他们仍默契地做这件事，仿佛这样就可以建立困境中比食物更稀缺的补给——相互信任。

当我们心平气和地面对眼下的处境，我发现燕尾服不再那么令人讨厌了。他们两人各守着一只竿。一只频繁地起落，在桌子上堆起巴掌长的小鱼，另一只竿却始终不见动静，和所有不为人知的抱负相似，一时显得毫无欲望和企图。燕尾服钓起的鱼很快就足够吃了，我们不仅喂饱了狗，还找到了一种野蛮的炫耀方式，把剩下的小鱼穿刺在树枝上。蓝围裙教我在空罐头盒里盛水，系在装罐头的塑料袋里放在太阳下晒，取出袋子里蒸出的水来喝。

午后一次集体的睡眠再次向我们袭来，我趁机悄悄拿出鸟蛋来看。自从他们爬上树，我就把鸟蛋藏在背包一个较小的隔袋里，让它在水里安然漂浮着。我曾暗自担心他们会吃掉这只鸟蛋，后来我们就过上了每天吃鱼的生活，我却依然担心他们会不会突然特别想要换口味。我还要担心它会不会在水下被磕碰到，会不会从背包里滑出来神不知鬼不觉地独自开始深海冒险。它在哪儿，我没完没了的担心就跟到哪儿，解脱的方式只有两种，它终于孵化，或者它还是被吃掉了。我打开背包看它时，它依然是老样子，我猜蛋壳一定是小鸟的屏风，在它梳妆打扮完毕决定跟你见面之前，谁也看不到幕后的样子。

我把背包装好，重新放回水下，不得不面临午睡的困境。似乎从我能搜寻到的记忆最前端开始，我就对午睡这种大白天的奢侈行为望而却步，无论是在学校纪律还是倦意的强令下，我都会坚持为目光留下一线希望。这段安静的希望难得在于，周围的一切失去了语言同时也失去了防备，他们伏在桌上或隐藏于枕头间，为脑袋与天花板空出了一整片素净的白色，这片白色又与平常所见不同，我的眼睛与天花板之间正酝酿着一个透明的秘密迷宫，无数个迷宫。十余年之后我漂浮在海上，仍然保存有固定的记忆与习惯，使得我愈发变化多端的外表伪装在时间面前露出马脚。

燕尾服和蓝围裙两人一起躺在树枝间，在他们身下是一片几乎被清光了针叶的粗枝，蓝围裙枯瘦的背正对我，燕尾服则仰天平躺，一股恰如午后大海般的起伏正在他雪白的衬衣肚皮上显现。这同样是个在履行光荣使命的怪物，此时此刻我完完全全理解他，理解他的燕尾服和所做的一切。我们那共同的苦恼就是，都把本该拿来应付某些场合的服装执拗地穿下去应付所有场合。这样想来，那些村子里围观我的人中，统统都是仅因外表趋同于大多数而得以安然旁观，他们悉心隐藏的不为人知的另一面则要比一棵从胸口长出的杉树更加突兀，更加惊悚。燕尾服则比多数人更加坦诚，并因这坦诚而被视为异类而已。

他的故事也可以独立成章，因为世界上存在那么一类人，当我们想讲他们的故事时，可以发现一连串大大小小组成的惊喜。

或者我之前对他抱有的敌意，有相当程度来自对他的陌生。蓝围裙抢刘阿姨的花盆时我也曾觉得他不可理喻，初次见尖嘴猴子时我也对他怒不可遏，后来他们也都因彼此熟悉带来的宽容而成为我最亲密的伙伴。

渔漂也在沉睡，不是睡在某个午间，而是睡在十四岁之前。它的悸动很快就随着一场花香而来，唯一能解释这种震颤和萌动的就是，在它那不为人知的心底正在发生着一场分娩或孵化，一种最美好的事情就要降临于世。

我知道钓鱼时不能高声呼喊，甚至不能跑动，但此时我该怎么叫醒枝头熟睡的两人呢？

也许是经年与钓竿相伴培养出的警觉，燕尾服像一团发酵面般自然地醒了，睁开双眼，手背上分布着四个软坑的胖手伸向渔竿——那段树枝，一边调整着自己的身体，把蓝围裙蹭到边上几乎要掉下水。蓝围裙也醒了，他嘟囔着意犹未尽的梦话，把一根较为细弱的树枝压得嘎嘎响。接着他也意识到了自己

223 ♪

处在一个怎样的危急情况里，马上屏住呼吸，密切注视着水面的一举一动。狗也醒了，被蓝围裙按住嘴巴，听话地卧倒。渔漂也在一瞬间醒了，它往水下一坠，燕尾服的那只胖手已经牢牢禁住了一个神秘重量，压弯了竿又绷直了线，海水中涟漪不断，蓝围裙和狗又惊又喜，终于欢呼起来。

"还没到庆祝的时候！"燕尾服说。他把简陋渔竿的一头撑在胯上，两只手向前抓，他的肚皮间瞬间形成一个费力杠杆的三角结构。

两人一狗都站在枝头，水中的大家伙又在拉动着鱼线，三晃两晃眼看杉树要沉没。我令自己蜷成一团想要向下坠，好从另一端把树压起来，却不知应该如何使劲。我感觉自己已经被那条鱼拽了起来，肚皮和两条腿都浮出水面，我看到肚脐盛出一汪海水，水又从两侧滑落，在我的腰间留下两道冰凉的擦痕。一番挣扎也没能阻止大鱼的拖动，我被撬了起来，树干上的水哗哗流下，树上放的桌子在掉下去之前被一根树枝挂住了，之前那些被穿刺晾晒的小鱼历经磨难终于重回水面，但它们早已失去的生命。我们要翻船了。

"往中间跑，别站在树头上！"蓝围裙说。

可树干已经惊悚地倾斜着，哪里还跑得动，两个人只有拼命紧紧抱住树干，燕尾服还不肯撒手，攥得树枝嘎嘎响，虎口挤得毫无血色。我们的狗冲了上去，帮他叼住了那根简陋渔竿，蓝围裙伸出手想要帮忙拽渔线，却被喝止了。

"别碰线！别碰！鱼会跑掉的！"燕尾服声嘶力竭地喊，一股胀气的通红遍布腮帮，收紧的下颌处先后显现出三层下巴，只有第一层是真的。

突然水底的力量弱了，我们这只大跷跷板跷起的一头马上跌落，我连人带树在水面上砸出了个大水花，溅得一片银光闪闪。燕尾服好不容易松了口气，站起身要往树干中间跑，可他实在太胖了，还没站起身来就发觉那条鱼的第二轮发劲来了，只好再次伏下去搂紧树干。于是我们又一次跷起，折叠桌在我头上发出沉重的拍打声，我感觉耳朵里灌了点水，难受极了。这次我比上回跷得更高，这证明我们正在拔河比赛中失去优势，绳子中间的红布条正在缓慢往对方阵地上移动。鱼再次坚持了一小会儿，我们又落下，喘息之余大家都在拼命地想对策出来。

"我有个主意！"我说。

"说！"

"你松开手咱们认输了。"

"那不成！我这辈子从没在鱼面前认输！"

"那好，还有个主意，等它下次缓过来劲儿，咱们就一起沉下去喂了它吧。"

"它不见得能一直拖下去，马上它就累了！"

一直没开口的蓝围裙突然发话："听我的，把渔竿给狗。"

燕尾服疑惑地问道："要怎么办？狗可拉不过那家伙。"

"听我的，"蓝围裙说，"给狗。"

于是那根被粗暴地折下、去了枝叶绑了渔线，又被反复坠弯再伸直的可怜树枝交到了狗嘴里，然后在蓝围裙的指挥下，狗飞快地从我们另一侧跳入海中，扎了个猛子不见了，只有一根渔线绕着树干被勒住。很快狗又在对面一侧水面浮起，爬上来越过树干跳回海中，反复几次之后渔线就缠在了树干中间，燕尾服和蓝围裙把渔竿系在一块树皮上坚硬的凸起后面，这样我们终于决心跟它战到底了。

两个人找到了个好位置，伏下身抓紧，狗站在树干中央对着渔线入海的地方狂吠不止，我们准备好承受它的下一轮发力了。果然鱼又在水下挣扎起来，这次我们没有跷起，整根木头的浮力完全足以对付它了。妙哉，我看到渔线晃动着，在水中左右摇摆不定，突然发觉自己这情形宛如一根小提琴上的弦轴，牢牢地勒住，把声音锁在琴上。

现下鱼是拉不动我们了，其实它也没有那么惊人的力量，只是刚才蓝围裙和燕尾服（特别是他）都站在了树干一端，它轻易地借助了我们之间重量的不平衡。但我们应该如何把它弄上来呢？燕尾服说，动手去拉线是绝对不行的。

我很快就明白该做什么了。我让两人先跳下水，然后模仿着小提琴弦轴的转动，在水中翻滚着自己的身体，杉树就跟着在水面上打辘轳转，蓝围裙和燕尾服一边浮在水面，一边帮着我翻滚，渔线以每一圈一个树干周长的速度被收紧，那个闹腾了一晌的家伙终于要浮出水面了。收获之前，这就是最好的时光，应该开怀畅饮。


我是最后一个看到它的人，看到它的一瞬间，我业已明白二人的欢呼、狗的兴奋从何而来。

这尾大鱼比我们的狗还大，它的头呈现一种姑娘指甲上被凤仙花花瓣浸染后出现的俭朴的殷红，有着肥硕的梭行体盘，侧鳍和尾鳍尖端一股柠檬黄悄然浮现，在阳光的照射下每一片鳞（每一片都有我小指甲盖大）都在闪闪发光。

我看到它时它正被燕尾服紧紧搂在怀里，他全然不顾自己的肚皮像面团般被压扁，低下头用自己的嘴唇寻找着，终于找到了大鱼那晃动不安的、滑溜溜的唇，它和他那饱满厚实的绷紧的唇贴在了一起。他觉得自己的喜悦只好用双唇表达，哪怕它们从未亲吻过姑娘。

大鱼确实漂亮，它周身淡淡的色彩令人联想起晚霞，令人想到它的父母又该是如何神奇又伟大，大海的成就，阳光的杰作。

我们把大鱼放在小桌子的对角线上，尽管如此仍有一丛柔软的尾鳍从桌角垂下，随着我们航行的深入，那团生机之光终于从它的眼中悄然消失了。晾在水外的鱼告诉我们，生命是一件可以在空气中挥发的东西，需要悉心保管。

我们长久地陷入兴奋中，蓝围裙甚至脱光了身子下去洗澡，燕尾服则坚决不干这种事。不是出于一个胖子对身体的羞涩，而是他身上自始至终的原则性问题，对服装的如同氧气的依赖症。他只肯把白胖的双脚投入水中，摆弄着短小的脚趾，两团雪白鱼背般浮动在水面以下，那里连一根流淌的静脉都见不到。他的体态就像年画娃娃。蓝围裙先生清瘦，从肩膀以下，皮肤略微的灰黄色隐没在海水中，他老了，尽管头发可以染色、修剪，但皮肤却诚实得一塌糊涂。人老了就会犯一些常识性错误，固执地穿着旧皮肤和旧念头不肯脱，也和燕尾服没有区别。

坐着的人问水下的人："你可知道这鱼的来头？"

水下的人不回答，因为他不知道，但绝不肯说自己不知道。

"这鱼我可认得！"坐着的人洋洋得意起来，胖脚晃动出一圈圈波纹，那波纹向外辐射，碰到了另一副躯体就消失不见。

"求您给讲一讲。"我突然对他说。我非常喜欢这条鱼，我想知道它的名字甚至以外的东西，而他需求的却是我这句话，我们在这一刻如此互相需求着对方。

"它叫历鱼，历史的历，日历的历。"

"历？"

"因为它们的繁衍生息规律恰好严格符合历法。雌鱼是红的，对应农历。说起来你可懂农历？"

"说实在的不是很懂。"

"农历就是种植法。农历的制订有两个参考体系——阴，就是月亮；阳则为太阳。月亮运行产生月相，月相的每一个轮回就是阴历的一个月，称为'朔望定月'。太阳运行产生气候，依次修订节气与年。"

我煞有介事地冲他点头，但忍不住补充道："倒是……有许多不准确的地方，气候的产生源于太阳直射的回归运动，究其根本在于地轴的偏向，即所谓黄赤交角的存在。每一个寒暑交替都意味着地球的运行回归到了上一年的原位，但实际操作过程中星体运动却存在岁差。

岁差基本可以按照物理运动的动进现象理解，飞速旋转的陀螺，其自转轴会缓慢地朝向反方向旋转，即是说地轴本身在不断发生变化导致了回归年与恒星年之间存在误差。回归年的定制事实上是按照恒星年标尺来的，这个标尺被称作太阳黄经。太阳黄经标注了我们与太阳之间的相对位置，二十四个节气就分布在这样一张以一个天文单位为半径的巨大刻度盘上。但由于地球公转的速度并不稳定，在近日点附近节气会以黄经15度分隔，远日点最多却能达到30经度。而农历月则是以朔望的时间追赶回归年的进度。有个常见的误区，过完十二个月亮圆缺才到下一年春节，这与农历的'一年'没有任何关系。"

他双眼眯成缝看我，身上的肉随着水波一颤一颤的。"我不讲了。"他说。

"别……"

"得了。"他吐了口唾沫，唾沫团在水中飘荡，宛如星际云气里一团嗷嗷待哺的新生小星。他开始动手穿袜子，费劲地把脚盘上来，隔着一个肚子的距离把袜子往细白的脚背上套，在每个屏息的间隔里随着肚皮的扩张腿会重新摊开，他不得不重新沉一口气好把腿扳回来。他这么套着，每只袜子都花了点时间，然后站起来在树干上踱步，第二次路过小桌子从大鱼身边经过时他忍不住咳嗽两声，我把笑意强行忍住了，央求道：

"求您了！"

他斜了我一眼，装模作样地整理衣衫，那身燕尾服面料讲究，上面一个褶儿都没有，随着他的大屁股扭啊扭，终于扭到了个合适的姿势。

"春分准时出现，夏至产卵，秋分时当年孵化的小鱼随着鱼群一起消失。这期间，每个月圆之日活动最为繁盛，而朔月则基本不见出没。这是雌鱼。奇怪的是，雄鱼的活动规律却完全符合公历，它们恰好会在元日出现，八月繁殖，十月末才会彻底消失在人们视野中。"

他晃着脑袋，手指在鱼背上摩挲，仿佛那是一只正在获宠的猫，把背部那种肆意的愉悦弧度尽情展示。物种雄雌有别的很多，但作息规律差异悬殊如历鱼，我却闻所未闻。我突然意识到这种鱼何以存在，它们需要符合的规律其实不是历法，而是情感思维。在这里，雌性代表了农历和感性，是稍显凌乱但极具浪漫气息的农历，重视艺术与感受；而雄性思维相较而言偏于理性，恰好对应了严格、精密、规整的公历，显示的是通常性、标准化、范式格调，吸引他们注意的永远是政治。有趣的是公历正是由它而来。

罗马统治者儒略·恺撒采用亚历山大的索西琴尼算法颁布了罗马历法，以365天为一年，并配合回归年差置闰，史称儒略历。儒略历把全年分为12个月份，六个大月和六个小月穿插，后来的帝国开创者、第一位奥古斯都·恺撒得到了一种奉迎，他出生的八月从小月升格为大月，八月以后大小月以新顺序排列，这样一年中出现了七个大月，最终所有的账都算到了二月头上。八月的奥古斯都为我们展示了一种可能，即一人之力改变世界，博尔赫斯说整个世界都在他巨大的身影覆盖之下。（我漂泊在水中，永远不可能把记忆描述得像书架里的一页般准确，正如后来某个日子我重新翻阅发现这句的一个经典译法是："这里也是一个后来者，他巨大的影子将整个世界笼罩。"）

一旦想到恺撒，我就不可抑制地联想到恺撒彗星。彗星恺撒的命名是个巧合，当恺撒遇刺身亡之后人们恰好可以在天空中瞻仰它。奥古斯都建造了恺撒神庙，另一位诗人为我们做了描述：在神庙的后面是一个巨大的恺撒站立像，在他的额头贴着一颗燃烧的彗星。在罗马恺撒胜利竞技庆典上，"彗星连续七天于第十一时在天空出现，人们认为这是恺撒升天的灵魂。"

同年，在遥远遥远的东方，当我的祖先——一群汉朝官殿里的长袍天文官抬头仰望时，绝对不会意识到他们头顶的这颗灿烂星体被寄予着一个大人物的精神。他们的描述则是："元帝初元五年四月，彗星出西北，赤黄色，长八尺所，后数日长丈余，东北指，在参分。"当我们想要寻找一段传奇、一段非平凡的生命，就必须抬头。


罗马失闰也曾被人们津津乐道。事件是这样发生的：在儒略历的明文中写着每隔三年一闰日，那些负责记录的所谓"语死早①"的僧侣错误地理解为每三年一闰日，于是在罗马迎来帝国和奥古斯都之前的三十六年里，闰年意料之外地泛滥成灾。这种动乱终止于奥古斯都在公元前九年的新律，取消之后十二年里的所有闰日，把儒略历拉回预计的轨道里。

儒略历存在重大缺陷。1582年教皇格里高利颁布新历法，在儒略历的基础上调整了闰日的设置，定百年九十七闰。

世界上最艰难的事莫过于改变习惯。自格里高利历颁布以来，全世界都先后接受了它并用之取代儒略历。其中最曲折的当属瑞典。1699年瑞典决定用一种平缓柔和的方式迎来新历，方法是自1700年始取消掉所有闰日（这些闰日恰好是千百年来儒略历法上多算出来的），那么到1740年的某一天在瑞典这个国家想象中的未来里，时间列车会圆滑地驶入新轨道而毫无颠簸。于是这漫长的四十年时间瑞典就需要忍受一种极大痛苦：殊于众人。

---

① 语死早：新兴网络用语，即"语文老师死得早"，用以讽刺对方说话或文章语病多。

据我所知这种痛苦在我们历史中的任何地域、任何朝代都存在，却鲜有人能坚持到底。于是卡尔十二世放弃了这条路，决定回归儒略历。但这始终只是历史发展的一个插曲，到了1753年瑞典决心像所有野蛮人一样强行采用格里高利历，当年的2月17日夜晚被缝上了3月1日的黎明，犹豫迟疑再一次付出了更多代价，千金难买的九天凭空消失在宇宙的虚无中。时间在每个人身上的流动似乎没有变化，而人们会觉得是自己不可察觉这种变化。

我们的生活就这样交织在两条线之间，明线是公历，它像条延展向前的尺子时时度量每一件事，直到第二年回到起点我们才发现这条尺子并非直线，而是日复一日不被察觉地弯曲并最终首尾环接。还有一条暗线农历，它一开始就是变化不定的曲线，随意地盘绕穿行，相比刻度尺悬挂着我们每一天，我看它犹如观察一只草丛中的野兽——眼前只有一只四处乱嗅的潮湿鼻头，它的工作就是探寻一切来自我们生活的风趣。我回想起一首音乐里的两股织体，坚定不移的旋律线和时时呼应的伴奏，共同形成我们对音乐这样事物的综合观感。

这天夜里我们迎来了第三个要登船的人。在我们迎着黑漆漆水面和夜晚的寒冷看不清他面目时，他是一阵我们内心共存的恐惧，经过了一整夜不眠的煎熬我们终于确定那只死死抓住了树干的手来自一个我熟悉的人，他的面庞长久地藏在长发里，在我们摸黑努力寻找他生命迹象的时候，一枚观音像恰当地从粗壮的脖子里浮出来，翠绿又恒久。也是在这天夜里，我终于看到了我们那多灾多难、亟待重建的村庄和旧时生活正在天际的边缘。我们此刻正乘着一股水流前进，我放松了脚步，缓缓地漂着。

他非常虚弱，需要我们不停地向他的嘴唇里灌水。每次倒光我们的小罐头瓶，只能让他喝下去不到一半。自从那场年轻人的动乱结束后我竟再也没见过他，他失去了消息，也许是我选择不再接收他的消息。他的生命存在仿佛已与我无关，但我也绝不希望他就此死去。

我抬头时迎来了蓝围裙的目光，此刻他安静地坐在树梢，两只手藏在裤子口袋里，围裙笼统地遮盖了身上所有该出现的起伏，只有两片褶皱出现在被双腿悬空架起来的地方。很快他的注意力又回到了仰躺着的人身上。这人很强壮，我们确信他只是因过度疲惫而沉睡，呼吸粗鲁且对一切毫无掩饰，那头掩盖了面庞的长发则来自另一场深刻变革。

也许，我讨厌他的所作所为只是出于个人情感，而世界的成长恰恰来自每个变革。尽管掩饰得很好，我还是发觉了燕尾服的紧张。他长时间蜷在一处针叶茂密的树枝间一动不动，完全失去了往常的自在，没有令那大肚皮舒坦下来吞没裤子上第一颗扣子，也没有迎着清晨第一缕阳光往大海里小便。他紧张得有理，他就是我身上的每一个羞于见人的缺陷、怪癖、疾病。

甚至我也不愿轻易面对这位变成另一副模样的老熟人，有了他的存在，我们不得不意犹未尽地结束幻想，投入到现实的无情里来。

在这个恼人的黎明中，只有我们的小狗保持着欢快的常态，它傻乐呵呵地拼命摇动尾巴，在蓝围裙的抚摸下把脖子缩成一个极舒服的形状。


他终于醒了。而且伴随着这种苏醒，仿佛那在睡梦中漂浮在身外的一切、他的记忆情感知识判断全都在一瞬间回归本位。他清醒地意识到了自己获救的来龙去脉，并第一时间在树下、水面不远处发现了我正紧盯着他的眼睛。于是他就对这一切更加明白了。

趁他开口说话之前我猜了猜他要说什么，可他还是问了个出乎我意料的问题。他问：

"这是第几天？"

我回答："第五天。"

"那时候可不多了。"

"您又有重要的事要做？"

"大概如此。"

"那这次会影响很多人吗？"

他沉默一晌，呆坐一晌，接过了蓝围裙递过来的清水喝了又喝，一直等到我都快忘掉这茬儿了，他重又捡起话题："会。"

他的声音深沉，他的回答良久又慎重，却仍不能化解我的担忧。于是这话题结在这里，我的双眉不经意间起了皱。后来在路上他又悄悄地问我，能不能为他写一些音乐，神情小心仿佛是什么见不得人的事。真正的音乐从来都不是见不得人的事。就此我断然拒绝他，他很失落，我不清楚他身上的落魄感是不是自打那场动乱结束后就存在，而且一直要持续到我们回到村子。

村子南方有一处暗礁，时时露出一片极其苍青的脑门，我们远远看到，许多落难的村民爬上了礁石，远远向我们挥手。我们离近了，小狗疯狂地冲人群喊叫，在十几双紧盯着我们的眼睛中我有了个惊喜发现。那双眼睛在小脸上大得突兀，它狡猾又迷人，它时时显得迷惘，它是小作家的眼睛，如今只剩下喜悦的单纯。他第一个冲下暗礁，水花在他脚踝上溅起，他跨上树干，把一双赤脚撇成鸭形，蹒跚来到我面前蹲下，他好奇地伸手来摸我，我也摸他，但我们最终都停下没能碰到对方身体，有一种时间的奇妙隔阂，古老的原始森林里，两只久别重逢的猴子互相寻到了对方的气味。

许多人也跟着跳上树干，我发现最后一个人竟然是莹莹。她一声不响地站在人群后，最后一个登船，远远坐在树头上，攥紧了两把杉树枝，时而越过人群投来一个稍纵即逝的不安目光。我突然感到莫名的疲惫，人与人的关系太复杂，如果一直想要尽力梳理，就一生疲于此行。

小桌子被折叠收起又挂回枝头，燕尾服则用怀抱收藏了大鱼，大家依偎起来，不再顾及你我之别，所有人都在逃避惶恐——一开始是洪水，后来是小礁石，现在发现杉树也不安全，随时有倾覆的可能。现在开始的旅行才是真正的沉重。我们越接近村子，我越觉得村子遥不可及，水路永远那么长，再也走不完。我感到双脚像发面饼泡了汤一样肿胀无力，胸口前的背包里藏着沉重的一枚卵，树干上每个人的重量都令我眩晕，我真的想要在这水中生根发芽，故乡再也不回去了。

所有人都在等我。我们的家乡也在等我。那感觉就像乐队指挥悬空的两只手，幕布外是个敞亮的大舞台，坐在自己乐器后面的那些黑衣人都已经就绪，灯光和眼睛都在等我。

莹莹从最远的树梢上跳下水，扶着树干游过来，她张了张嘴但这段路太短，依然没有酝酿出合适的语言。最后她说："快起来，你可不能输给杉树。我心目中的你是像植物一样生生不息的，强大的你。"于是我看到杉树壮大的声势，枝叶翠绿繁茂，稳稳地托载着我们。我们既是伙伴又是敌人，如果我一味软弱，就将再也无法活着见到它发出我想要的声音。我抓住了莹莹的胳膊把她扶上树干，告诉她我只需要休息一会就好。

尖嘴猴子那只冰冷的手还是爬到了我脸上。

"我之前见到马太太她们了。"他说。

我突然全身一颤，静静等着他继续说，我不睁开眼，但全部的担忧都在双眉间。嘴唇上一道干裂让我尝到了血味。我几乎都忘了太太从丈夫那儿继承有一个马的姓氏。

我不小心呛了一口水，海水直接倒灌进了鼻腔，一阵难以想象的蛰疼感涌来，我的四肢登时委顿，整齐的水波流线消失了，前进停止了。我痛苦地呜咽、眼角、后脑和脸颊似乎同时被什么东西勒紧了，每时每刻我都准备好要晕厥过去。我熟悉它，这种痛苦是我的另一个老朋友。

如同长城或金字塔给人留下的文明直感，我想古印度的代表词汇是色彩。我一直认为色彩通感是一种与生俱来、无法培养又不可剥夺的灵感，就像有些人天生就能感知每个文字或音符的具体颜色，世界对他们来说就是满眼跳动的橡皮糖。

雅利安人花了上千年的时间渗入了欧亚大陆的几乎每个角落，公元前1500年他们中的一支从旁遮普向印度河流域迁移，征服了达罗毗荼人，漫长的动荡使得两支闪闪发光的签条从掣签瓶中抖落出来，一支是《摩诃婆罗多》，另一支的名字则叫《罗摩衍那》。古印度文明迎来了最富想象力和传奇色彩的时期，雅利安人血统里的高傲基因则又演化出了另一样事物——每当我们谈论印度文明，我们就不得不谈论瓦尔纳，即种姓制度。

这是第一道颇被诟病的文明之虹，我们在谈论它，因为它是首度出现的色彩，这种独特使人想到：除了这里是彩色的，世界上其他文明都隐藏在单一色调中，青铜绿、大理石白、风沙黄……在这道彩色中，婆罗门来自原人的口，用白色代表；刹帝利是双臂，他们是红色；吠舍由双腿化成，特征是黄；首陀罗则是一双黑色的脚。色彩准确直观地表明了洁净程度的不同——他们之间的最大差异。这是古文明中非常独特的感官视角。

在这片土地上其后所要经历的时间里，孔雀王朝丰富了佛教，莫卧儿王朝带来了伊斯兰气息，外来的及其原有的交杂滋生的异乎寻常丰富的典籍、文化、教派、哲学思想，像争抢同一块石头的菌苔一样复杂难辨。然而有一种更为独特的古老修行独立于纷争之外，成了新的大陆文明地标，这是我们的第二道虹。

瑜伽符合大多数人对印度的固有印象，怪异甚至可怖的瘦和柔软，典型的天人合一式的朴素东方哲学。所以它的标准像应该是一个把腿盘在头顶的干瘦老者，他带有沉默的威严与神秘。瑜伽把精神能量解释为轮脉，以七种颜色标示：红色的海底轮、橙色的生殖轮、黄色的脐轮、绿色的心轮、蓝色的喉轮、靛色的眉间轮以及紫色的顶轮。我觉得至此，这片文明尽显对色彩的敏感和执著，是我之前从未发现也没能想到的。

哈达瑜伽注重身体修行，其中有以盐洗鼻的涅悌法。古印度僧侣以盐水灌鼻清理鼻腔，当现代人模仿着在鼻子中灌进盐水时才明白，这毋宁说是清洁精神的修行，初心者的鼻窦面对盐水仿佛失去皮肤的鲜肉，或没有壳的鸡蛋般脆弱。我爸爸，就是那个我记忆里的小提琴演奏者，获得过许多莫名其妙荣誉的人，曾受瑜伽启发以盐水洗鼻法战胜了自己的轻度鼻窦炎。而且在不久之后，我因为一次小流感带来的擤鼻的麻烦惹得他心烦意乱，用近乎上刑的方法在我身上强加涅悌。当盐水灌进鼻腔中，我可以准确地感受到巨大的蛰痛与异物感竟然来自前额与后脑，而这也正是它的恐怖之处。

我几乎是颤抖着从这种久违的痛苦中醒来，满眼泪水地看着尖嘴猴子，他甚至不明白刚才在我身上发生了多么大的事，我简直是在直面那遥远文明的痛苦。而那片文明最辉煌的时刻已经逝去了，如今它只剩下制度、核武、外交、经济这么几个令人不耐烦的词语。或许所有文明都是。


"我见到了，她们好好的，连衣服都没沾湿。"尖嘴猴子说。

我突然想到尖嘴猴子曾经最擅长的就是撒谎。自从他开始学习写作后，这种本领得到了另一种途径的利用，但要说偶尔再撒个小谎，何况是为了宽慰他人，我觉得他的旧习依然还在某处蠢蠢欲动。

"她们俩坐在一张大床上，顺水漂流，也像你今天一样救了许多人。"

讲到这里我就打消了一切疑虑，这是真的。他没有撒谎，没有编造。我乘着树，太太和豆干乘着她们的大床，我们在家里分别之后各自漂流，这件事绝不是尖嘴猴子的小说，这一切都是真的，而且我要亲眼去看。此刻我无比思念她们，无比想要拥抱她们，在经历了这样一场灾难之后，最大的欣慰就是所有亲友安然无恙，进而是所有善良的人们都安然无恙，我们面临着非意志的分隔，就再也不愿分歧争执，再也不愿彼此分离。

等我把埋在水中久久不愿抬起的头再次露出来时，我们金光闪闪的村子就在眼前，而欢呼的人们绝对无法分辨我脸上海水与泪水的区别。

洪水已经退去，我们的房屋需要重建，我看到所有人都在忙碌。重建码头，救援物资随着大船远道而来，人们重新爬上屋顶修葺加固，每个人都知道灾难中能拯救自己的有时就是自己的一砖一瓦。

获救的人们离海岸好远就跳下杉树，赤脚蹚在水中，这一段平坦的水路不再充满恐惧，而是欢乐喜悦的，是金色的。人们取下所有树枝上穿刺的小鱼干，这样他们跳下来用脚掌欢呼时，手里就有了可供挥舞的东西。把关于洪水的一切都踏得粉碎，这一刻他们强大无比，因为他们拥有在寒冷的小礁石上从未展现过的笑容。人们歌唱。

有时我觉得应该在远处待得久一点，似乎我必须用远观来呵护这种喜悦气氛，而踏水声、歌声和劳动号子融合在了一起，我听得恍惚朦胧，像是在画展里投入地看一幅油画，这种观者对景物的参与永远交杂着一丝旁观者的意味。在那个想象中的画展里，我在一幅画上就得到了大满足，所听所见所获得的都是足以触发我内心热爱的。

蓝围裙也跳下来，整理一下随身物品，包括那只取自我身上的鱼竿，并要求我把那只折叠小桌子送给他。我不舍得，因为这小桌子使我想起我遥远家乡的亲人，但我最后答应了他。然后他就往景物深处走去，狗也顺从地跟在身后。我突然发现自己仍有个问题要请教，我曾费尽心机为他换来杜鹃花，甚至差点死于村子地下，对于这整件事他还欠我一个解释。

我喊住他，那个视线里只剩下他本人一半大小的影子回过头来，一人一狗望向我时我却又什么都不想问了。一个书中的故事总要有头有尾，但现实往往没有太多解释的机会，也许如今我已经不在意那些，与他相伴的整个路途中一分一秒也没想起来，那就应该永远忘掉。我挥了挥手，他们就转身走了，回到他们那个突兀的有点莫名其妙的故事里，只留给我想象。

表哥也下了水，起先面冲我倒退着走，终于在我脸上找不到他想要的东西了，毅然转身而去，孑然一身不知同情或畏惧——哪个用在他身上更加准确。但我知道他永远不缺乏朋党，那些朋党正隐藏在暗处，需要他发现。我们都不缺朋党。

燕尾服告诉我，他仍不想被大家看见，希望能从偏僻一点的地方上岸，于是我们划水沿海岸往西走，他在一处竖着铁皮网的工厂区上岸，向我们告别。那地方并不怎么令人舒心，巨大的安静吞吐的烟囱成了他的背景，但只要是没人的地方他都能自我快活起来。有时我觉得他需要为将来做出点牺牲，想劝他一改陋习，但又觉得他本人未必没考虑过自己的一切，他也是聪明人，也许早已做好准备接受最伟大的考验了——不是歧视甚至也不是嘲笑，而是别的什么。

莹莹也要赶快回家去，她相信她的小院子和父母，还有她们的鸡都完好无损，他们每一样都比院子里的小辣椒更强大，完全没有理由毁灭在这连辣椒都能战胜的动荡里。而且她永远带着能重拾一切的勇气。我变得无比信赖她，就像我如今信赖那些曾经怀疑和疏远的许多朋友一样，最终都回到洛希极限这一微妙平衡上来。而且据我所知，现实中宇宙环境的复杂多变，在不断地违背洛希极限这一理论数据。

我现在要上岸，我要回家去见太太和豆干，并就那个夜晚我从窗口跳出就再没回去的事听任发落。尖嘴猴子一步不离地跟着我，我们一起光着脚往家跑。我察觉到背包里不正常的颠簸才想起还有颗鸟蛋，连忙收住脚，撕开拉链把它握在手。它看上去很安全，没有磕碰开裂，却不知历经险难过后，如今这是一副空壳，还是依然暗藏生机。

　　我们的家看上去也依然完好无损，曾为我加固的房顶结实又漂亮，窗玻璃被细钉和胶泥镶在窗框上，窗框是红色的瓦也是红色的，紧关着的大门也是红的，我们悄悄从窗口望进去，房间里太太的一截围巾也是红的，正蜷曲在一片积水里，墙壁被烫出了燎泡，天花板上的一块白湿漉漉摔在地上。

　　我们跳进去，看到了劫掠后的一片狼藉，沙发正在缓缓地吐水，小物件统统不在原来的位置，植物软伏在地。我抽开柜子上藏有糖果的抽屉，惊讶地发现里面空无一物，那一大铁盒糖果还没回来，她们还没回来。于是我们重新爬出去，回到海边，回到水里，远远离开岸边。

　　"现在只剩下我们了。"我对尖嘴猴子说。他正躺在树干上，肚皮上的条条肋骨都在衣服下显现。他正望着天空中的一朵云。

　　"现在离你很近，从来没这么近过。"

　　"是在跟我说话吗？还是跟云？"

　　"都是吧。"他说。

　　"你不着急回家吗？"

　　"在见到你之前，我父母都被洪水卷走了，他们没能获救。"

　　此刻我们多希望这又是一次谎言的历险，忽上忽下鬼怪横行，但一切终会归于虚无。在他说话的时候我眼睁睁看着那朵云向北边行去，那里似乎有什么粘稠的东西令它的滑行犹豫又迟疑。它似乎正在融化，就像黄油逐渐化在热锅底一样容易。今天响晴，每个晴天都是热情奔放的舞蹈，但在后台永远能看到

239 ♪

一些美丽哀伤的小玩意掉在地面上，踩在脚底吱嘎响，有些能穿透鞋底儿扎你一下。我们的世界太奇怪，所有亮晶晶的玩意非甜即咸，所有白花花的东西非冷即暖。

我趴在水面上，他仰躺着，两只胳膊垫在后脑勺上，这样我刚好能看见他的小臂骨头从一层皮肉里显露出形状，我发现他难以置信地又瘦了，慢慢他的重量就只剩下脑袋。我俩都不想上岸，甚至我觉得，我们有点盼望另一场洪水海啸，可偏偏这海此刻无比平静，一点微风都不见，一点乌云也没有。

我想起一件事来。

"快起来。还有件事没办。"

他肚皮一收坐了起来，把左边的腿放到右边来，改成斜身侧坐。我把鸟蛋拿出来，给他描述了我在那天早晨见到的一切。我还告诉他，我认为这件事给我带来启示，这就是宗教中描述的一些神明行为，使我愿意成为一个更好的人。

"'好'是一个太复杂的概念。"他说。他是无神论者，但在给这只未出生的小鸟做窝这件事上，他毅然支持我。无论是什么论，都在追求善与美，这个世界本该这样。

我们游向水边，在沙滩上挖坑，把蛋搁在里头。然后从杉树上掰下小枝，打了个花十字，然后用长枝条编出横纹，一个形似稻箩的鸟窝逐渐庞大起来。我们忙活一会，觉得枝条有点稀疏，准备再错乱地穿插一些枝条，好让它看上去不是个漏筐，而是一个踏实舒服的家。我们蹲在海边忙碌了很久，我听到背后有个小姑娘的声音喊：

"娘亲！你看！"

四只手同时停下了，我们不约而同地认出了这声音。这是一段明显的惊喜动机，尖嘴猴子已经抬头望见了她们，他的表情很快就变成了我期待的那样，我觉得我已经不需要回头了，我身后的一切都在夕阳中闪烁着金色的轮廓线，我所没有看到的都是温柔的，那枚还躺在沙堆里的鸟蛋有了温度，我的手指似乎已经穿过了羽毛，摸到了它暖呼呼的身体，如今它可以躺在我为它编的丑陋鸟窝中了。

　　一双小手分别从左右两边拢过来，合力抱住我的脖子。于是那张小脸就被拉近到能够从后面贴住我脖子。有一丛毛茸茸的头发弄痒了我，一股奶甜的热乎气息从身后传来，我背上多出的重量是我的希望，她发出吧唧吧唧嚼着软糖的声音，小手在脖子里某个地方扼住了我的呼吸。我们被背包里什么东西硌住了，她的手伸进包里拨弄着，拿它出来。是我几天前从桌上拿走的镜子，举到我面前，里面另有一棵杉树的树干，另有我们彼此。我的鼻翼上粘了什么脏东西，在我肩膀上露出了我们家沉默寡言的小姑娘的半张散发奶糖味的脸。

　　美不是天生存在的，在镜子里发现时它才存在。她对我背包的搜刮还没结束，找到了罐头瓶，失望地丢回去，钥匙从她手里滑落，它是这么回归我们的家园的——哗啦啦地在岸边的沙子里砸出一个亲密又多彩的坑，最后她才从口袋底部捏出那只发卡偷笑，然后告诉我说："我们救了那个姐姐！"

　　我从下往上把双手向后揽过去，把她整个背了起来，树枝上落下一些海砂，凉丝丝落在我们脖子里，等我转过身时却忘了这样一来她也会随着转到另一边去，我依然看不见她，但太太正在眼前微笑，身后还有那张她们乘坐的床。我就暂缓了把她放下再转半圈的想法，面朝太太走过去，径直走到她那个足以一下把她的两个孩子全搂起来的怀抱里，我们的身后各自有一条多么艰难又多么幸福的脚印。

　　码头的运输繁忙而有序，很快我们就看不到他们的细节了，所有人都笼统地变成一片攒动的金色，变成一片生机勃勃的绒毛，进而用灯火点亮一个星球。

[Cadenza]①

　　这个清晨人们在国王广场广场上搭好了我们的舞台这次我们的观众是全体村民可以保证一个不落村里的狗们大概有一半参加而猫却一只也不见今天是我们灾后第一次重演在表演之前另有人要借我们的舞台于是演员和观众们就一起等铺了红毯质量上乘的红毯踩上去柔软能把人鞋底子陷进去我们兴奋的时候就非常享受地原地踩来踩去一个身穿黄色制服的人从分开又合拢了的人群的海绵里走出来笃笃地登上舞台这个人有着硬朗方正的下巴当他转身面向人群时左耳郭正中一颗浅灰色的痣点悄然浮现正随着他的一声清咳而震颤模糊我想要从他小眼睛尖厉的目光中搜寻可以判断他身份的线索站在我身旁的消防员告诉我这是国王卫队的长官尽管有很多话想说但我不会讲很久他说首先我代表国王而来依照他的也是大家的意愿奖赏那些勇敢的行为国王卫队与消防队在灾难营救中不遗余力地发挥了自己的力量他们每一员都对这至高无上的荣誉当之无愧我很遗憾灾难必然伴随着死亡国王卫队的两位战士和消防队的一名战士永远地离开了我们我想此时此刻我们用默哀和追授的方式完全不足以表达我们心中的敬意但我依然建议大家这么做他原地立正带棱角的下巴像钢钳一样咬合在一部可以抖落阿拉伯的沙子的电影里曾描述过的那个身体部位两根锁骨末端夹合形成的凹陷上所有人都照做了唯有我不行我的脑袋会磕碰在树干上抬起来时脑门上沾满树皮缝隙里的碎渣于是只有我看到了那个遥远的呆立冷漠的影子他站在人群最后双手插在口袋里他是表哥此刻他属于不详他特别在一旦我看到了他就会时时关注他在烈士的荣誉追授仪式上我关心的永远是那遥远的影子在做什么但他什么也不做反令我愈发担惊受怕他永远都是那个遥远的影

————————

　　①　Cadenza：华彩乐章。让乐手自由发挥的地方。

子并终将影响我们的生活我看到三位战士的遗像被请上舞台两位与台上人身着同样制服的照片展示过后一张我一定在哪儿见过的脸出现在金黄色相框红与橘红配色的制服和白色头盔预留的空间里我努力搜寻他最后发现他曾在洪峰到来之前的早晨捕捉到了一心要涉险的我我认为自己一定是与他共处了他的最后时光我突然不知道该做什么直到整个庄重的仪式结束我都不再能听进去任何声音我被强烈的自责捕获踩蹦失去一切反抗的能力我几乎是带着哭腔向身旁的消防员讲了一切原以为这灾难就此结束我们可以重新回到生活的庸碌烦恼和难以察觉的幸福中去结果灾难远未能结束我将重回那个把我吞噬了的巨大的海浪的愤怒中直到这无情的海洋把我变成它自己的一部分就像情人间彼此做的事就像它对那位失去了生命的大个子消防员所做的事消防员没有说我也不说话我们互相沉默着只有黄色制服笔挺的卫队长官在讲话严谨的制服裤子中缝时而弯曲打褶又会在下个瞬间迅速恢复平坦绝不需要被滚烫的熨斗折磨消防员告诉我他的同事并非被大水卷走的而是在营救行动中碰到了落水的电线高高坐在电线杆上的死神面无表情地接纳了他我说我不信你在说谎你那沉默就是证据他用了我无可辩驳的严肃声音回答我绝对不会对死去的战友撒谎听了这话我的心情才逐渐平复逐渐敢于直视台下太太和豆干投来的目光她们正要被请上台来豆干一言不发地贴着太太站不时望向我在旁人的描述中我终于可以想象出那是怎样的情形太太和豆干乘坐一张卧室的床开始漂泊沿途搭救了许多人在我一个我深爱的糟老头子写道入夜了或夜幕降临了刚刚睡下床开始游动朝向俄罗斯划去我知道床的游动是个梦而较之普通的私人浪漫一个更伟大的梦则有那样的特征可以承载或拯救许多人太太本应是个做伟大事情的人现在她只是履行了她所降生的本分我一点儿也不为此惊讶那位长官向我摆手致意他们也要为我颁奖他说同样的这个家庭里不但有一张敢于漂泊的床更有一棵从胸

口喷薄而出的树令我们惊叹赞美于是那枚代表了本村国王嘉奖的亮闪闪徽章就挂在了我的左胸我那单薄的衣服被它压得坠下去我还有一点不适那冰凉凉的别针以围棋盘上一颗棋子的若即若离感表达了对我左边乳首的窥视意图我刚刚站定人群再次让道吐出一个气喘吁吁的人我见他是这副模样胖脑袋上毛发蓬乱燕尾服的后摆在他圆滚滚的屁股后显得短小可笑它的重负不单来自主人的身材他搂抱着怀中大鱼的姿势使衣服勒紧了自己腋下冲上台来高喊宝物送英雄把他那美丽的宝贝塞到我怀里然后从原路消失再没与任何人说任何话出乎我意料得沉重它竟还保持着刚出水那天湿润的初心我眼见今天这情形早不同往日我在音乐会上成为主角的日子因为人们不再是为了感受我而来而是为了让我感受他们于是我在台下得到了太太的欣喜豆干的自豪一些来自熟悉却未曾攀谈过的村民们的美好最后我在偏右的位置找到了一个姑娘的脸那张脸上仍带有两个半月前在一场惊心动魄的乡下之旅上打动了我的全部我想可不可以归结为意外来得突然我尚未做好准备而美则有着它固有的无匹说服力无可抵抗无可剥夺无可救药无法再给我更多也许我现在应该冲到台下去不顾一切地告诉她我的悲伤与苦恼来自何处告诉她我是从哪儿得到的爱与痛苦此刻注视着我有着和所有人看待英雄同样的神情无论我能否从中剔出一些憧憬仰慕她得以在太太的床上获救就有可能在她身上滋生出一些更复杂的理由这些理由恰恰是我不能表达爱意的原因我时时不忘与父亲做相反的事这就是一点关键爱绝不能成为困扰或绝境于是我冷静了我想要与大家分食这条鱼食事是一种美丽的结尾正当所有人都为此喜悦我见到人群再次被分开粗暴又生硬一个影子转瞬之间就来到台上无视了我径直来到卫队长官面前他站直了身在半个脑袋的高度上俯视对方他那冰冷的声音仿佛在空气中是种不谐震动每个人都迫于声音里潜在的恐怖不敢声张这人首先质问为何灾难预警不到位海防大坝为何没能起作

用灾难疏散又导致了村民们落水遇难他的对手扬起了钢钳一样的下巴盯着他说国王卫队确有失职马上会给出调查报告但那人从随身包里抖出一叠材料举证国王卫队的失职来自腐败而这位台上之人更加难辞其咎接着他又要求面见国王理所当然地得到了回绝于是他不紧不慢地又从腰包里拿出了一颗蓝宝石其光艳非凡出现在这里简直是在睥睨众生而村民们的惊呼更令我觉得这件事非同小可有人高喊这是国王的宝石于是人群发生了大骚动恐慌出现在每个人脸上其凝结核则是台上的卫队长官那个高个子继续说我已经去见过国王并从他手中得到了这个长官则回答道这绝不可能没有任何人能在不被我允许的情况下登塔一阵强有力的笑声恰在这里等着伏击他对方回答这不正是另一个确证吗国王卫队如何之腐败已经一目了然他说他最开始的运动没能撼动统治者但却意外地撬开了另一个口子长官击掌高呼抓住他但这人早已把宝石举过头顶喊国王给我谕旨卫队长以权谋私未尽其职且蓄谋王位已久应革职法办这颗石头可不会说谎国王知道卫队的腐败全因这一人你们不可与我动手否则同罪于是许多已经冲上台来的卫队队员收住了脚这人接着说我马上要去面见国王他将如实得知你们如何制服了贪官污吏于是长官的手臂被锁住了几只脚蹬在他身上此刻他连口都被封住只剩下呼吸的自由那个高个子抖了手中的材料应允所有人会在几天之后看到详细尔后向我走来俯视我的脸说我欣赏你而且你救了我的命跟随我到塔顶上住吧你不能永远呆在那个狭小阁楼里我问他发生的一切是怎么回事他说很简单我上了塔顶上面一个人也没有只有这玩意我说刚才这又是怎么安排的粗糙得就像你借我们的舞台演了令人不耐烦的蹩脚剧他说政治不就是演戏然后继续要求我去塔里住我想了想决定跟他走他说那我需要你再给我一样东西我要你的音乐我当机立断地回答你永远也别想得到于是他表情起了变化他说那也好办我要伐下你的枝条烧火这就不是你的自由了我保证无论你在哪儿

我都能烧掉说着他使劲在树枝上掸了一下针叶掉落了一片我盯着那颗宝石看它不是单独而纯粹的一个整体而是两层包裹其外是透亮的蓝色核心里隐约还能看到另一个较小的形体正在发出微微绿光我有两段想象在钱德拉 X 射线望远镜下的 NGC 7662 星云正呈现这种姿态红巨星时期抛散了自己的气体外壳进而演化为白矮星这个过程是新一轮的物质喷发这些物质与之前朦胧地包裹其外的气体外壳发生了碰撞成了形如水母的缺乏实感的透明这就是一颗太阳的消亡它恰与 18 世纪热那亚美丽的临海阳台上不知名老妇人优雅地干枯了的手指相映成趣我们所经历的一切都不再重现村子也不会声嘶力竭当表哥要离去时我看到他脖子里的观音玉像紧贴在皮肤上静止接下来是该我们的剧场表演的时间了。

8

把我的生命演奏给你听

第二个星期我给太太写信。怀着终日的惶惶，这封信是这样开始的——


老板娘：

见信安好。这封信从塔里寄出，向下穿过了二十八层无形的痛苦，有着小别后我不想挽留的急迫，如此地爱你敬你。

塔对所有人都是神秘的，且必须永远保持神秘，根据我必须遵守的规则不能向你详细描述。我只能笼统地说，塔上看到的景物与我们屋顶上看到的竟截然不同。塔的责任就是虚度时光，衰老是我们每个人的义务，但在来到这里之前我竟从未感觉履行它是一件多么艰难的事。

如果说时间这种虚无的事给我带来的痛苦如被咬噬，那么现实的具体的事则如刀切。我们的剧团有这样几个人：消防员、尖嘴猴子、眼镜、妞妞，在我走后又有约莫三五个人加入，他们都是村里的好孩子，尽管性格行事千差万别，但大原则上不会错。三天前的演出是一场剧本原创的古典剧，其中涉及了"国王"，符号化的国王。

戏中那位"国王"去看表演，戏里还有另一位"国王"——我抱歉这里有点绕弯——于是戏里的真"国王"就下令把戏中戏里演"国王"的演员抓起来，他害怕任何一个自己的复制，哪怕是虚假的模拟的镜子中的都不被允许，这个世界上只能有一个"国王"。

就是这样一出戏，现实的国王（就是您曾在房顶上赏了他一巴掌的那个）心血来潮不请自来去看了这出戏，他竟然下令把戏里的"国王"以及戏中戏里的"国王"统统抓起来，那是两位我不太熟悉的演员，而且好像为了营造戏剧感，这两位演员恰好是长相相同的双胞胎。他们因为演这出戏被国王抓走了，同时被抓走的还有剧本作者，那个在大水灾中几乎失去了一切的瘦弱男孩，他正奋力把剩余的财产转移到每一部写出的文章里，而如今他连这个自由都差点失去。这件事几天前村里人应该都知道了。

于是我去见了表哥，也就是国王。您知道吗，属于他的那一层敞开着，我没有遇到任何阻拦，他见到我第一句话就是："我同意你的任何要求。"他这样说，我已酝酿好的理由根据统统用不上了。就在今天下午他们三人应该已经回到村中，而我始终也没能与他们一见。


事实上我同意登上高塔，而不是回到我们的阁楼中，正是出于类似的目的。其一我非常明白我这样的异类要想在普通人中生存，必须得到特别爱护。不仅要有人容许我做出格的事，还得有人精心照料我的生活，我是杉树，而您恰是村里最好的园丁，不怕谁笑话，像冥冥之中有人为我作了安排，这人把我放到纸上，画了一个箭头，拉到您的名下求庇护。但您需要生活，豆干也需要生活，不是我故作客气，而是事到如今我已对自己

249 ♪

的每个亲人都开始抱有歉意。

其二，我已对今天发生的事有所预见。这个人会不顾后果做出一些匪夷所思的事，他属于最可怕的那种国王——随心所欲。我们中的大部分在所谓革命抗争的过程里很快学会了认清事实，并且警惕那些把"好事"、"正确的事"都做尽的人。虽不情愿，我帮过他，也救过他（这件事是情愿的），这是一个重要条件，我或许能干涉他，平衡或淡化一些严重后果。

最后我还需要满足好奇心，我想知道为何有这样的男性会对政治表现出趋光般的热情，也许近些日子的观察卓有成效，我大胆地说给您：他没！玩！够！他缺失童年，如今要补回来。所以他看似一本正经地"统治"实则有着儿戏的成分，令人担心后怕。

最后我要道歉，我的房租，钱的部分已经交清，钱以外的部分一辈子也再交不清。我难过的是，不能慢慢偿还了。我不想把信写得太长，因为可以分开来，把脑子里的东西一点一点寄出去。

您帮我照看的那枚红脸鸲鹟鸟蛋（我终于知道它的名字了）出生了吗？

祝您——无论是在上午还是傍晚收到都——安好。


                                            您的杉树


太太的回信当天下午就到了，我非常惊讶，惊讶于速度飞快、篇幅短小到毋宁说是张便条，以及内容本身：


你妈妈来了，希望见你。

我们总在犯毛病，当新奇的事物不再神秘，一股热情就会迅速地流失。我早已开始厌恶这塔，从厌恶它的古怪气氛开始。我甚至想当二十年前年轻母亲面对新生命时是如何好奇，但很快他所带来的麻烦、琐碎使美好的期望悉数落空，随着他的成长，他变得不再是搁在摇篮里新购置的漂亮物什，变成了独立自我，他终于从她那儿取回了自己的名字，也许此生都不再能被她拥抱了。

我的母亲却有着宝贵的热情和宽容，即使在她的儿子攀爬于叛逆期的泥沼、浑身散发臭味时，她仍对我抱有希望，正是这种才能使她容易获得比常人更多的发现。于是她从我身上挖掘出我继承于父亲的那种才能，而且善于呵护才能。从这方面讲，她具备了一个伟大母亲的所有品质，她值得拥有一个令她自豪的儿子，我时常这样想。

当我见到她和太太一起并坐在家门口的小椅子上喝茶时，胸口突然像萌动着除了植物以外新的东西，没有疼痛，却有不易察觉的痒。她们双双站起来，依然达不到我的高度，仰视我，母亲眼中的陌生感两秒之后消失了，尽管站在她面前的是棵树，她还是能从它身上找出血缘来，这种关系超脱了界的规定，回归于生命的本源，是藏在我们内心的钻石。

她上来抱我，然后轻柔地说：

"你爸爸去世了。"


我获得了一个专属座位，就在靠近列车长办公室的地方，有一个较大的足以放下杉树的隔间。隔间里有两扇门，一扇通往列车那令人遐想的驾驶室，那个地方曾是许多男孩的好奇心所在。我喜欢火车，它是一种古朴的审美，但我绝不想把它的核心——驾驶室看个究竟，我需要它在那扇门后，保持着它的神秘。就像我从国王高塔走出来，却对所有人闭口不谈一样，我认为不破坏神秘就是保护这世界之美的本身。

另一扇门通往列车的远端，那扇门敞开着，此刻站满了人，车上所有能挤进隔间来的小孩儿，还有一位人高马大的列车员。他们怯生生地看我，每当我的眼神和谁对上，谁就会不自在地朝后退，推搡着踩到后面的脚。他看我的眼神是温和而明亮的，他手里正提着热水瓶，制服一定是定做的，在大肚皮上服服帖帖宛若缎面下藏了橘子。车窗外的灯光照亮了一闪而过的浮游物，我们正在海下穿行，成为发光的蟒打扰着幽深的宁静。

列车员笑起来脸上未刮干净的胡茬就堆出一层青色，他来我对面坐下，我们把那些探望的小脑袋关在门外，互相问候了晚安，他的手指开始在桌面上轻轻敲打，我正想开口时他突然说：

"我真想不到。"手指停下了，进而跳到耳朵下在那抓挠着。

"我也想不到。"

"你指的什么？"

"这趟列车竟然不是个梦，你也不是虚构的人物，我竟还能坐着它回家。"

"我想不到的是这棵树竟然真的长出来了，你还活得好好的，竟还能坐这趟车回家。"

他说他在车载广播上听到我父亲去世的消息了。

"节哀。"

"没事。"

"肇事司机已经投案了。"

他说，看我的脸色，然后不再乱说什么。

"其实我一直讨厌他。"

"我小时候也曾经讨厌过我爸。不，我恨他，他老打我。"

"我有时候宁愿他总打我，但他只打过一次，别的时间他连打我的空闲都没有。我越是厌恶他，越觉得自己会慢慢变成他，我执著地改变自己，但他就活在我的血液里。"

他皱着眉看我，一条发光的鱼游过也不曾被吸引。

"我发现自己所作所为与他没有什么本质区别。我冒冒失失地做了许多不尽如人意的事，到处惹麻烦，承担苦果的永远都是我的亲人。但我不得不继续这么做，我需要保持交涉力，拒绝容忍平凡化，这正是我周围人灾难的根源。"

"你的父亲是个伟大的音乐家，我想你也会是。"

"我回去并不只是要参与父亲的葬礼。他是所谓的最后一位出色的小提琴演奏者……"

"音乐家！"

"就按你说的。失去了音乐，生活的根基似乎要动摇，我这里收到了三场演出邀请，与其说重获抛头露面的机会，不如说承担道德责任。他们失去了国王，我要回去继任。"

"这个想法美极了。"他说。然而他不知道我此前经历，不知道登极这一概念的另一面。

灯光灭掉，我的旅途需要飞快地倒转，从终点一步步拉回起点，一盘磁带正在黑暗中飞速旋转，绕着一只插在转孔上的铅笔发出磁条在两个缠盘上递交的簌簌声。母亲的声音打扰了它，她问我晚安。


进入手术室前我问母亲的最后一个问题是，分娩的感觉是如何的。她回答，平静，好奇。不紧张吗？我问。好奇把紧张盖过去了。她回答。

麻醉针输水瓶都很快会被忘记，但天花板上每隔一段就会出现的柔和光源一遍遍舔舐眼睑的感觉不会忘记，同时伴随有瓶子碰撞的叮铃声。今天他们需要用一把小锯子慢慢锯掉它，然后再精巧地从我身上把它的根剥出来，时间在他们那里是大胆的汗珠旁若无人地从每一段紧绷的精神里析出滚落，于我则是从一段清醒到另一段清醒之间的茫然黑暗。

在这段黑暗降临之前我想到的是另一段实实在在的黑暗。我漂浮在水面，有一只温柔的大鸟飞来，温暖地睡在我肚脐上，它给了我一枚鸟蛋。我最后一次见它是在太太家，她把它放在了我曾住的阁楼里，我看到床铺消失了，书柜不见了，没人知道成团的稻草和温度能否代替鸬鹚妈妈的羽毛。它在窗帘后，毫无动静，只是一团黑影。

宽容从爱里得来。

我曾多么讨厌我父亲手中的小提琴，对于大多数年轻男性来说，别人的孩子都是破坏世界的魔鬼，直到他们拥有自己的孩子。太太在后来的来信中说小鸬鹚出生了，豆干经常带着她在屋顶玩耍，晚上她就睡在阁楼里。最后她说"她通体雪白"。我知道其实那枚鸬鹚鸟蛋已经永远安静了，她顽固地不愿见人。一扇门帘之后他的情人要求他等等，他只好焦急地站在门外，她只剩下声音。漫长的半个小时过去了，他冲帘后喊话，仿佛感到声音径直穿过没有试探到任何物体，于是掀开帘看，留给被背叛者的只有空荡荡的房间，抽屉吐露着。

在我出院之前得知，在极具童趣的主刀大夫的要求下，我那终于从胸口消失了的杉树一度出现在新生儿观察室里与鲜嫩的小生命们为伍，再后来被我母亲收拾回家，等待着我的尽快康复和重逢。

出院当天我收拾好了自己的所有单据，跟在母亲身后愉悦地呼吸着双氧水的味道，路过病房大楼的某层，楼梯上镶着巨大的落地镜面，左上角写有馈赠吉言，那么它与医院的历史相等，或者其中藏有另一所一模一样的医院备份。

我们都停下来欣赏着自己。我不知有多久没能看到这样的自己，不够高大，不够强壮，不够英俊，体型只是我母亲的一个加强版，平坦的衬衫下胸口空荡荡。母亲在镜子另一面里看着我，我看着里面的她，在她的身后打开了一扇门，一位医生从门里钻出来走掉了，门虚掩着，吱吱嘎嘎张开，里面没能关掉的 CT 观察灯正在把一张奇妙的底片照得透亮。我突然呼吸急促，转身冲向那扇门，刚离去的医生的实木靠背椅给了我一段收获之前的跟踉，转眼我已来到那张 CT 片前。

我看到半透明的骨骼下两棵支气管树的蔓延，我们的胸膛里本有这样两棵向下分岔细化、末端开出花朵的树，在这张图上的造影有着水墨笔法，这种美一直存在，因为病态才被发现。它另一个冰凉的名字此刻给出了，在离去的医生留下的凌乱笔记中它叫做："上消化道钡剂造影误吸致钡肺"。这棵树不只属于我一人，我与别人本无差别，我拥有的只是不羞涩的胆量。


我的房间门框已经变形了，所以门不能贴切地合上。我的床铺有冬夏两套装扮，在我走后每一天都被打扫得干干净净，我便知道我那艰难的旅程始终伴随有不被察觉的我母亲的艰难之旅。

第一年我的父亲拒绝了所有演出，陪我母亲一起四处找寻我的下落，他穿着不合时宜的皮鞋，走出温暖如春的音乐厅。他们始终没有收获。

第二年夏天开始他疲劳地恢复了工作，但身体状况竟大不如前，而且在演出中持续保留有一个破绽，终于招致评论家的纷纷指责，因为这种低级错误对他来说绝没有自己发现不了的可能。直到某位与我们相熟的剧团经理（他的形象正浮现于我脑中）在接受杂志采访时说，我的父亲那标志性的破绽是为他离家出走的儿子所留。而父亲本人则用沉默作了回应。

正是这则轶闻的流出，使许多人开始一起关心我的下落，终于我那遥远的招摇事迹被母亲发现。

这段时间内一直有人登门拜访，多是父亲旧友，我与他们见面，他们则坐在我们家客厅寻找着我与父亲的相似之处，仿佛把旧弦往新琴上续。他们无一例外都没有留下吃饭，而对父亲的拜访，则变成了另一种形式：参观他留下的那把斯特拉迪瓦里。事到如今每次念出这个制琴家族的名字，我都感觉眼眶里游动着什么东西，它对我来说不仅是高贵的名物，更像是父亲本身。我曾认为它是魔鬼，即使是魔鬼，我也甘愿献出自己的身心被它占有，今天我理解父亲，这种傻劲使我们纯粹。

最后一位拜访的是一位制琴师，他带了自己的儿子来。他的儿子十六岁，正像我当年那个年纪，一句话也不说，眼睛在每个人身上不会停留两秒。他的额头有一道很明显的疤，他父亲说那是小时候从楼上摔下去的教训。他父亲说的时候他眼睛看着自己的膝盖和父亲的膝盖，这让我想起我膝盖上的小伤疤。我挽起裤腿，告诉他我也有个疤至今未好。他父亲说希望能由他们来承制我将来的小提琴，准确地说是由这个孩子动手来做。

"他有灵性，我知道的。"他父亲说。

我们都看着他，他就愈发不安。他父亲补充说道，如今我要做的这把琴被世人关注，他更需要借这股压力令儿子成长，他要适当地逼迫他。

"其实在你们来之前发生过这样一件事。"我说。

今天早上谁在敲门，我出去看人不见了只有一小筐鸡蛋，附带一封信。信上说非常怀念我们家阳台上的琴声，悦耳悠扬，但我的父亲死于车祸，琴声戛然而止，噪声粗鲁地入侵了音乐。它说令它更加怀念的是我练琴，最开始非常令人烦躁，但逐渐有了眉目，仿佛白纸上的草草线条终于拼凑出美人脸。"其实在邻居们看来，你练琴的声音已经脱离了'欣赏'，而变成感同身受的欣喜。"听众都站在你的立场上，还有什么比这种期待更美好的事？

我说我当然愿意尝试惊喜。他们是唯一留下吃饭的人，期间瞒着所有人，我悄悄与少年交换了秘密，我把自己虽然安静但体内其实一直隐藏着一个永远十岁的捣蛋鬼的秘密讲给了他，我相信在他这张外表之下也隐藏着另一个不为人知的新生命，"我看着你时，他就透过你的眼睛在看我。"从他那儿我突然发觉自己遗憾地老去了，一种清澈年华只能重现在别人身上的悲伤，梦入少年丛，歌舞匆匆。

　　新伐的木材需要液压处理，等待它晾干稳定的时间远比制作的时间长了许多。几近两年之后我才收到这把琴，被三层棉布包裹，抱在这少年怀中，彼时他已快要十八岁。他说如果透过 F 孔窥视能看到木材中微微透着血色，有一块木结被放在了琴体下方，纹路在这里波折像对称的酒窝。

　　小提琴的美好还在于，你可以一只手把它捧起来，像个娃娃。它晶莹透亮，与父亲的老琴放在一起，愈发娇嫩欲滴。我来到阳台开始试音，少年和母亲浮现在窗玻璃里的我的身后。我闭上眼睛不看他们。

　　它是多么精细娇小的少女，我能感觉她的头发在空中飘扬，她光着脚踩在泥土里，把面容盖在自己的草帽底下，下巴露出来的笑容就像燕子穿行于城市一样灵巧。总有什么是留不住的。少女也能逐渐变得独立、顽强，具有知性之美，这种力量与男人的刚强截然不同，却带着不卑不亢、无法抗拒的强力，这种自我是夺魄的，我为之心旌摇荡，我要尊敬与崇拜，我要为之自豪。有一天她也会与所有人一致无二地老去，她不能挽留自己的容颜，却可以老而不衰，保持自己的温度，身体枯萎，但精神从不熄灭。

　　舞台上的灯光之强烈，非要站到上面来才知道。如今他们都坐在台下瞻仰我们了，我亲爱的。具有责任的生命才有意义啊。

　　这时观众席上跑来一位矮个子，他握我的手，并告诉我非常喜欢我的演奏。他说自己是国王，曾住在一个高高的塔上，所有人都不信。我说我打心底相信。

父亲的新址在公墓某排某号。我见到了墓碑上他的名字，一句话也没有说，打开吱吱呀呀的琴盒，捧出那把小提琴来，夹在脖子下。我也学那些人在下巴上多加了一块布，这样汗就不会流下。这是一个仲夏的傍晚，阳光有着奇妙的颜色，我心知将见到星辰，而现在是最美好的时刻。

开始演奏之前片刻，血液都要停流。

我知道他就在那里，他那些我生怕打扰到的新邻居们也都在静静地听，我手中卷曲着这一片蕨类植物，万物可敬可爱。我在告诉他我找到了什么，不是琴，而是一套想法。

每个人的平凡或非凡的时光，静物黑漆漆的影子或其另一面，在你与我的距离之间，存在着古城墙雉堞相似又各不相同的一砖一瓦间黏合的灰浆，情感则是它的虚拟。我理解它，进而表达它，音乐就形成了。

我经历的最后一段却是惨痛悲伤的，消防员在来信中还是告诉了我那个事实：他的战友确实因我而死。但他说我应该做别的来弥补。"完成你的责任就是最大的慰藉。老师曾说，站在舞台上，保持歉意。"再也没有什么能超越这件事，我的妄为给周围人带来的最大灾难竟是死亡。我教会一个小姑娘在半空中穿行俯视人群的大胆，目睹了说谎者的痛苦，我知道人们如何相爱如何死亡。此时距我接触浪漫主义、理解十九世纪自律论与他律论争执尚且遥远，他们谁都不告诉我，我那遥远的祖先已将我的想法尽数说净，为的就是在某个下午令我拍案扼腕。

我的父亲从未见过我的杉树，他也从未想过可以把杉树种在肺里，更绝对不会相信这棵树长大了如今变成我手里的琴。他不敢相信，即使相信也不敢效仿，他不懂荒谬世界的法则，这就是我与他的最大区别。我想我不是非得与他背道而驰，而是有太多东西我必须亲眼去看看到底怎么回事。

　　我演奏的是不知名的曲子，这曲子是我心里一直想写、一直没来得及写出来的。这曲子里有我的生命，更有我的局限。这曲子里有我和你的联系，我的爸爸。这曲子里包含了我年轻生命所能目及的一切，我不遗余力的灵魂。你将看到我的挣扎如何稚嫩，我的交涉多么生硬，爱与我的苦恼全在其中，而世界——我们的星球、自然法则、宇宙万物，无形的时间与直观的星辰，则在我的心里。

初稿于癸巳年二月初二

二稿于癸巳年三月廿三

## 文 学 新 势 力　 跨 国 大 舞 台
# 与文野初一起写作出书

### 谁是"文野初"

文野初( Hajime Humino )是兼具小说家和偶像艺人双重身份的"虚拟偶像作家",她的动漫人设形象由日本 Discover21 出版社于 2015 年初推出。她的第一张单曲 CD《五彩缤纷》,于同年 8 月 14 日在日本大型动漫展 Comiket88 上正式发售,日本人气声优竹达彩奈是她的声音代言人。

### 什么是"和文野初一起写作出书"

第一批"NOVELiDOL"书系于 2015 年 5 月由 Discover21 在日本市场推出,共五本小说。每部作品的封面上不仅有虚拟偶像作家"文野初"的署名,也有真实作者的署名,构成了第一批和文野初一起写作出书的"虚拟偶像作家写作团"。

### 中日"虚拟偶像写作团"又是什么

中日"虚拟偶像作家写作团",是上海世纪文睿与日本 Discover21 出版社达成的战略合作项目。其主要内容是在中日两地分别组建"虚拟偶像作家写作团",持续选拔与培养中日年轻作家新秀。该项目采用真实作者和虚拟作家共同合作的方式,在书籍封面上同时注明真实作者和虚拟作者的名字,并在书中向读者详细介绍真实作者以及该项目具体情况。

"写作团"的目标,是通过打造"虚拟偶像作家"文野初及"NOVELiDOL"书系的品牌效应,能够借由品牌本身良好的口碑,把参与虚拟偶像作家写作团的年轻作者们推荐给广大读者。

### 为什么要加盟"虚拟偶像写作团"

★无论题材,不问出身,只和志同道合者一起写作

★真实作者和虚拟作家共同合作,同时署名,相得益彰

★文野初和"NOVELiDOL"书系的品牌效应,以新书带动书系,以书系带动新人,不间断滚动推广每一位成员

★3~5 年的滚动培养,使有潜力的作者成为拥有忠实读者和一定知名度的独立的作家

★运营团队跨国合作,放眼国际出版市场

★便捷的优秀作品版权互换机制,让作品走向更广阔的世界

★不断扩大的出版合作朋友圈,韩国、泰国等亚州诸国的出版社合作正在积极拓展中

### 谁可以加盟"虚拟偶像写作团"

热爱写作,已经有至少三个中短篇作品或一个长篇作品的发表纪录

愿意和"文野初"一起写作,并在"NOVELiDOL"书系中一起出书

愿意接受"虚拟偶像写作团"组建方的管理及 3~5 年的培养

申请者年龄不超过 30 岁

### 如何加盟

联系邮箱: novelidol@126.com　　　　联系必备: 个人写作履历 + 作品